BASTEI
LÜBBE
TASCHENBUCH

Cathleen Ross

MÄNNER-JAGD

Erotischer Roman

Aus dem Englischen von
Joachim Honnef

BASTEI
LÜBBE
TASCHENBUCH

BASTEI LÜBBE TASCHENBUCH
Band 16 566

1. Auflage: Februar 2011

Vollständige Taschenbuchausgabe

Bastei Lübbe Taschenbuch in der Bastei Lübbe GmbH & Co. KG

Deutsche Erstausgabe

Titel der englischen Originalausgabe: »Man Hunt«
Published by Arrangement with Virgin Books LTD.,
London, England
Dieses Werk wurde vermittelt durch die
Literarische Agentur Thomas Schlück GmbH; 30827 Garbsen

Titelillustration: shutterstock/PantherMedia GmbH
Umschlaggestaltung: Kirstin Osenau
Satz: Urban SatzKonzept, Düsseldorf
Gesetzt aus der Palatino
Druck und Verarbeitung: Norhaven
Printed in Denmark
ISBN 978-3-404-16566-7

Erstes Kapitel

Angie stand feucht vor Erregung im Bahnhof. Als sie den schwarzhaarigen Mann entdeckte, empfand sie dieses Prickeln, und ihre Nippel wurden hart. Er war groß und trug verblichene Jeans und Reitstiefel. »Ich will dich«, flüsterte sie, »und ich bekomme immer, was ich will.«

Ihr gefiel, dass der Fremde sein schwarzes Haar altmodisch trug.

Nach seiner Kleidung konnte er ein Cowboy von einer der nördlichen Viehverladestationen sein, aber australische Männer kleideten sich meistens lässig, und der erste Eindruck konnte trügerisch sein.

Der Bahnsteig war voller Leute, und Angie hätte eine große Auswahl an Männern gehabt, doch sie war nicht an irgendeinem interessiert. Sie hatte *ihren* Mann gefunden und schlenderte auf ihn zu. Ich will deinen Schwanz in mir spüren, dachte sie.

Der Fremde machte sie an, weil er selbstbewusst und stark wirkte. Sie begrüßte die Herausforderung, ihn zu ihrem Sklaven zu machen.

Angie folgte ihm in den Zug und verspürte wieder dieses Prickeln. Sie merkte, dass die Heftigkeit ihrer Erregung an den steifen Nippeln unter ihrer Bluse zu sehen war. Sie fühlte die Feuchtigkeit zwischen ihren Schenkeln, und ihr Puls beschleunigte sich. Bis zur Ankunft in Sydney würde es dunkel sein, aber wenn der Fremde auf ihr Spiel einging, würde ihre Lust dann gestillt sein.

Angie hatte drei Jahre lang das Catering-Geschäft erlernt

und war dabei oft heiß auf Sex gewesen. In diesem Augenblick würde Mr Feast, ihr Lehrer, in den Nachmittagszug nach Sydney steigen. In den gleichen Zug, in den Angie umsteigen wollte.

Der Zug war veraltet, einer der letzten alten Bauart, der die Modernisierung überlebt hatte. Angie freute sich darüber, denn die separaten Abteile boten Privatsphäre. Angie schritt über den Gang, vorbei an den Abteilen. Sie sah viele Passagiere, aber ihr Fremder war nicht dabei.

Wo bist du geblieben?, dachte sie und schaute sich um. Dann bemerkte sie, dass sich die Verbindungstür zwischen den Waggons schloss, und sie vermutete, dass er dort, im letzten Wagen, einen freien Platz gefunden hatte.

Ihr Puls raste. Sie öffnete die Verbindungstür und sah gerade noch jemanden mit Jeans und Reitstiefeln in einer der Kabinen verschwinden. »Da habe ich dich«, murmelte sie und ging entschlossen zu dem Abteil.

Sie zog die Tür auf und entdeckte erfreut, dass sie in der Kabine allein sein würden. Schnell musterte sie den Türgriff und stellte zu ihrer Zufriedenheit fest, dass die Tür verriegelt werden konnte.

Der Fremde saß bereits am Fenster. Er hatte die Augen geschlossen und ahnte nicht, was auf ihn zukam. Angie legte ihre Reisetasche ab und nahm in heißer Erwartung bei der Tür Platz. Ihr Fremder regte sich, aber seine Augen blieben geschlossen.

Frustriert nahm sie eine liegen gelassene Zeitung und widmete sich den Stellenanzeigen. Es gab viele Job-Angebote, aber in fast allen hieß es: *Erfahrung gewünscht.*

Ihr Blick fiel auf eine der Anzeigen: *Wanted Tabledancers, blonde Girls mit sexy Körper erwünscht. Spitzenverdienst.* Das wäre was für mich, dachte Angie und kreiste die Anzeige ein. Sie wusste, dass es ihr Spaß machen würde, halbnackt zu tanzen. Aber nicht für eine Gruppe männlicher Zuschauer.

Ein Publikum aus einem einzigen Mann würde aufregender sein. Unter gewissen Umständen. Umständen, die den Ledergürtel um ihre Hüfte, das Korsett, die Netzstrümpfe und die Handschellen betrafen, die sie für spezielle Situationen in ihrer Reisetasche bereithielt. Es war Angies Prinzip, stets vorbereitet zu sein.

Der Zug ruckte an, rollte langsam aus dem Bahnhof und gewann an Fahrt. Ihre Reise hatte begonnen.

»Suchen Sie einen Job?«, fragte eine tiefe, raue Stimme.

Angie wandte sich dem Fremden im Abteil zu. Er hatte sich weit genug auf der Sitzbank zu ihr geschoben, um über ihre Schulter auf die Zeitung zu blicken.

Mit geschlossenen Augen hatte sein Gesicht friedlich und entspannt gewirkt. Sie wusste, wie sie das ändern konnte. Sie hatte erlebt, was Lust bei Männern bewirkte.

»Ich sehe mir nur an, was in Sydney zu bekommen ist«, erwiderte sie langsam.

Er starrte Angie an, und sie wusste, dass sie sein Interesse geweckt hatte. Es gab für Angie zwei Kategorien von Männern. Solche, die in dem Moment wegliefen, wenn Sex erwähnt wurde, und solche, die ihrem Verlangen ausgeliefert waren.

»Komischer Ort, um anzufangen«, sagte er und rutschte noch näher. Sie lächelte, denn jetzt wusste sie, dass er zur letzteren Kategorie zählte.

»Aber der interessanteste«, antwortete sie. Sie hielt seinem Blick stand, faltete die Zeitung und legte sie neben sich.

Der Zug nahm in schneller Fahrt eine Kurve. Angie genoss das Gefühl. Im Abteil war es spannungsgeladen.

An der Art, wie er sie mit den Blicken verschlang, wusste

Angie, dass der Fremde seine Chancen bei ihr abschätzte. »Fahren Sie nach Sydney, um Urlaub zu machen?«, fragte er.

»Nein, ich reise zum Studium, plus ein wenig Teilzeitarbeit.« Sie strich eine blonde Haarsträhne hinter ihr Ohr und rutschte etwas nach vorne, sodass der Schlitz ihres Wickelrocks mehr von ihrem Bein sehen ließ.

Sein Blick glitt abwärts, und Angie unterdrückte ein Grinsen, denn sie wusste, dass sie ihn rumkriegen würde.

»Ein schönes Mädchen wie Sie wird keinerlei Schwierigkeiten haben, etwas zu bekommen.«

Angie beobachtete, wie sein Adamsapfel auf und ab rutschte, als er schluckte, und sie genoss die heiße Liebkosung seiner Blicke.

Sie warf einen Blick auf ihre Armbanduhr. Noch etwas über eine Stunde bis zur Ankunft in Sydney. Sie war scharf darauf, ihn gefangen zu nehmen und seinen muskulösen, harten Körper zu erkunden.

»Kennen Sie Sydney gut?«, fragte sie.

»Gut genug. Wenn das Landleben zu monoton wird, fahre ich in die Stadt, um mich ein bisschen zu entspannen, wenn Sie verstehen, was ich meine?«

Sie nickte; sie verstand ihn nur zu gut. Der Rhythmus der Zugfahrt schuf eine sanft wiegende Bewegung, und sie spürte die Vibration angenehm am Po.

Er sah gut und verwegen aus, Qualitäten, die sie erregend fand. Der Abdruck an seinem Ringfinger verriet, wo sein Trauring gewesen war. Er plante vermutlich ein leichtes Sexabenteuer und ahnte nicht, dass er im Zug mehr davon bekommen würde, als er jemals erwartet hatte.

»Welche Arbeit suchen Sie?«, fragte er.

»Ich habe mich noch nicht entschieden. Mal sehen, was ich machen kann, wenn ich dort bin«, sagte sie und spreizte die

Beine ein wenig mehr – als Blickfang und Verheißung. Das Kribbeln in ihrem Unterleib nahm zu.

»Ich habe bemerkt, dass Sie die Tabledance-Anzeige markiert haben. Haben Sie so was schon mal gemacht?«

»Nein, aber es könnte mir Spaß machen«, antwortete sie und beobachtete ihn, ob er den Köder schlucken würde.

Seine gebräunte Haut war eine Spur roter geworden. »Wissen Sie, wenn Sie diesen kurzen Rock ein wenig höher ziehen und die Bluse ein bisschen weiter aufknöpfen, wären Sie eine geile Tänzerin.«

»Sie *wollen*, dass ich für Sie tanze?«, fragte sie.

Seine Züge nahmen einen verzückten Ausdruck an, als ob er sein Glück kaum fassen könne. Ihre Nippel versteiften sich in der Vorfreude, diesen sexy Fremden als ihren Lustsklaven zu haben. Sie stellte sich vor, wie er gefesselt und voll erregt darauf wartete, ihre Wünsche zu erfüllen.

Er warf einen Blick auf seine Armbanduhr. »Wir werden in ungefähr fünfzig Minuten in Sydney sein. Warum kommen Sie nicht mit mir? Ich habe ein Zimmer in einem der guten Pubs gebucht.«

»Ich habe andere Pläne«, sagte sie kühl.

Der Zug hielt in einem kleinen Bahnhof. Beim Bremsen gerieten für einen Augenblick ihre Schultern aneinander. Angie spürte die Wärme des Fremden und sah vor ihrem geistigen Auge, wie er ihre Nippel leckte. Sie blickte ihn mit großen Augen an, schickte unausgesprochene Signale der Verführung aus, damit er die Kontrolle über sich verlor. Sie war entschlossen, sich von ihm auf ihre Weise nehmen zu lassen, und die Gefahr, dabei entdeckt zu werden, machte sie schärfer denn je.

Angie merkte ihm die Enttäuschung über ihre Ablehnung an. Die Stille im Abteil hatte etwas Peinliches. Angie wartete. Ihr entging nicht, dass sich seine Jeans am Reißverschluss wölbte. Sie drehte eine blonde Haarsträhne um ihren Zeigefinger. Verdammt, dachte sie, komm endlich zur Sache!

Der Zug fuhr weiter. Das rhythmische Wiegen schickte ein heißes Kribbeln durch ihren Körper, und sie befürchtete, der Sitz könne von ihren Säften feucht werden.

»Ich möchte Sie gern tanzen sehen«, sagte er plötzlich. Sein Blick glitt von ihrem Gesicht zu ihren Brüsten und blieb dort. »Sie haben einen geilen Körper. Schade, dass wir in diesem Zug sind.«

»Oh, das finde ich nicht schade.« Sie saßen so nahe beieinander, dass sie nur die Hand ausstrecken musste, um über die Wölbung seiner Jeans zu streicheln. Doch sie konnte sich noch nicht erlauben, ihrer Begierde nachzugeben. Noch nicht.

»Sie meinen, Sie wollen hier – tanzen?« Seine Frage klang überrascht.

»Warum nicht?«, fragte sie und wollte sehen, ob seine Lust über den gesunden Menschenverstand siegte.

»Weil jemand hereinkommen könnte. Ich will nicht im Knast landen, weil ich ...«

»Schade«, unterbrach sie mit einem Schulterzucken, »ich habe einen Kassettenrecorder in meiner Reisetasche.«

»Was ist los? Sind Sie eine Professionelle?« Seine Augen verengten sich misstrauisch.

»Natürlich nicht.« Angie strich sich die Haare zurück und neigte sich vor. »Ich und Professionelle!« Sie lachte. »Ich glaube, Sie sind ein Mann, der an etwas anderem Spaß hat.« Sie beobachtete, wie eine Schweißperle in seine Braue sickerte.

»Sie in dem kurzen Rock tanzen zu sehen wäre geil«, sagte er, und es klang schwärmerisch.

Angie streckte die langen Beine aus und verschränkte die

Arme, täuschte Langeweile vor. Seine Miene verriet seine Erregung. Jetzt war es nur noch eine Frage der Zeit.

»Ohne den Rock zu tanzen wäre natürlich noch geiler«, fügte er hinzu, lächelnd und anzüglich.

Ich habe dich!, dachte Angie. Bald ist dein Schwanz in mir.

Er erhob sich und ging zu den alten Schiebetüren. Er schloss sie und rüttelte an den Griffen. »Wissen Sie was? Ich glaub, ich kann die Griffe zusammenbinden und das Rollo runterziehen. Dann würde uns niemand sehen.«

Sie zuckte die Schultern. »Wenn Sie wollen.«

Er zog hastig seinen Hosengürtel aus den Schlaufen, um damit die Griffe festzubinden. »Wir halten nicht mehr bis Sydney. Werden Sie für mich tanzen?«

»Das hängt davon ab, wie gut Sie sich benehmen.« Sie starrte ihn an und wusste, dass sie das Spiel um die Macht fast gewonnen hatte. Er hatte die Tür gesichert. Jetzt brauchte sie nur noch ihn zu sichern.

»Nur ein kleiner Tanz. Ich werde hier ruhig sitzen und die Hände bei mir behalten.«

»Ich werde für Sie nur unter einer Bedingung tanzen.«

»Und welche ist das?«

»Dass Sie genau das tun, was ich Ihnen sage. Rühren Sie sich nicht, bevor ich es erlaube.«

»Ich werde die Hände auf dem Schoß halten.« Er setzte sich bequemer hin, neigte sich vor und presste erwartungsvoll die Handflächen gegeneinander.

»Das ist nicht gut genug. Sehen Sie diese Stangen bei der Gepäckablage? Ich möchte Sie daran fesseln.«

»Bei so was habe ich noch nie mitgemacht«, sagte er, aber seine Augen glänzten, und Angie wusste, dass er fasziniert war.

»Und Sie werden es auch nie erleben, wenn Sie nicht genau das tun, was ich sage.«

Der Fremde schwieg einen Moment und bewegte sich ein wenig in seinen engen Jeans. Angie knöpfte langsam ihre Bluse auf, sodass ihr Brustansatz und der Spitzenbesatz des Korsetts zu sehen waren.

»Du spielst gern den Boss, wie?« Sein Blick klebte förmlich an ihren Brüsten.

»Haben wir eine Vereinbarung?«, fragte sie herausfordernd. Die Anspannung war ein Kitzel für sie, denn sie wusste, dass ihre erregendsten erotischen Fantasien – einen gut aussehenden, starken Mann, gefesselt, ihr ausgeliefert zu sehen – gleich wahr werden würden. Im Gegensatz zu anderen Frauen gab es keinen langweiligen Sex für Angie, denn sie lebte ihre Fantasien aus.

Als er zustimmend nickte und ihr die Hände hinhielt, um sich fesseln zu lassen, grenzte ihre Erregung fast an einen Orgasmus. Sie wusste, dass er alle Vernunft verloren hatte, und sie wollte seinen harten Schwanz in sich spüren.

»Dies sollte gut sein, denn sonst werde ich der Boss sein, und ich glaube, dann müsste ich dir deinen süßen Pfirsicharsch versohlen.«

»Bleib ruhig. Dies wird dir gefallen.«

Sie nahm den Kassettenrecorder aus ihrer Reisetasche und schaltete ihn ein. Die Musik ertönte in stetig stampfendem Rhythmus. Angie streifte den Rock bis zu ihrem Strumpfhalter hinab und löste die Strapse. Dann näherte sie sich dem fremden Mann, hüftschwingend im Takt zu dem Beat, darauf vorbereitet, ihn zu fesseln.

Plötzlich neigte er sich vor und griff unter ihren Rock.

»Hm, kein Höschen und feuchte Pussy«, sagte er.

»Lass das«, sagte sie und schob ihn fort, aber er neigte sich wieder vor, und seine Finger tasteten über ihr Piercing.

»Mann. Du fühlst dich gut an«, stöhnte er. Für einen Moment fragte sich Angie, wie die Dinge sich entwickeln würden. Es gab jetzt kein Zurück mehr, und sie hoffte, dass er sich von ihr fesseln lassen würde. Seine Hände erkundeten bereits die Feuchtigkeit zwischen ihren Beinen, und Angie gab fast der Lust nach, seine Berührung zu genießen. Sie presste die Hände gegen seine Schultern und schob ihn fort.

»Dies wird dir mehr Spaß machen, wenn du dich von mir fesseln lässt. Dadurch kannst du es länger genießen.«

Sie registrierte, dass seine Züge an die eines Jägers erinnerten, bevor seine Begierde ihn zwang, sich ihren Wünschen zu fügen. Er lehnte sich zurück, leckte ihre Feuchtigkeit von seinen Fingern und streckte Angie dann die Arme hin, um sich fesseln zu lassen.

»Ich glaube, ich habe mich in dir geirrt«, sagte er.

»Oh, wie meinst du das?«

»Du hast so was schon gemacht. Sieh dir nur dein Piercing an. Du bist gewiss keine Unschuld vom Land.«

»Halt die Arme hoch.«

Angie kletterte auf die Sitzbank, die Beine gespreizt über seinem Gesicht, und fesselte seine Hände an die Stange der Gepäckablage. Sie strich über seine breiten Schultern und spürte, wie sich seine Muskeln unter der Berührung spannten. Er stöhnte auf, atmete tief ein und presste sein Gesicht auf ihren Rock.

Sie stieg von der Sitzbank, zog sein Hemd aus der Jeans und knöpfte es auf, um seinen gebräunten, muskulösen Oberkörper zu sehen.

Ihr Blick glitt von seinem markanten Gesicht über seinen breiten V-förmigen Torso. Das Verlangen zwischen ihren Beinen wurde fast übermächtig. »Du willst mich geil tanzen sehen?«, fragte sie mit belegter Stimme.

»Ja. Schwenk deine Pussy über meinem Gesicht.«

Sie lächelte, tauchte einen Finger in sich und fuhr dann mit der Fingerspitze über seine Lippen. »Ich bin feucht für dich. Sei gut, und du wirst bald mehr von mir schmecken.«

Er atmete schwer, fuhr sich mit der Zunge über die Lippen, um ihren Saft zu kosten, und stöhnte wohlig auf.

Angie kniff die Augen zu Schlitzen zusammen. »Ich mag es, wenn du mich schmecken willst. Ich werde mich ausziehen und mich von deiner Zunge stoßen lassen.«

»Komm schon, du geiles Stück«, drängte er. »Geil mich nicht noch mehr auf. Entweder lass mich lecken, oder setz dich auf meinen Schwanz.«

Sie sah ihn an. Er war ungemein sexy, und sie genoss es, ihn noch zappeln zu lassen. »Ich bestimme, wie es abgeht. Du darfst mich erst ficken, wenn ich so weit bin.«

Die Hüften zum Stampfen der Musik schwenkend, setzte sie sich breitbeinig über ihn und öffnete langsam die restlichen Knöpfe ihrer Bluse, ließ sie von ihren Schultern gleiten und enthüllte das cremefarbene Korsett.

Er neigte sich vor, um an den rosigen Nippeln zu saugen, die daraus hervorragten.

Sie wich zurück, entzog sich ihm lachend, bevor sie über seine Brust strich und mit erfahrener Hand seine Brustwarzen streichelte, bis sie hart und angespannt waren. Sie nahm eine Brustwarze in den Mund, dann die andere, saugte und knabberte daran, tat all die Dinge, die er gern bei ihr tun würde, aber erst konnte, wenn sie es zuließ.

Sie spürte seine Erektion unter dem Denim, rieb langsam über den Jeansstoff an seinem harten Schwanz entlang. Prickelnde Erregung erfasste sie, als sie voller Vorfreude erkannte, dass er sie nicht enttäuschen würde.

»Der ist ja riesig. Ich möchte ihn anfassen«, sagte sie, und ihre Stimme klang heiser vor Erregung.

Sie schob die Finger in den Hosenbund, genoss das Gefühl,

seine glatte Haut zu spüren. Ihre Hand tastete über seinen Waschbrettbauch hinab.

»Hol ihn raus, Baby«, verlangte er aufstöhnend.

»Wenn ich bereit bin«, sagte sie.

Ihre Blicke trafen sich. Sie sah, wie ein Schweißtropfen über seine Stirn lief, und neigte sich zu ihm, um ihn wegzulecken. »Du schmeckst köstlich. Ich möchte jeden Zentimeter von dir kosten.« Angie war entschlossen, jede Sekunde zu genießen. Das war das Wundervolle bei einer Bondage. Wenn die Frau einem Mann die Oberhand hieß, war alles viel schneller vorüber.

»Fick mich«, bettelte er. »Lass mich meinen Schwanz in dich schieben.«

Es gab keinen weiteren Halt mehr bis Sydney, und der Zug fuhr mit Höchstgeschwindigkeit.

Angie bewegte sich im Rhythmus der Musik und legte das Korsett ab. Sie lächelte, als der fremde Mann vorwärtsschnellte, weil er versuchte, ihre Nippel in den Mund zu bekommen. Seine Armmuskeln traten hervor, und die Handschellen scheuerten an seinen Handgelenken.

»Du hast dich wieder bewegt«, tadelte sie und wich aus seiner Reichweite. »Jedes Mal, wenn du mir nicht gehorchst, wirst du ein bisschen länger warten müssen.«

»Komm schon, Baby«, sagte er flehend. »Zieh mir endlich die Jeans aus. Ich kann nicht länger warten.«

Sie streichelte ihm über die Wange. Seine Haut war heiß und verschwitzt, und sie sah das Verlangen in seinen Augen. Sie wollte seinen Schwanz und seine Härte spüren.

Sie zog seinen Reißverschluss auf, um sich seinem Glied zu widmen, das ihr steif und zum Bersten angespannt entgegensprang. Sie fuhr leicht an dem Stab entlang und stellte zufrieden fest, dass sie ihn nicht ganz mit Zeigefinger und Daumen umschließen konnte.

Aufreizend lehnte sie sich zurück und zog ihren Rock bis knapp über ihre Schamhaare. »Ist das kurz genug für dich?«, fragte sie und bemerkte mit Vergnügen sein Starren. Sie richtete sich auf und hielt sich an der Stange der Gepäckablage fest, sodass er unter ihren Rock spähen konnte.

Der Zug ruckte plötzlich, und sie verlor den Halt. Ihre Pussy presste sich auf seinen offenen Mund, und das Piercing vibrierte an seinen Zähnen. Die Hitze von seinen Lippen schickte einen heißen Schauer durch ihren Körper, fast wie einen Elektroschock. »Oh, das war gut«, seufzte sie.

Es wäre leicht, sich auf ihn zu setzen und seinen erigierten Penis in sich aufzunehmen, doch sie war nahe an einem Orgasmus und wollte es noch auskosten, bis es ihr kam.

Ihr Fremder stöhnte auf, als sie sich zurückzog. Seine Lippen glänzten von ihren Säften. »Du bist geil, wirklich geil, aber hör jetzt nicht auf.« Sein Blick war gebannt auf ihre Pussy gerichtet.

»Heb die Hüften an«, befahl sie.

»Wird auch Zeit«, entfuhr es ihm. Sie lächelte und zog ihm die Jeans bis zu den Knöcheln herab. Dann kniete sie sich breitbeinig hin, sorgfältig darauf bedacht, seinen Penis nicht zu berühren.

»Saug an meinen Nippeln«, befahl sie und schloss die Augen in der Vorfreude, seine heiße Zunge an den steifen Brustspitzen zu spüren.

Instinktiv positionierte sie sich genau über seinem Penis, und er bäumte sich zu ihr auf. »Komm schon, du geiles Weib, ich kann nicht mehr warten. Mein Schwanz muss rein!«

Sie behielt ihre Position über ihm, ließ es nicht zu einem Kontakt kommen. »Du darfst erst, wenn ich es dir sage«, befahl sie und genoss ihre Kontrolle über diesen starken, sexy Typen.

»Du willst es genau so sehr wie ich«, grollte er.

Im Rhythmus des Beat rieb sie ihre feuchten Schamlippen leicht über die Eichel seines Penis. Aufstöhnend vor Erwartung ruckte er aufwärts.

»Du hörst mir nicht zu.« Sie lachte boshaft. »Du musst perfekt ruhig bleiben.«

»Geduld. Dann wirst du es noch mehr genießen.« Angie knöpfte den Rock auf, um den Blick auf ihre Pussy ganz freizugeben.

Er starrte auf das gestutzte Haar, das goldene Piercing und die rosigen Schamlippen. Seine muskulösen Arme spannten sich an, als er sich in den Fesseln aufbäumte,

»Du bist schön«, stöhnte er, und seine Stimme klang heiser vor Verlangen.

Plötzlich rüttelte jemand an der Abteiltür. »Hey, aufmachen«, rief eine Männerstimme.

»Saug wieder an meinen Nippeln«, befahl Angie und ignorierte die Störung.

»Bist du verrückt? Da will jemand rein. Schließ die Handschellen auf«, flehte ihr Fremder.

Angie drehte den Ton ihres Kassettenrecorders lauter, und der stampfende Klang des Beat erfüllte das Abteil.

»Tu, was ich dir gesagt habe. Saug mich.«

Jemand rüttelte wieder heftig an der Tür. »Hey, lassen Sie mich rein«, rief der Störenfried.

Angies Erregung steigerte sich. Die Gefahr der Entdeckung war ein unglaublicher Kitzel für sie.

Schließlich hörte das ungeduldige Rütteln an der Tür auf. Anscheinend hatte der unerwünschte Störenfried frustriert aufgegeben.

»Binde mich los. Ich werde alles tun, was du willst«, flehte ihr Fremder. »Jemand wird die Tür noch aufbrechen.«

Sie nickte, genoss den Moment. »Ja, sie könnten den Schaffner holen oder sich sonst was einfallen lassen.« Sie lächelte. »Das macht es ja so gut«, fügte sie kehlig hinzu.

Sie ignorierte sein Flehen, presste ihre rechte Brust an seinen Mund und genoss das Gefühl, seine Zunge zu spüren, während sie mit seiner Schwanzspitze durch ihre schlüpfrige Spalte strich. Seine Erektion glitt leicht zwischen ihre Schamlippen, bis seine Eichel auf die Hitze ihrer Klit glitt. Langsam und mit Erfahrung führte sie ihn in sich ein. Bei diesem erregenden Moment stockte ihr der Atem.

Aber sie wollte nicht, dass er schon explodierte. Diese Gelegenheit war zu köstlich. Sie wollte ihren Gefangenen genießen. Von dem Moment an, in dem er ihre Hand um seinen Schwanz gespürt hatte, waren seine Proteste verstummt.

Ihre Blicke trafen sich. Ein Puls zuckte an seiner Schläfe. »Hör auf, mit mir zu spielen«, stöhnte er, aber er war nicht in der Position, um Forderungen zu stellen.

»Ich sagte, ich werde tanzen.« Angie lachte leise. »Wenn du dich gut benimmst, könnte ich mehr tun als tanzen.«

Sie lauschte dem Stampfen der Musik, zog sich etwas zurück und ließ ihren Körper vor seinem Gesicht kreisen.

Er bäumte sich auf, versuchte sie trotz der Handschellen zu greifen. »Mach mich fertig, Baby, ich kann es nicht länger ertragen. Setz dich auf mich. Ich werde alles für dich tun.« Seine Stimme klang rau und ungeduldig.

»Oh, ich werde dir einen runterholen, aber zuerst solltest du mich glücklich machen.«

»Dich glücklich machen?« Er sah sie fragend an. »Was willst du?«

»Rede nicht, sondern tu, was ich sage.« Sie zog ihre Schamlippen auseinander. Ihre Klitoris, gerötet und geschwollen, gierte nach seiner Zunge.

Sie beobachtete, wie sich Schweiß an seinen Schläfen sammelte. Er war so heiß auf sie, dass er fast schmolz.

Er leckte und saugte an den empfindsamen Falten, bevor er ihre Perle fand. Angie hatte das Gefühl, ein Vulkan bereite sich in ihr auf den Ausbruch vor, als sie die Lippen des Fremden spürte. Er hatte einen festen, sinnlichen Mund. Wie geschaffen zum Pussylecken. Zuerst knabberte er an ihrer Knospe, dann saugte er sie zwischen die Lippen. Sie schob sich näher an ihn, und seine lange Zunge stieß in sie wie ein köstlicher Schwanz.

»Ja, ja«, stöhnte sie, als er wild in ihrer Spalt auf und ab leckte und sich auf das Piercing oberhalb ihrer Klit konzentrierte. Sie klammerte sich an die Stange der Gepäckanlage und trieb dem Höhepunkt entgegen. Dann kam es ihr, so stark wie selten, und ihre Lustschreie mischten sich mit dem Stampfen des Beats.

Ihr Körper war noch entflammt nach der Explosion, und sie blickte zufrieden auf den Mann hinab. »Von dem Moment an, in dem ich dich sah, wusste ich, dass du es mir gut besorgen kannst«, sagte sie. »Aber jetzt brauche ich deinen dicken und langen Schwanz.«

Das Stampfen der Musik und der Rhythmus der Fahrgeräusche vibrierten in ihr. Plötzlich versank das Abteil in Dunkelheit, als der Zug in einen Tunnel einfuhr. »Setz dich auf mich, Baby«, drängte er in der Dunkelheit.

Sie kletterte auf zittrigen Beinen über seine breite Brust und ließ sich langsam auf seinen Schoß sinken. Am Ende des Tunnels hatte sie ihn in sich aufgenommen. Sie spürte, dass er sie ganz ausfüllte.

»Ich dachte schon, dass es nie zu diesem Fick kommt«, murmelte er.

Angie stöhnte auf und stützte die Hände auf seine Brust.

»Binde mich los, Baby, damit ich dich dabei berühren kann«, bettelte er.

Sie schüttelte den Kopf, genoss das Gefühl, dass alles so

lief, wie sie es geplant hatte. Sie wollte, dass er sie bis zum Letzten ausfüllte. Sie hatte genau den Richtigen ausgewählt.

Er stieß sie heftig, der eigenen Befriedigung nahe, doch Angie wollte, dass er es ihr noch ein wenig länger besorgte. »Beweg dich nicht«, befahl sie, entschlossen, ihn bis zum Ende zu kontrollieren.

»Du dominantes Weib«, stöhnte er. »Dir ist es wohl nie genug, und mich quälst du.«

»Tu, was ich dir sage«, befahl sie, neigte sich vor und nahm sein Gesicht in beide Hände. Sie küsste ihn tief, während sie auf ihn hinabstieß, und ihren eigenen Geschmack aus seinem Mund zu kosten war ein ganz besonderer Reiz für sie. Ihr Auf und Ab auf ihm wurde noch schneller, und sie schrie ihre Lust heraus.

Ihre Schreie mischten sich mit einem abermaligen Hämmern an die Abteiltür. »Öffnen Sie die Tür!«, verlangte eine raue Männerstimme.

Ihr Fremder stöhnte auf, als er in sie stieß, immer ekstatischer. Angie spürte, dass es ihm gleich kommen würde. Sie passte sich seinem Tempo an, senkte sich immer schneller auf ihn hinab und genoss jede Sekunde seines pumpenden Stabs. Trotz der drohenden Gefahr der Entdeckung waren sie beide in ihrer Ekstase nicht mehr zu bremsen.

Die Stimme vor dem Abteil wurde lauter, aber ihr Fremder machte weiter, bis er kam.

Befriedigt starrten sie einander in die Augen, und ihr heißer Atem mischte sich, als sich die Fahrt des Zuges verlangsamte.

»Wie heißt du?«, fragte er. »Ich will dich wiedersehen.«

Er war gut, dachte Angie. Nein, er war besser als gut, aber

alles Gute muss mal zu Ende sein, und jetzt, nachdem ich vom Himmel wieder auf die Erde zurückgefallen bin, muss ich gehen. »Das brauchst du nicht zu wissen.«

Von Neuem hämmerte eine Faust gegen die Abteiltür.

Die Augen des Fremden weiteten sich alarmiert, als er auf die Tür blickte, an der gerüttelt wurde. »Beeil dich. Schließ die Handschellen auf, bevor jemand die Tür aufbricht.« Er versuchte, sie mit den gefesselten Händen anzufassen, doch die Handschellen ließen das nicht zu.

»Ich habe dir gesagt, du sollst dich nicht bewegen«, sagte Angie.

»Genug von deinem sadistischen Spiel, du gemeines Weib«, grollte er.

Angie wich vorsichtig aus seiner Reichweite. Sie kletterte von ihm. Sie knöpfte ihre Bluse zu und streifte ihren Wickelrock herunter.

»Hey, was machst du da? Du musst mir die Handschellen abnehmen!«.

»Warum? Du siehst so großartig aus«, antwortete sie.

Der Unbekannte versuchte wütend, sich zu befreien. Bei seiner heftigen Anstrengung rutschte ihm die Geldbörse aus der Jeans. Ein Trauring fiel aus der Börse und rollte unter die Sitzbank. Angie hob den Ring auf und legte ihn neben ihn. »Den solltest du nicht verlieren«, sagte sie mit einem Lächeln.

Das Hämmern und Rütteln an der Tür setzte wieder ein.

»Hören Sie mit dem Krach auf. Ich mache die Tür auf«, rief Angie.

Sie schaltete den Kassettenrecorder aus, nahm ihre Reisetasche und löste den Gürtel von den Türgriffen. Perfektes Timing, dachte Angie, denn in diesem Augenblick fuhr der Zug langsam in Sydneys Central Station.

»Du kannst mich nicht so hier zurücklassen«, sagte der Fremde flehend und versuchte verzweifelt, sich zu befreien.

»Ich will nicht, dass man mich so vorfindet. Mach mich los!« Er sah sie wütend an. »Warte nur, bis ich dich packen kann, dann mache ich dich fertig.«

Sie blickte ihn an und lächelte boshaft. »Das hast du ja schon.«

Sein Gesicht war dunkel vor Zorn, und er wirkte wie ein gefährlich potenter, zurzeit aber hilfloser Pirat, und sie hatte nicht vor, ihn von den Handschellen zu befreien.

»Du hast Regel Nummer eins vergessen. Wenn du ein Tabledance-Girl anrührst, steht es einfach auf und geht davon.« Angie schob die Abteiltür auf und lächelte süß, als sie den geschockten Ausdruck auf dem Gesicht des Zugschaffners sah.

»Miststück!«, brüllte der Fremde.

»Das stimmt«, rief sie zurück. »Ich bin ein Männer jagendes Miststück, das immer bekommt, was es will.« Angie lachte und sprang von dem haltenden Zug ab. Es war an der Zeit, ihr neues Leben im Gastronomiegewerbe in Sydney anzufangen.

Zweites Kapitel

»Weshalb halten Sie sich geeignet für eine Stelle im Hotel Desire?«, donnerte James Steele, der Leiter der Hotelfachschule, bei der Angie in den letzten Monaten gelernt hatte. Er lehnte sich auf seinem Schreibtischsessel zurück und verschränkte die Arme hinter dem Kopf. Seine dunklen Augen waren zusammengekniffen, und Angie wusste, dass er sie sexuell taxierte.

Obwohl er sich konservativ kleidete, spürte Angie eine dunkle Seite bei ihrem Lehrer. Der gesunde Menschenverstand warnte sie davor, sich an ihn heranzumachen, doch sie konnte nie einer Herausforderung widerstehen. Eine innere Stimme sagte ihr, dass sich hinter seiner gelassenen Selbstsicherheit eine wildere Natur verbarg.

»Ich glaube, ich kann mit jedem Problem zurechtkommen, das sich mir stellt«, sagte sie und sah ihm in die Augen.

»Wirklich? Mit jedem?«, fragte er. »Ich schicke nur besonders gute Schülerinnen zur Arbeit ins Hotel Desire. Schülerinnen, die mit den ausgefallenen Wünschen einiger sehr wohlhabender Gäste und ungewöhnlicher Kunden zurechtkommen.«

Angie beobachtete, wie James Steele mit manikürten Fingern sein Jackett aufknöpfte. An seiner linken Hand trug er einen sonderbaren Goldring mit schwarzem Stein, der glänzte, wenn er das Licht fing.

Er bemerkte, dass ihr keine seiner Bewegungen entging, und zeigte seine blendend weißen Zähne bei einem Lächeln, das mehr ein Grinsen war und seine Augen nicht erreichte.

Angie verspürte das altvertraute Prickeln, als sie die unausgesprochene Herausforderung spürte. Steele war sonderbar abstoßend, doch zugleich attraktiv, und Angie empfand den Widerspruch ihrer Gefühle verwirrend. Er sah mit den kurz geschnittenen Haaren, den dunklen Augen, deren Blick sexuelle Geheimnisse verriet, der Patriziernase und dem sinnlichen Mund gut aus. Trotzdem konnte sie ihn nicht leiden. Nach einem Monat mit dem Besuch seiner Vorlesungen und anschließendem Praktikum in einem der Hotels der Schule wusste Angie, dass James Steele ein strenger Zuchtmeister war.

Seine Miene war angespannt, und obwohl sein Blick durch den dünnen Stoff ihres Sommerkleids zu dringen schien, wusste sie, dass es schwierig sein würde, ihn zu manipulieren. Sie war es gewohnt, von Männern abgeschätzt zu werden, doch bei diesem Mann war es anders. Da war eine Arroganz bei ihm, kombiniert mit reiner Männlichkeit. Das Interesse der Jägerin war in ihr geweckt, doch während sie ihn als nächste Eroberung haben wollte, spürte sie, dass er gefährlich war.

Angie war größer und kräftiger als die meisten Frauen. Die langen Beine, die langen blonden Locken, großen blauen Augen und sinnlichen Lippen erregten Aufmerksamkeit bei den Männern. Doch diesmal war die Verführung nicht so einfach, denn James Steele war ihr Boss, und sie wollte die Stelle im Hotel Desire haben.

Sie hatte schon immer davon geträumt, ein eigenes Hotel zu betreiben, aber nicht nur irgendeine kleine Herberge. Es sollte ein ganz besonderes Haus sein – wie das Hotel Desire, und der einzige Weg herauszufinden, wie es zu seinem internationalen Fünf-Sterne-Status und der prominenten Gästeliste gelangt war, bestand darin, dort zu arbeiten. James Steele hatte die Macht, ihr dort eine Stelle als Praktikantin zu beschaffen, und so musste sie das nutzen und auf sein Spiel eingehen – was auch immer das war.

»Das Hotel Desire nimmt nur die Besten.« Er hob die Augenbrauen. »Wie kommen Sie auf den Gedanken, dass Sie das Zeug haben, die Arbeit dort zu bewältigen?«, fragte er mit grimmiger Miene.

»Ich habe meine Catering-Ausbildung mit sehr gut absolviert und das Stipendium bekommen ...«

»Ich denke, wir beide wissen, dass ich nicht von Schulnoten spreche«, unterbrach er scharf. »Die Personen, die für das Hotel Desire arbeiten, sind keine Akademikerinnen. Haben Sie jemals für reiche Gäste gearbeitet?«

Angie schüttelte den Kopf.

»Die Wohlhabenden können sich alles kaufen, was sie wollen. Alles! Verstehen Sie, was ich meine?«

Er schaute ihr in die Augen, und da war wieder dieser geheimnisvolle Blick, bei dem ihr heiß und kalt zugleich wurde.

Angie fröstelte. Obwohl es ein heißer Sommertag war, schien sich die Sonne hinter eine finstere Wolke zurückgezogen zu haben.

»Nein, ich bezweifle, dass Sie verstehen. Ich glaube, Sie haben keine Ahnung, was im Hotel Desire vorgeht oder was von dem Personal erwartet wird, das dort arbeitet.«

»Ich weiß, was ich gelesen habe«, sagte sie, ärgerlich, weil er sie so abkanzelte.

»Ah, die Boulevardpresse. Prominente aus der ganzen Welt freuen sich darauf, im Hotel Desire ein Zimmer zu bekommen, weil wir völlige Privatsphäre garantieren. Meinen Sie, wir wären so dumm, die Paparazzi reinzulassen? Die Sensationsblätter vermuten nur, was im Hotel Desire los ist.«

Angie hatte das Gefühl, dass sich ihr Traum vor ihren

Augen auflöste. »Ich bin nicht so naiv, wie Sie denken«, sagte sie, entschlossen, sich nicht unterkriegen zu lassen.

»Dies ist eine besondere Stelle. Ich suche eine anspruchsvolle Studentin. Jemand, der die feinsten Genüsse liebt und die Bedürfnisse der wohlhabenden Feinschmecker kennt. Jemand, der gehorsam und nicht so leicht zu schocken ist.« James erhob sich und ging zu ihr. Er blieb so nahe bei ihr stehen, dass sie seinen Atem im Gesicht spüren konnte.

»Sie sind von Natur aus ungehorsam. Das haben Sie bei Ihrer letzten Stelle bewiesen. Ich habe soeben den Bericht des Hotelmanagers über Sie gelesen und muss Ihnen einen Verweis erteilen.«

Er umfasste ihr Kinn, und Angie widerstand dem Wunsch, ihn von sich zu stoßen. Ein sonderbares Gefühl hatte sie erfasst, und sie fragte sich, was er mit ›Verweis erteilen‹ meinte.

Sie hatte nicht vor, sich unterwürfig zu geben, doch sie steckte in der Klemme. Nach allem, was sie gelesen und gehört hatte, würde ihr keine andere Stelle gefallen außer der im Hotel Desire.

»Es ist Ihnen wohl klar, dass Sie in dieser Branche von unten anfangen müssen.« Seine Hand glitt langsam von ihrem Kinn hinab, fuhr leicht über ihren Hals und legte sich auf ihre Schulter. »Wo auch immer ich Sie als Nächstes einsetzen will, ist es als Dienstmädchen. Das Bedienen der Gäste. Sich ihren Wünschen fügen.«

»Ich weiß, wie ich Anweisungen befolgen muss, wenn es sein muss«, sagte sie.

»Hm, das erstaunt mich.« Seine Finger glitten leicht wie ein Streicheln über ihre Schulter. Der tiefe Klang seiner Stimme ließ sie an dunkle Schokolade denken.

Angie genoss das Gefühl, seine Hand auf ihrer Schulter zu spüren, und als Reaktion darauf und auf seine Nähe wurden ihre Nippel hart. Langsam, verführerisch, wanderte seine Hand zu ihrer Brust hinab.

»Vielleicht«, sagte er und unterbrach seine Berührung, »vielleicht könnten Sie zum Servieren ausgebildet werden, aber Sie werden mir das beweisen müssen.«

Sie schaute ihm nach, als er zum Fenster ging, davor stehen blieb und das Licht blockierte, sodass seine Züge, die sie im Profil sah, härter und dunkler wurden. Sie blinzelte. Er ging vom Fenster hinter seinen Schreibtisch, und von Neuem flutete Licht in das Büro.

»Heben Sie Ihr Kleid an.«

Die Anweisung, die wie ein Befehl klang, hatte die Wirkung auf Angie, die beabsichtigt war. Schock, gefolgt von starkem Verlangen, schmolz ihren Widerstand.

James Steele strahlte Autorität aus, und die Spannung in seinem Büro schien plötzlich wie elektrisch geladen.

»Personal vom Meriana Hotel hat sich beschwert, dass Sie keine Anweisungen befolgen«, sagte er. »Vielleicht erklären Sie Ihr Fehlverhalten, bevor ich Sie bestrafe.«

Angie wusste, dass die Beschwerde von der Managerin des Hotels gekommen sein musste, in dem sie zuletzt gearbeitet hatte. Sie hatte die herrische Schachtel nicht leiden können, und es war mehrmals zu Verspätungen und Unstimmigkeiten gekommen. Die Managerin hatte bei ihrer »Beschwerde« gewiss übertrieben.

»Dass ich mich beim Zimmerservice mal verspätet habe, kann man kaum als Fehlverhalten bezeichnen.«

»Das war nicht die Natur der Beschwerde«, sagte James. »Dass Sie Ihren Hotelschlüssel zum Zugang der Dusche eines Hotelgastes benutzt haben, war ein Verstoß gegen die Vorschriften des Hotels.«

»Badezimmer zu säubern gehörte zu meinen dienstlichen Pflichten«, entgegnete sie.

»Nicht wenn der Gast im Zimmer ist. Wenn Sie unsere Schule repräsentieren, müssen Sie tun, was Ihnen gesagt wird, wenn Sie die Prüfung bestehen wollen.«

»Sonst? Wollen Sie mir den nackten Hintern versohlen wie einem bösen Mädchen?« Sie konnte sich den Spott nicht verkneifen. »Soll ich deshalb meinen Rock anheben? Oder wissen Sie schon, wie eine Frau aussieht?«

»Es dauert lange, bis Sie Befehle befolgen. Ich mag es nicht, warten zu müssen.«

Die Autorität in seiner Stimme war für sie ungemein aufregend. Der Mann hatte die Kraft eines Footballspielers, doch das Gesicht eines Adonis, und diese Kombination machte sie scharf.

Langsam und lasziv zog sie den Reißverschluss des Rocks auf, bis er auf den Boden fiel und sie in ihrem Tanga vor James stand.

»Sie sollen den Rock anheben, nicht auf den Boden schmeißen«, sagte er kühl mit seiner tiefen Stimme.

Es war anscheinend keine gute Idee, ihn herauszufordern, und Angie wusste, dass sie ihre berufliche Karriere riskierte, aber ihr Verlangen für James wuchs mit jeder Sekunde, die sie in seinem Büro war. Sie würde mehr tun, als nur den Rock anzuheben und dann zu sehen, wie es weiterging. »Ich war noch nie gut darin, Befehle anzunehmen. Vielleicht können Sie mich das jetzt lehren.« Kühn knöpfte sie ihre Bluse auf und enthüllte ihre prallen, gebräunten Brüste, deren Nippel zum Bersten gespannt waren.

Sie sah, wie seine blasse Haut tief errötete.

»Neigen Sie sich über den Schreibtisch.«

Ein Schauer der Aufregung und Vorfreude schickte wieder dieses Prickeln durch ihren fast nackten Körper. Sie schüttelte die Bluse ab und stand dann nur im Stringtanga vor James. Ihr fiel auf, dass sich die Röte auf seinem Gesicht bis zum Hals ausbreitete. Er wollte, dass sie unterwürfig war, Nun, sie würde ihm mehr geben, als er erwartet hatte.

»Mach's mir«, sagte Angie herausfordernd. Spannungsgeladene Stille erfüllte das Büro.

Er trat auf sie zu, sodass sie seinen heißen Atem im Gesicht spüren konnte. »Du willst mich auch, nicht wahr?«

»Ja.«

Er strich leicht über ihr Kinn, den Hals hinab und dann über ihre Brüste. Als er an einem der Nippel verweilte, hätte sie vor Lust aufschreien können. Seine Berührung war köstlich. Plötzlich riss er sie an sich und presste seinen Körper gegen sie. Eine seiner Hände umfasste ihre Taille, und mit der anderen Hand hielt er ihr Handgelenk fest, zwang ihre Hände auf den Rücken, sodass sie gegen ihn sank.

»Das gefällt dir, ja?«

Sie gab ihm die Antwort, indem sie ihr Becken an ihm rieb.

»Ja, ich glaube, dass es genau das ist, was du magst, aber ich habe etwas anderes im Sinn«, sagte er.

Als er sie losließ, gewann die Neugier die Oberhand über ihre Enttäuschung, und sie schaute ihm zu, als er eine alte Kommode in der Ecke seines Büros aufschloss.

Angie atmete noch schwer, weil seine Berührungen sie angemacht hatten. James zog eine Peitsche mit mehreren Lederschnüren und ein Fläschchen heraus, in dem sich etwas wie Öl befand.

»Neige dich über den Schreibtisch.«

»Nein. Ich will meine Strafe von Angesicht zu Angesicht entgegennehmen.«

Er ging zu ihr, legte die Peitsche auf den Schreibtisch, öffnete das Fläschchen und schüttete etwas von dem Öl auf seine Handfläche. »Das ist dein Problem. Du willst die Befehle erteilen, aber in diesem Geschäft musst du lernen, die Befehle entgegenzunehmen.«

Er rieb die Hände gegeneinander, um das Öl zu verteilen, und begann ihre Brüste zu massieren, bis das wohlige Gefühl sie mit heißem Verlangen nach mehr erfüllte. Angie schloss die Augen und fragte sich, wo er sie als Nächstes berühren und wann er die Peitsche einsetzen würde. Die Erwartung war köstlich.

Sie hörte das Entkorken der kleinen Flasche und fühlte, wie das Öl langsam zwischen ihren Brüsten hinab über ihren Nabel und auf den Rand ihres Tangas rann. Sie öffnete die Augen. Der Stoff war rosa verfärbt worden. Angie wusste, dass dies zur Farbe ihrer Schamlippen passte. Sie war bereit für ihn.

Gehorsam wartete sie auf seine Berührung und ließ sich von ihm herumdrehen und über den Schreibtisch beugen, damit sie bereit war für das, was er vorhatte.

Das Leder prickelte auf der empfindlichen Haut ihrer Schenkel. Er zog die mit Quasten geschmückte Peitsche über ihre Haut, und unbewusst spreizte sie die Beine. Mit einer Hand massierte James ihren Rücken, strich sinnlich über ihre Schulter und den Arm hinab, bevor er ihre Brust umfasste. Die Berührung löste starke Gefühle in ihr aus, und ihre inneren Muskeln spannten sich an und entspannten sich, um ihn in sich aufzunehmen.

»Eine schöne Frau, die diesen Sex liebt, ist selten«, sagte er. »Ich habe es von dem Moment an gewollt, an dem ich dich sah.«

Ein peitschendes Geräusch erfüllte die Luft, und sie schrie auf, als das Leder ihr Hinterteil traf. Er presste eine seiner Hände auf ihren Po, damit sie sich nicht bewegte, und schlug weiterhin mit den weichen Quasten auf ihren Po ein, bis das Erschrecken ausblieb und sie das Gefühl genoss. Angie spürte den Stoff seiner Hose an ihrem Oberschenkel, konnte aber nicht sagen, ob James hart war.

»Beweg dich nicht«, befahl er und nahm die Hand von ihrem Rücken, und abermals hatte sie das Gefühl, von seiner Stimme hypnotisiert zu sein. Eine seiner Hände glitt an ihrem Rücken hinab unter den Tanga und weiter durch ihre feuchte Spalte. Er schob zwei Finger zwischen die Schamlippen und massierte sie dort. »Das gefällt dir, nicht wahr?«

Angie spreizte die Beine noch mehr, um ihm Zugang zu der Stelle zu schaffen, wo sie ihn am meisten brauchte, und als sie von Neuem die Peitsche spürte, löste sein Hieb ein brennendes Gefühl aus, das nur deshalb nicht unangenehm war, weil sie zugleich von seinen Fingern herrlich verwöhnt wurde. Sein Daumen bewegte sich in ihr wie ein kleiner Penis, während sein Zeigefinger ihre Klitoris und das goldene Piercing ertastet hatte. Glitschig von ihren Säften glitt sein Finger über ihre Klit, und Angie stieß gegen seine Hand, wollte mehr.

»Ja, ja«, stöhnte sie.

»Mach die Augen zu«, befahl er, und sie gehorchte sofort, denn die Gefühle, die er auslöste, waren köstlich, und sie wollte nicht, dass er aufhörte. James hatte anscheinend die seltene Fähigkeit, zwischen Qual und süßer Lust zu balancieren, wobei die Lust überwiegte. Die Wirkung war äußerst erotisch.

»Meine schöne Angie, du bist dafür geboren.« Er schwang wieder die Peitsche. Die Lederquasten klatschten auf ihre empfindsamen Pobacken, gerade hart genug, dass sie vor Lust aufstöhnte und er die Intensität seines Fingerspiels steigerte. Sein Finger rieb rhythmisch ihre Lustperle, und ihre Pussy presste sich um seinen Daumen.

Die Wogen der Lust würden sie bald zu einem gewaltigen Orgasmus treiben. Das Warten auf die Peitschenhiebe hatte etwas Stimulierendes, denn Angie wusste, dass sein raffiniertes Fingerspiel sie dann weiter zum Höhepunkt bringen würde.

Sie konnte es kaum noch erwarten. Sie wollte kommen, doch zu ihrer Enttäuschung zog er plötzlich Daumen und Zeigefinger zurück. Sie öffnete die Augen, wollte sehen, was er machte.

»Halt die Augen geschlossen«, befahl er. »Die Wonne des Unbekannten wird deine Lust steigern. So teste ich deinen Gehorsam. Wenn du noch mal die Augen aufmachst, werde ich aufhören.«

Das war das Letzte, was sie wollte. Jeder Teil ihres Körpers sehnte sich nach Erfüllung. Ihre Nippel waren hart und geschwollen, ihre Klitoris fieberte der Erlösung entgegen. Wenn James am Beginn des Orgasmus aufhörte, würde alles in tiefer Frustration enden. Sie fügte sich seinem Befehl und schloss fest die Augen. In den paar Sekunden, in denen sie sich entschied, ihm zu gehorchen, hatte er seine Technik verändert.

Er hob sie weiter auf den Schreibtisch, spreizte ihre Beine und zog den Tanga beiseite. Sie spürte seinen heißen Atem an ihrer Pussy, und plötzlich leckte er sie, langsam, beginnend am After, dann zwischen den zarten, geschwollenen Schamlippen, bis er die Zunge durch seine Finger ablöste. Er rieb ihre geschwollene Knospe, und Angie wand sich vor Lust. Etwas Großes schob sich in ihre Pussy. Zuerst dachte sie, sein Glied sei es, doch dann erkannte sie, dass das unmöglich war, denn James leckte weiterhin an ihrer Klit. Dann wurde ihr klar, dass es der Griff der Peitsche sein musste, der einen besonderen Zweck hatte. Er war anders als ein Penis, etwas rauer und hatte nicht die samtige Weichheit von Haut, aber er passte gut und bewegte sich rein und raus, und sie hatte das Gefühl, gefickt und zugleich gesaugt zu werden.

James fand den richtigen Rhythmus und schob den Peitschenstiel tiefer und schneller in sie, während er ihre Klitoris zwischen seine Lippen saugte.

In ihrem Unterbewusstsein wusste sie, dass sie sich seinem Willen gebeugt hatte. Sie hatte gewünscht, Sex mit ihm zu haben, und er hatte nicht mal seine Kleidung ausgezogen. Doch sie konnte nicht aufhören. Sie war so erregt, dass er alles mit ihr machen konnte, was er wollte.

Die Muskeln in ihrem Gesäß spannten sich, ihre Beine und Pobacken begannen zu zittern, und sie schrie vor Lust auf, als jede orgastische Welle sie erfasste, um noch intensiver zur nächsten zu werden. Ihre Scheidenmuskeln krampften sich um den Peitschenstiel, und sie wollte ihn wegziehen, doch James ließ es nicht zu. Seine Hand drückte schwer auf ihren Po, und er saugte weiter und brachte sie mit dem Peitschenstiel zur Ekstase, bis sie abermals explodierte. Nach dem Orgasmus lag sie schwach auf dem Schreibtisch und rang um Atem.

James richtete sich auf und ging um den Tisch herum, um sie zu mustern. Sie konnte seinen heißen Atem und ihre Säfte auf seinen Lippen wahrnehmen, als er sagte: »Du bist mein, Angie. Ich kann mit dir tun, was auch immer ich will, und ich will dich und habe vor, deinen wiederspenstigen Geist zu zähmen.« Seine Stimme klang hart.

Sie wollte sich aufsetzen, doch er presste seine Hand auf ihren Rücken, um sie festzuhalten. Sie war zornig, weil er sie so beherrschte. Warum hatte er sie nicht genommen, wie jeder andere geile Mann es getan hätte? Angie erkannte den Grund für ihre zwiespältigen Gefühle für ihn. Sie hatte gelernt, ihrer Intuition zu vertrauen. Seine Maske der Normalität verbarg etwas Bedrohliches, etwas Seltsames, was sie nicht ganz verstand. James unterschied sich von den anderen Männern.

»Ich habe eine andere Studentin, die an der Arbeit im Hotel Desire interessiert ist. Isabella di Bellini.«

Sie starrte ihn an und presste bei dem Gedanken an Isabella

di Bellini die Lippen zusammen. Sie wollte sich wieder aufrichten, doch mit seiner Hand auf ihrem Rücken schaffte sie es nicht. Körperlich hatte er sie unter Kontrolle, und geistig manipulierte er sie, indem er einen Konkurrenzkampf um die Praktikantenstelle provozierte, mit einer Frau, die sie nicht ausstehen konnte.

Isabella war im Gegensatz zu ihr eine dunkle Schönheit. Als Isabella arrogant in die Fachschule geschwebt war, hatte sie sich mit schriller Stimme beschwert, dass sie ihre Designer-Garderobe nicht in dem kleinen Schrank in der Schule unterbringen konnte.

Ihre Familie besaß eine Kette kleiner Hotels entlang der Ostküste von Australien. Isabella war entschlossen, Erfahrung im Management eines Spitzenhotels zu gewinnen, um sie später im Geschäft ihrer Eltern einzusetzen. Diese neureiche Kuh verlor keine Zeit, um herauszufinden, wer zum Geldadel gehörte und wer nicht. Diejenigen, die nicht dazu gehörten – wie Angie –, würdigte sie keines Blickes.

Langsam nahm James die Hand von Angies Rücken und ging zur Tür. Dort wandte er sich um, verschränkte die Arme und blickte Angie an.

»Isabella ist von Natur aus fügsamer und wäre für Hotel Desire geeignet, aber es mangelt ihr an Fantasie. Ich habe mich noch nicht entschlossen, wen von euch beiden ich auswählen werde. In den nächsten paar Tagen werde ich dich beobachten, und dann werde ich mich entscheiden. Du oder Isabella. Enttäusch mich nicht«, sagte er, bevor er das Büro verließ und sie auf dem Schreibtisch liegen ließ, schwach und wie gebrochen.

»Du glaubst doch nicht im Ernst, dass er dich auswählen wird?«

Angie blickte von den Notizen auf, die sie während der Vorlesung gemacht hatte und nun außerhalb des Hörsaals durchgegangen war. Sie sah Isabella di Bellini im kürzesten, mit Fransen besetzten Minirock, den sie jemals gesehen hatte. Obwohl sich die meisten Mitschüler lässig kleideten, verabscheute Isabella Jeans und bevorzugte Designer-Klamotten, je mehr sie die Figur betonten, desto besser. Sie trug große goldene Ohrringe, die hin und her schwangen, wenn sie lachte oder eine dichte schwarze Locke aus der Stirn schüttelte – was sie oft tat, wenn Vertreter des anderen Geschlechts anwesend waren.

»Wie bitte?«, fragte Angie, obwohl sie wusste, dass Isabella die Arbeitsstelle meinte, über die bei der heutigen Lesung gesprochen worden war.

»James wird dich nicht fürs Hotel Desire auswählen«, sagte Isabella.

»Woher willst du das wissen? Die Auswahl für die Stellen ist noch nicht getroffen.«

Isabella lächelte affektiert. »James hat mir erzählt, dass du dorthin möchtest. Aber jetzt weiß ich, dass ich auch interessiert bin.«

Angie ließ sich ihre Enttäuschung und Betroffenheit nicht anmerken. Sie hatte die ganze Woche beobachtet, wie Isabella mit James geflirtet und signalisiert hatte, dass sie zu allem bereit war. Während sie, Angie, James extrem attraktiv gefunden hatte, hatte sie sich nach der Lektion in Dominanz in seinem Büro vorsichtig verhalten und unsicher gefühlt. Sie wollte diese Stelle unbedingt haben, aber sie würde nicht vor James kriechen, um sie zu bekommen.

»James will jemand Besonderes für diese anspruchsvolle Stelle. Jemand mit Intellekt und Fantasie. Deshalb hat er mich fürs Hotel Desire ausgewählt«, sagte Isabella.

»Du weißt es bereits?«, fragte Angie überrascht.

Isabella lächelte verschlagen und sagte stattdessen: »Hi. Angie.«

Angie biss sich auf die Lippe und stellte keine weiteren Fragen, die Isabella nicht beantworten würde. Sie lächelte Jacob Hamilton an, einen der Mitschüler, der auf ihren Tisch zusteuerte. Er hatte eine kräftige Statur, kurzes braunes Haar und tiefblaue Augen. Jacob war Angie am ersten Tag aufgefallen. Er hatte eine erfrischende Art.

»Hi, Jacob«, erwiderte sie seinen Gruß, stand auf, um sich zu ihm zu gesellen und ihm in den Hörsaal zu folgen. »Ich sitze heute vorne.«

Sie ging voraus und bemühte sich, unbeschwert zu wirken. Isabella hatte sie verunsichert, und jetzt war sie entschlossener denn je, die Stelle im Hotel Desire zu bekommen. Und sie wusste genau, was sie tun wollte, um sie zu bekommen. Sie hatte eine kleine Überraschung für James in petto.

Sie setzte sich, glättete ihren Rock, kreuzte die Beine und wartete darauf, dass James mit dem Vortrag begann.

Die heutige Lesung beschäftigte sich mit den Arbeitsbedingungen im Hotelgewerbe, mit den Aufgaben, und jedes vergebene Praktikum wurde angekündigt. Es gab zwanzig Schüler, und Angie bemerkte, dass alle anwesend waren, denn eine gute Praktikantenstelle konnte einen Spitzenjob am Kursusende bedeuten.

Das Stimmengewirr verstummte, als James Steele den Hörsaal betrat. In einem schwarzen Anzug stand James vor seinem Publikum, und der Mann, der es ihr besorgt hatte wie noch keiner, war für Angie ungeheuer sexy und dominant. Sie kämpfte gegen die Fantasie an, ihm die Kleider vom Leib zu reißen und es vor aller Augen zu treiben. Seine Dominanz hatte sie ein wenig geärgert, doch sie war nicht in der Lage gewesen, etwas dagegen zu tun. Heute war es jedoch anders, und sie kannte eine subtilere Art, seine Aufmerksamkeit zu erregen.

Als James über die Pflichten und Aufgaben der Praktikanten sprach, fing Angie seinen Blick auf, lächelte und öffnete einladend ihre langen, wohlgeformten Beine. Sie trug keine Unterwäsche, und sie bemerkte, wie er zusammenzuckte und fasziniert auf ihre rasierte Pussy starrte, die sie ihm so schamlos darbot.

Seine Schläfen röteten sich. Er geriet beim Vortrag aus dem Konzept, und Angie erkannte, das ihre geile Vorstellung die gewünschte Wirkung erzielte.

Mit leicht geöffneten Lippen und halb gesenkten Wimpern lehnte sich Angie weiter zurück. Sie spreizte die Beine. Die Aufregung hatte sie feucht werden lassen, und sie sehnte sich danach, ihre Pussy zu streicheln und sich noch weiter für seine Blicke zu öffnen.

Die Sitzbänke schützten sie vor den Blicken aller – bis auf den Redner, denn die vordere Bank war nur an der Frontseite offen. Ihre Mitschüler saßen neben und hinter ihr auf den abgetrennten Sitzen und bekamen von ihrer aufreizenden Schau nichts mit. James war der Einzige, der in den Genuss kam.

Langsam rollte sie den Saum ihres Rocks hoch bis zu ihren Oberschenkeln. James hüstelte und sprach weiter, doch seine Stimme schien noch tiefer zu werden, als sie die Beine noch weiter spreizte. Sehr langsam wiegte sie die Hüften und genoss die Stimulation, für die ihr Piercing sorgte. Die dunkle Röte, die James' Wangen gefärbt hatte, verbreitete sich bis zu seinem Hals. Er schob seine Notizen zur Seite, um sich Wasser in ein Glas zu füllen und zu trinken.

Hitze stieg in Angies Pussy auf, die jetzt feucht und geschwollen war. Ein schwindelerregendes Gefühl der Macht verstärkte ihre Wonne, als ihr klar wurde, dass er ebenso wenig immun gegen ihre Reize war wie sie gegen seine.

Lächelnd lehnte sie den Kopf zurück und begann ihr Piercing zu reiben. Es fühlte sich an, als ob eine feuchte Zunge sie leckte. Als Reaktion versteiften sich ihre Nippel.

Sie wollte sehen, ob sich James' Hose wölbte, doch er legte sein Redemanuskript vor sich und setzte seinen Vortrag fort, obwohl sein Blick ständig zu Angie und ihren Bewegungen beim Masturbieren glitt. Ihr Atem ging schneller, und sie besorgte es sich vor ihm und wusste, dass sie ihn total heißmachte.

Nachdem die Praktika verteilt waren, konnte sie James erst wieder sehen, wenn er jeden Praktikanten bei seiner Arbeitsstelle besuchte. Bis zum Hotel Desire war es eine längere Reise, denn es befand sich auf einer Insel im tropischen North Queensland. Wenn James sie begehrte, hatte er die besten Chancen im isolierten Hotel Desire. Sie wusste, dass sie mit dem Feuer spielte, wenn sie diesen gefährlichen Mann aufgeilte, aber die Gefahr steigerte ihr Verlangen.

Sie hätte gern ihre Nippel gezwirbelt. Die Spitzen rieben gegen die Seide ihrer Bluse. James trat vom Rednerpult und ging ein paar Schritte auf und ab. Jetzt kam er näher. Er starrte gebannt, als sie mit ihren glitschigen Fingern auf und ab rieb. Über und um ihren Kitzler. Der Gedanke, dass zwanzig Mitschüler sich auf jedes Wort von James konzentrierten, während er in gebannter Faszination vor ihr stand, erfüllte sie.

Der tiefe Ton seiner Stimme brach mit einem Seufzen ab, und sie spürte, wie eine plötzliche Stille den Hörsaal erfüllte. Es kam ihr fast. Mit Daumen und Mittelfinger öffnete sie sich wie ein gespaltener Pfirsich und rieb leicht über das Piercing.

Sie beobachtete zufrieden James' Reaktion. Er schluckte,

und sein Adamsapfel ruckte auf und ab. Er begehrte sie so sehr wie sie ihn. Für einen Augenblick blickte er fort, um einem Schüler auf eine Frage zu antworten, doch bald kehrte sein Blick wieder zu ihr zurück. Das Masturbieren vor Zuschauern hatte für Angie stets einen Reiz gehabt, und die Gefahr der Entdeckung steigerte den Kitzel für sie ungemein.

James hustete, und ein Schweißfilm bedeckte seine Stirn. Er begann die Namen von Schülern und ihre Zuteilungen zu nennen, doch er hatte eindeutig Schwierigkeiten, sich auf seine Liste zu konzentrieren. Angie, kurz vor dem Höhepunkt, lauschte, als ihr Name genannt wurde. Wenn er sie allein begehrte, musste er zum Hotel Desire kommen und versuchen, sie zu verführen. Sie war eine Jägerin, eine Verführerin, nicht wie Isabella di Bellini. Sie wollte ihn zu gleichen Bedingungen, fort von seinem gewohnten Revier in der Stadt.

Nach der Art, wie er sie anschaute, wollte er sie ebenso.

»Hotel Desire«, sagte James und trat direkt vor sie, und sein Gesicht verriet nur Angie seine sexuelle Begierde.

Angie rieb schneller an ihrer Klit, die Augen glänzten, die Lippen waren leicht geöffnet, die Hüften bewegten sich in heftigem Rhythmus.

»Angie Masters«, verkündete er.

Den Blick auf sein Gesicht fixiert, kam es ihr. Sie biss sich auf die Unterlippe, um ihr befreiendes Stöhnen zu unterdrücken und ihre Lust still zu genießen, als Wärme durch ihren Körper flutete. James stand vor ihr, nur Zentimeter entfernt, als es ihr kam.

Seine Augen verengten sich, sein Gesicht rötete sich, und seine Zähne glänzten weiß. Die Ekstase ihres Orgasmus explodierte von Neuem, und für einen Moment schienen sie beide allein zu sein. Der Hörsaal und die Stimmen der Schüler klangen wie aus weiter Ferne. Es gab nur ihn und sie. Seine Miene zeigte Begierde, sein Lächeln erinnerte an das eines Wolfs, und als ihr Orgasmus abebbte, fragte sie sich, ob sie auf dem wilden Inselparadies die Jägerin oder die Gejagte sein würde.

Angie gab im Sydney Airport ihr Gepäck ab und betrachtete die Anzeige der eintreffenden und abgehenden Flüge, um die Abflugzeit ihrer Maschine nach Brisbane zu checken. Sie hoffte, dass ihre Maschine pünktlich abfliegen würde, denn sie musste ihren Anschlussflug zu der tropischen Insel Desire bekommen.

Sie grübelte, ob James Steele sie auch ohne ihre geile Masturbationsschau für das Hotel Desire eingeteilt hätte. Sie konnte die Antwort erst finden, wenn sie im Hotel Desire war.

Die Seite ihrer Natur, die gefahrvolle Abenteuer liebte, hatte gehofft, dass James sie in sein Büro rufen und eine Erklärung für ihr Verhalten verlangen und anschließend hemmungslosen Sex mit ihr haben würde. Stattdessen war James mit missmutiger Miene und ärgerlich aus dem Hörsaal gestürmt, gefolgt von einer heulenden Isabella di Bellini.

Angie ging zur Sicherheitsabfertigung und stellte ihre Reisetasche auf dem Laufband zum Durchleuchten ab. Sie war frustriert und brauchte Sex, begehrte James mehr, als sie sich eingestehen wollte.

Der laute Alarmton riss Angie aus ihrem Tagtraum. Sie sah sich um und versuchte herauszufinden, was den Alarm ausgelöst hatte. Nur mit einem blauen Sommerkleid und Ledersandaletten konnte sie es doch nicht gewesen sein.

»Stopp, Miss!«, sagte der Sicherheitsmann am Schalter. Ärgerlich verharrte sie und blickte in das Gesicht eines Hünen, dessen blaue Augen sie abschätzend musterten. Ihr Puls beschleunigte sich, aber nicht aus Angst.

Wieder verspürte sie dieses Prickeln, und obwohl sie ihren Anschlussflug bekommen musste, sah sie keinen Grund, ihm zu erzählen, das ihr Genital-Piercing den Alarm ausgelöst haben könnte. Sollte er es selbst herausfinden.

Sie ging auf ihn zu und nahm den Anblick seines großen, zu jedem Einsatz bereiten Körpers, die attraktiven Gesichtszüge und kräftigen Hände wahr. Hände, mit denen er köstlich ihren nackten Körper durchsuchen konnte.

Er war einen Kopf größer als sie, und in ihrer gegenwärtigen Aufregung hatte dieser hünenhafte Mann eine dramatische Wirkung auf ihre Sinne. Er hatte dichtes, blondes Haar, das kurz geschnitten war, eine lange, gerade Nase und breite Wangenknochen. Ihr Blick fiel auf seinen Mund, und sie bewunderte seine sinnlichen Lippen. Er war zweifellos mit einem Mund zum Saugen und Lecken geboren worden, und sie hoffte, er würde ihn zu benutzen wissen.

Sie wartete, während er seinen Metalldetektor über ihren Leib führte. Es summte lauter, je tiefer er den Detektor hielt.

»Tragen Sie etwas Metallisches unter dem Kleid?«, fragte der Sicherheitsmann.

»Ich habe gar nichts drunter«, antwortete Angie und lächelte ihn an. »Überhaupt nichts.«

Er blickte sie sonderbar an, und sie vertiefte ihr Lächeln und dachte, er wird schon scharf. »Sehen Sie selbst nach«, sagte sie und hob die Arme, sodass sich die Nippel ihrer Brüste gegen das Oberteil des Sommerkleides pressten.

Er runzelte die Stirn und führte den Metalldetektor wieder über ihren Körper, und es summte lauter, je tiefer er den Detektor hielt.

Eine Ader pulsierte an seiner Schläfe und verriet seinen Stress, wie Angie zufrieden registrierte.

»Ist Ihnen klar, dass es strafbar ist, eine Waffe mit an Bord eines Flugzeugs zu nehmen?«

»Wo könnte ich denn eine Waffe verstecken?« Sie drehte sich verlockend vor ihm, und das Kleid spannte sich um ihre Kurven.

Sie glaubte, Verlangen in seinen Zügen zu erkennen.

»Sie verbergen etwas«, sagte er, und sein Tonfall wurde jetzt autoritär. »Die Maschine reagiert nur auf Metall.«

»Dann durchsuchen Sie mich. Stellen Sie fest, was Ihre Maschine so heißmacht, dass sie summt.«

Er stand dicht vor ihr, und die Spannung zwischen ihnen wuchs. Er war sexy, und sie wollte seine Hände spüren. Erst sollte er ihre Kleidung abtasten, und dann würde sie sich ausziehen und ...

»Da ist nichts in ihrem Handgepäck.«

Angie wandte den Kopf und sah einen Assistenten, der ihre Reisetasche auf das Laufband zurückstellte.

Stille folgte, und Angie wartete, dass der Sicherheitsmann zu einer Entscheidung gelangte. Er war Ende zwanzig und strahlte Autorität aus, was sie aufregend fand. Männliche Autoritäten machten sie an, denn sie liebten es oft, gegen ihre Vorschriften zu verstoßen.

»Kommen Sie mit«, sagte er im Befehlston.

Angie blickte auf ihre Armbanduhr und stellte fest, dass ihr Abflug in vierzig Minuten sein würde. »Wohin bringen Sie mich?«

Er führte sie in einen kleinen Raum mit einem Tisch und Stühlen, der ihr wie ein Verhörraum vorkam. »Wenn Sie Ihren Flug bekommen wollen, dann sollten Sie erklären, was den Metalldetektor ausgelöst hat.«

Angie zuckte die Schultern. »Wie kann ich das wissen? Ich habe Ihnen bereits erklärt, dass ich nichts unter meinem Kleid trage.«

»Wenn Sie nicht kooperieren, können Sie von einem weiblichen Beamten durchsucht werden.«

»Was ist los?«, sagte sie und verbarg nicht ihre Enttäuschung. »Haben Sie Angst, es selbst zu tun?«

»Das würde Ihnen gefallen?« Er sah ihr in die Augen, und Angie sah die Anspannung in seinem Gesicht. »Sie haben nichts dagegen, dass ich Sie berühre«, sagte er förmlich, jedoch mit heiserer Stimme.

»Ich glaube, Sie werden den Job sorgfältiger machen als eine Frau, meinen Sie nicht?«, sagte sie. »Sie werden schon erkunden, ob ich etwas unter meinem Kleid verborgen habe.« Sie streichelte ihre Nippel verführerisch mit Zeigefinger und Daumen, sodass sie steif wurden. »Sie könnten sogar finden, was Sie suchen.«

Der Sicherheitsmann atmete scharf ein und starrte gebannt auf ihre Brüste.

Angie blickte an ihm hinab und sah, dass er ebenso erregt war wie sie. Sie umfasste ihre Brüste unter dem dünnen Stoff des Kleides. »Ich möchte, dass Sie hier anfangen.«

Er stöhnte auf, und sie spürte seinen heißen Atem an ihrem Gesicht. »Es ist mir untersagt, Sie ohne die Anwesenheit einer weiblichen Amtsperson zu durchsuchen«, sagte er, offensichtlich zwischen Pflichterfüllung und sexueller Begierde hin und her gerissen. Angie schloss aus dem Schweißfilm auf seiner Stirn, dass die Begierde siegen würde.

»Einige Vorschriften sind dazu da, dass man dagegen verstößt«, wisperte Angie.

Sie nahm seine Hand und strich sinnlich mit dem Daumen über seine Handfläche, bevor sie sie auf ihre Brust legte. »Fühlen Sie, dass hier nichts Metallisches ist? Nichts außer mir«, sagte sie und drückte die Handfläche auf die Brustspitze, die unter der Berührung noch härter zu werden schien.

»Dies ist gegen die Vorschriften«, sagte er heiser.

Sie ergriff seine freie Hand, presste sie auf ihre andere Brust, und er begann sie zu massieren, die Augen geschlossen, um andächtig den köstlichen Moment zu genießen.

»Und sicher ist das auch gegen die Vorschriften.« Angie strich erst den einen und dann den anderen Riemen des Kleides von ihren Schultern, sodass sie ihre Brüste enthüllte.

Beim Klang ihrer Stimme öffnete er die Augen, und sie erkannte an seinem Blick auf ihre nackten Brüste, dass sich sein Kampf Pflichterfüllung gegen Begierde entschieden hatte.

»Ich mag es, gegen Vorschriften zu verstoßen«, sagte Angie. Sie drehte sich und drückte die Brüste gegen die Wand. »Wollen Sie mich jetzt nicht ... durchsuchen?«

Er stöhnte auf und kam näher, bis sein heißer Atem die weiche Haut an ihrem Nacken liebkoste.

Sie spürte, wie er die Hand durch ihr Haar gleiten ließ, über ihren Rücken strich und dann an ihrem Po verweilte, den er durch den dünnen Stoff ihres Kleides streichelte.

»Sie haben kein Höschen an.« Er küsste sie auf den Nacken.

»Glauben Sie immer noch, ich verberge etwas?«

»Sie wären überrascht, wenn Sie hören, was wir manchmal bei Leuten finden. Ich werde weiter suchen müssen.« Seine Hände glitten über ihren Rücken und ihre Beine bis auf die zarte Haut hinter ihren Knien. Angie erschauerte vor Wonne. Sein Streicheln wurde immer kühner und erregte sie mehr und mehr. Instinktiv spreizte sie die Beine.

»Drehen Sie sich um«, sagte er im Befehlston, und als sie es tat, sah sie, dass er kniete, bereit, sie weiter zu durchsuchen.

»Haben Sie gefunden, was Sie suchen?«, fragte sie.

»Noch nicht«, antwortete er. Er strich über ihre Schienbeine, bis seine Fingerspitzen unter dem seidigen Stoff ihres Kleides verschwanden.

»Hören Sie dort nicht auf«, drängte Angie.

Doch er brauchte keine Ermunterung mehr. Er streichelte bereits über die Innenseite ihrer Beine, und seinen Fingern folgte bald sein Mund, mit dem er ihre Schenkel küsste. Angie musste ein wohliges Aufstöhnen unterdrücken. Sie wollte seine Härte in sich spüren, doch er schien sich Zeit bei der Erkundung ihrer empfindlichsten erogenen Zonen zu nehmen und es zu genießen.

Als er ihr Kleid bis zu ihrer Taille anhob, stieß er beim Anblick ihrer rasierten Pussy einen leisen Pfiff aus. »Du bist ein heißes Mädchen!« Zum ersten Mal hatte er sie geduzt, und jetzt gab es endgültig kein Halten mehr für ihn.

Ein leises Stöhnen konnte Angie nicht mehr unterdrücken, als er seinen Mund auf ihre Pussy presste und über die äußeren Schamlippen leckte. »Mach die Beine auseinander«, befahl er. Angie brauchte keine zweite Aufforderung. Sie konnte es kaum erwarten, bis er seine Zunge in sie schob und sie »erkundete«, bis sie vor Lust um Atem rang.

»Aha«, sagte der Sicherheitsmann plötzlich. Mit den Daumen teilte er sanft ihre Schamlippen und strich hinauf bis zu dem golden glänzenden Piercing. Sein Gesicht hatte den Ausdruck eines Jungen, der an Weihnachten ein brandneues Spielzeug ausgepackt hatte.

»Hör jetzt nicht auf«, sagte sie fast flehend, denn es kam ihr fast; sie brauchte seinen Mund und seinen Schwanz.

»Ich wusste vom ersten Moment an, dass du heiß bist.« Er leckte über ihre Klit. Dann saugte er an ihrer Perle, bis Angie kurz vor dem Orgasmus stand.

Als er die Lippen über ihre Klitoris presste und das Piercing zwischen die Zähne saugte, schrie sie in Ekstase ihre Lust heraus. Ihr Höhepunkt war gewaltig. Sie sah regelrecht feurige Sterne und schloss verzückt die Augen vor der grellen Farbenpracht.

Dann hörte sie ein lautes Geräusch und öffnete die Augen, um zu sehen, dass er ein Päckchen Kondome aufriss. Er kam offenbar gut vorbereitet zur Arbeit; schnell entledigte er sich der Hose und streifte das Kondom über seine Erektion.

Er drehte sie herum, sodass sie ihre Brüste gegen die Wand presste, und glitt in sie hinein.

Dann umfasste er ihre Hüfte, um sie in Position zu halten, und stieß zu. Angie stockte der Atem, als er sie ganz ausfüllte. Zuerst stieß er sie langsam und stetig, dann immer leidenschaftlicher.

»So gefällt's dir, nicht wahr?«, keuchte er.

»Gib's mir«, drängte sie und genoss seine tiefe Penetration.

Sie hörte sein Stöhnen, als er zärtlich in ihren Nacken biss, sie noch fester an sich presste und seinen Schwanz wie wild in sie hineinpumpte, bis sie spürte, dass es auch ihm kam und er erbebte.

Nach ein paar heftigen Atemzügen drehte sie sich ihm zu und sah ihn an. Sie zog die Träger ihres Kleides hoch und warf einen Blick auf ihre Armbanduhr. Ihr Flugzeug flog in fünf Minuten ab. »Bist du zufrieden mit deiner Suche?«, fragte Angie scherzend.

»Sehr!«

»Und du hast gefunden, was du gesucht hast?«

Er lachte, tief und kehlig, und küsste sie zärtlich auf die Lippen. »Das kann man wohl sagen!«

»Gut. Dann kannst du mir vielleicht zeigen, wie ich am schnellsten zu meinem Flugzeug komme. Die Maschine startet in ein paar Minuten.«

»Mach dir keine Sorgen. Ich sorge dafür, dass du noch an Bord kommst.« Er zog die Hose hoch und richtete seine Uniform, öffnete die Tür zu dem Vernehmungszimmer und begleitete sie zum Departure Gate.

Befriedigt und lächelnd winkte ihm Angie zum Abschied. Der Sicherheitsmann salutierte wie ein Soldat, und sie ging an Bord des Flugzeugs. Sie fragte sich, was James wohl für sie arrangiert hatte, wenn sie auf der Insel des Hotel Desire eintreffen würde.

Drittes Kapitel

»Hotel Desire, da bin ich endlich!« Angie schaute sich um. Der Anblick übertraf noch ihre Erwartungen. Das Hotelgebäude erhob sich in dezentem Rot zwischen Palmen, umgeben von einem gepflegten Rasen oberhalb einer blauen Lagune und eines ausgedehnten Strands – der Typ Strand, an dem man nackt baden und meilenweit wandern konnte, ohne mehr Gesellschaft als die warme Sonne von Queensland zu haben. Sie war befriedigt nach dem überraschenden Erlebnis auf dem Flughafen Sydneys, und die Männerjagd konnte bis morgen warten, doch das Prickeln der Vorfreude stieg bereits in ihr auf, als sie an den langen verlassenen Strand und die Abenteuer dachte, die sie sich dort erhoffte.

Auf Angie wirkte alles farbiger im Vergleich zu dem tristen Grau der Stadt. Sie liebte die hiesige Lebhaftigkeit und war erfüllt von Aufregung bei diesem frischen Jagdrevier mit unbegrenzten Möglichkeiten, die es für sie zu entdecken galt. Bei Flugzeugladungen möglicher Eroberungen, die jede Woche eintrafen, würde sie sich niemals langweilen. »Perfekt.« Ihre Brüste spannten sich bei den Gedanken an die nächste Männerjagd. Das ist genau das, was ich brauche, dachte sie und betrat das Foyer des Hotels.

»Angie Masters?«, fragte eine tiefe Stimme, die sie zuerst für die eines Mannes hielt, doch es war die einer großen Frau, fast einsachtzig, mit rabenschwarzem Haar und großen tiefbraunen Augen.

»Ja, das bin ich.«

Die Frau blickte ungeduldig auf ihre Armbanduhr. »Wo ist der andere?«

»Pardon?«, fragte Angie verwirrt.

»James hat mir versprochen, zwei Praktikanten zu schicken. Ich habe im Moment Personalmangel und brauche zwei Personen für den Küchendienst.«

»Oh, Sie müssen Jacob meinen. Er war nicht im Flugzeug von Brisbane. Ich weiß nicht, wann er ...«

»Schon gut«, unterbrach die Frau. Angie bemerkte, dass sie die rubinrot geschminkten Lippen missbilligend zusammenpresste. »Kommen Sie mit. Ich führe Sie herum. Ich bin die Hotelmanagerin. Mein Name ist Tahillia Ash. Sie können mich mit Ms Ash ansprechen. Ich werde Sie Angie nennen. Sie und Ihr Arbeitskollege werden zu Anfang in der Küche arbeiten. Sie brauchen also nur den Weg von Ihrem Zimmer zur Küche zu finden, und das ist alles. Bleiben Sie dem Gästebereich fern – das schließt den Pool und den Sauna- und Wellnessbereich ein.«

Angie folgte ihrer neuen Chefin, doch ihre Augen und Ohren waren sonst wo. Sie hasste Bestimmungen und Vorschriften, und während Ms Ash darüber sprach, schaltete sie ab und nahm ihre luxuriöse Umgebung in sich auf. Dann stockte ihr der Atem. Sie hatte einen Rockstar entdeckt, den sie schon oft in den Illustrierten gesehen hatte und der an der Rezeption eincheckte. Es überraschte sie, dass er ihr nicht im Flugzeug aufgefallen war, und sie nahm an, dass er erster Klasse gereist war. »Das ist Nick Holt von den Animal Lair«, entfuhr es ihr aufgeregt. Er machte sie an. Sie war ihm am nächsten gekommen, als er sie bei einem Rockkonzert vor zwei Jahren aus dem Publikum geholt und mit ihr getanzt hatte. Er hatte ihr sogar seine Telefonnummer zugesteckt, doch als Angie angerufen hatte, war seine Frau in der Leitung gewesen und hatte ihr, dem vermeintlichen Groupie, klargemacht, dass er nicht für sie zu sprechen war.

Angies Mund wurde trocken. Da war wieder das gewisse Prickeln, und ihre Nippel verhärteten sich. Diesmal checkte Nick ohne seine eifersüchtige Frau ein, und Angie konnte auf Männerjagd gehen.

»Denk nicht mal daran.« Tahillia Ash ergriff ihren Arm und zog sie weiter. »Gäste sind tabu für das Personal. Sie halten sich von ihnen fern, sprechen mit ihnen nur, wenn Sie angesprochen werden, und bleiben aus ihren Schlafzimmern.« Ihre dünnen, mit Kajal geschminkten Augenbrauen zogen sich zusammen. Aber Angie wollte nicht diesen strengen, unverzeihlichen Blick der Managerin, sondern Nick sehen und die heiße Nacht mit ihm genießen, die ihr damals versagt geblieben war. Er hatte den Ruf, ein atemberaubender Liebhaber zu sein.

Sie hörte ein Männerlachen von der Rezeption her und wandte trotz der Nähe ihrer neuen Chefin den Kopf, um hinzusehen. Nick war groß und sexy und hatte einen fast kahl rasierten Schädel. Sie kannte ihn von ihrem Tanz mit ihm und wusste, dass er stark war, doch das war es nicht allein, was sie scharfmachte. Es war seine rote Zunge mit dem goldenen Piercing. Er zeigte sie dem Mädchen an der Rezeption, das anerkennend kicherte. Nick war bekannt für seine exhibitionistischen Scherze.

Sie wollte diese Zunge mit ihrem glänzenden Zubehör spüren, wenn sie ihre intimsten Stellen leckte. Sie hatte noch nie einen Mann mit einer so langen Zunge erlebt, und die Muskeln ihrer Pussy zogen sich erwartungsvoll zusammen. Die Zunge war fast so lang wie ein Penis, und wenn sie an all die Tricks dachte, die er damit ausführte, wurde ihr heiß, und das lag nicht nur am tropischen Klima. Der Sicherheitsmann am Flughafen war nur noch eine Erinnerung. Sie brauchte einen Mann. Einen Mann mit einer sinnlichen Zunge wie eine Schlange, mit der er sie in Ekstase versetzte.

Die Hand auf ihrem Arm drückte fester zu, und Angie drehte sich widerwillig ihrer neuen Chefin zu. »James hat mir gesagt, dass du ungehorsam bist«, zischte diese. »Wenn du dich nicht an die Vorschriften hältst, schicke ich dich mit der ersten Maschine von hier heim. Und glaube nicht, du könntest mich irgendwie täuschen. Ich habe schon alles erlebt. Ich werde dich genau beobachten. Nick Holt ist nicht für dich.«

»Keine Sorge«, sagte Angie lächelnd. Ihr blondes Haar wirkte wie der Heiligenschein eines »Engels«. »Sie können mir vertrauen, Ms Ash.«

Die Frau schaute sie misstrauisch von oben bis unten an, dann ging sie über den schmalen Korridor zu den Unterkünften des Personals, und Angie folgte ihr.

»Ihre Uniform ist in Ihrem Schrank. Sie werden um 17 Uhr Ihre Schicht zum Küchendienst antreten.«

Angie blickte auf ihre Armbanduhr. Ihr blieben zwei Stunden. Sie hatte den Mann, den sie wollte, erspäht, und jetzt war es an der Zeit, mit der Jagd zu beginnen. Nick Holt, Leadsänger von Animal Lair. Sie hatte ihn auf der Bühne erlebt, und sie wollte seine Stimme auf ihrer nackten Haut widerhallen hören.

»Merken Sie sich, um 17 Uhr in der Hauptküche. Kommen Sie nicht zu spät«, sagte die Managerin.

»Bis bald, Ms Ash«, sagte Angie freundlich. »Danke, dass Sie mich herumgeführt haben.«

Das einzige Problem war, dass sie Tahillia Ash früher sehen würde, als sie dachte, und das in einer heiklen Situation.

Angie steckte die Schlüsselkarte ein, mit der sie Nick Holts Zimmertür geöffnet hatte, und betrat Nicks Suite. Sie tastete nach ihren Handschellen, besorgt, dass sie in ihrem Stress, Nicks Suite zu finden, vergessen hatte, sie mitzunehmen. Die Suite hatte im Schlafzimmer ein großes Bett mit eisernem Gestell, ein großes Bad und ein geräumiges Wohnzimmer mit Blick auf die Lagune.

Er war unter der Dusche. Sie konnte ihn singen hören. Der Klang seiner rauen Stimme löste wieder dieses Prickeln in ihrem Körper aus. Sie hatte ihn damals für zwei Stunden auf der Bühne herumspringen sehen und seine Songs gehört, und es gab für sie keinen Zweifel daran, dass der Mann Ausdauer hatte. Begierde stieg in ihr auf, als sie die Handschellen aufs Bett legte. Sie würden eine Überraschung für ihn sein, und sie hoffte, dass er sie sich anlegen ließ.

Angie sah ihn vor ihrem geistigen Auge nackt und ihr ausgeliefert, und die Vorstellung erregte sie so, dass sie nicht länger widerstehen konnte und die Badezimmertür einen Spalt aufschob.

Durch den Dampf konnte sie ihn sehen. Er lehnte mit erhobenen Armen an der Duschwand und ließ den Wasserstrahl über seinen Kopf und den Rücken rinnen. Beim Gesang hob er den Kopf und schmetterte mit tiefer und resonanter Stimme den Song, der einen wonnigen Schauer durch ihren Körper schickte. Sie wollte Nick benutzen, damit er mit dieser wundervollen Stimme schmutzige Dinge zu ihr sagte. Die Erinnerung an seine rote Zunge mit dem glänzenden Piercing war immer noch stark.

Der Gedanke, diesen prominenten Rockstar zu dominieren, war äußerst erregend. Oder vielleicht konnten sie »Tease«, eines ihrer beliebtesten Spiele, spielen, und wer als Erster kam, würde die Handschellen tragen müssen. Nein, das war keine so gute Idee, denn sie war bereits schon fast so weit und würde verlieren, und das gefiel ihr nicht. Bei Sex und Männern wollte sie siegen und die Oberhand behalten.

Ihr Blick glitt über Nicks nackten Körper, seine breiten Schultern, die schmale Taille und die gebräunte Haut. Sein Schwanz war nicht übergroß, doch dick und fast erigiert. Es wäre geil, ihn in sich zu haben.

Angie streifte die Träger ihres Kleides von ihren Schultern. Sie hatte Nick seit zwei Jahren nicht mehr gesehen, jedoch nie vergessen, wie er sie beim Tanz in den Armen gehalten und an sich gepresst hatte. Er war der Typ, der es einer Frau schnell und ein paar Mal im Stehen besorgen konnte. Sie öffnete den Reißverschluss und ließ ihr Kleid auf den Boden sinken.

Im nächsten Moment erstarrte sie.

Jemand klopfte leise an die Tür. Verdammt!, dachte Angie. Da stand sie nackt im Schlafzimmer der Suite, um Nick zu überraschen, und da bekam er Besuch! Hektisch suchte sie in seinem Schlafzimmer einen Platz, wo sie sich verstecken konnte.

Es klopfte von Neuem, diesmal lauter. Sie schnappte sich ihr Kleid und zog es in fieberhafter Hast an. Dann rannte sie zum Bett und zerrte die Überdecke zur Seite, doch das eignete sich überhaupt nicht als Versteck.

»Nick«, rief eine weibliche Stimme.

Oh nein!, dachte Angie. Er erwartet sie. Sie hörte, dass die Dusche abgestellt wurde, und obwohl Nick immer noch sang, würde es nicht lange dauern, bis er das Klopfen und Rufen bemerken würde.

Verzweifelt hielt Angie nach einem Versteck Ausschau. Ihr Blick fiel auf den Einbauschrank. Sie flitzte durch das Zimmer und zog die Schranktüren auf. Erleichterung erfüllte sie, denn unter den Regalfächern war genügend Platz. Schnell stieg sie in den Schrank und schloss die Türen hinter sich. Ihr Puls raste. Das Letzte, was sie wollte, war der Verlust ihres Praktikums; ihr Ehrgeiz, ein eigenes Hotel zu managen, war stärker als ihr Sextrieb. Letzterer brachte sie leider oft in Schwierigkeiten.

Sie hörte das Klicken der Schlafzimmertür und gedämpfte Schritte am Schrank vorbei zur Tür gehen.

»Das ist aber eine Überraschung!«, erklang Nicks Stimme. »Wir haben uns schon lange nicht gesehen.«

»Zu lange«, schnurrte die Frau. »Willkommen im Hotel Desire.«

Er lachte. »Schick, diese neue Uniform. Obwohl ich mir keine Frau vorstellen kann, der sie so gut steht wie dir.«

»Es freut mich, dass sie dir gefällt.«

»Ich finde sie wirklich geil«, sagte Nick. Und dann hörte Angie Laute, die sie erst deuten konnte, als die Frau verzückt sagte: »Ah, das gefällt mir. Ich kann kaum glauben, wie scharf mich deine Zunge macht.«

Angie gab ihrer Neugier nach und schob die Schranktür einen Spalt auf. Sie spähte auf den längsten Pfennigabsatz, den sie jemals gesehen hatte. Sie folgte der Linie des langen Beins mit dem hochhackigen Fuß und sah, dass das andere Bein über Nicks Schulter gelegt war, er vor der Frau kniete und wohlig stöhnte. Zwei weibliche Hände massierten seinen geschorenen Kopf und hielten ihn zwischen ihren Beinen, während er sie leckte.

Die Schürze der Frau war bis zur Hüfte hochgeschoben, und Angie konnte sehen, wie sie ihr Becken bei jedem seiner Zungenschläge bewegte. Die Frau stöhnte auf, und er hielt ihre Pobacken fest und stieß sie noch heftiger mit seiner langen Zunge. Angies Mund wurde trocken, und sie wünschte, dort mit einem Bein über Nicks Schulter von ihm verwöhnt zu werden.

»Oh, Nick, das tut gut, leck mit diesem Piercing weiter, bitte. Ja, ja, genau da.«

Angie beobachtete fasziniert, wie der Mann die Frau an

den Pobacken festhielt und bändigte, während sie bebte und zitterte und er es ihr mit der Zunge besorgte.

Wer war diese Frau? Das Regal über Angie blockierte ihr die Sicht. Sie wollte die Tür des Schranks weiter aufschieben, doch das Risiko der Entdeckung war zu groß. Wer auch immer die Frau war, sie musste zum Hotelpersonal gehören. So viel zu Ms Ashs Vorschriften, dachte Angie sarkastisch.

Die Frau stöhnte und atmete immer heftiger. Schweiß bildete sich auf Angies Stirn, als sie gebannt zuschaute, wie Nick an der Pussy leckte und saugte, während er die Frau in seinen starken Armen hielt.

Die Frau griff hinab, spreizte ihre Schamlippen und bäumte sich zu seiner Zunge auf.

Angie hielt die Schranktür einen Spalt auf, bis ihre Hand zitterte.

»Oh, weiter, bitte, bitte«, stöhnte die Frau, als Nick die Uniform von ihrem Körper riss und die Brüste der Frau umfasste und sie zum Rhythmus seiner Zunge wiegte.

Angie biss sich auf die Unterlippe. Sie hatte sich an den Brüsten gestreichelt und schob jetzt die Hand unter ihr Kleid und machte es sich im Rhythmus wie Nick und seine Partnerin. Sie wollte mit ihnen kommen. Was würden sie tun, wenn sie plötzlich aus dem Schrank auftauchte? Sollte sie sich das Kleid ausziehen und sich nackt zu ihnen gesellen? Angie war überzeugt, dass Nick ein Mann war, der zwei Frauen zugleich befriedigen konnte. Weil sie noch nie einen Dreier gemacht hatte, stimulierte sie diese erregende Szene, es zu versuchen.

»Oh, steck deine Finger in mich«, stöhnte die Frau auf, »Mach mich feucht für dich.«

»Wenn es dich noch mehr aufgeilt.« Nick erfüllte ihr den Wunsch.

Die Frau erschauerte und schrie vor Lust auf. Ihr Körper

wand sich, doch Nick hielt ihr Hinterteil fest, während er es ihr mit seiner schlangenartigen Zunge besorgte, bis die Frau ihre Fingernägel in seine Schultern krallte und rote Striemen hinterließ.

Angie rieb sich, erregt bis zum Rand eines Orgasmus. Nick in Aktion zu sehen war das Geilste, was ihr je zu Gesicht gekommen war. Sie sehnte sich danach, ihre Finger ebenso in seine Schultern zu krallen und sich von ihm in Ekstase bringen zu lassen, wie er es bei der Frau getan hatte. Es war verrückt, und sie riskierte viel, wenn sie jetzt aus dem Schrank trat, um mitzumachen.

Jetzt war die Frau befriedigt und schwach und würde nicht protestieren, wenn sie eine Nebenbuhlerin bekam. Angie begehrte Nick, wollte seinen harten Schwanz in sich spüren, aber sie wollte ebenfalls die Frau berühren. Sie hatte nie die Brüste einer anderen Frau berührt, und die großen Titten der Frau mit ihren dunklen Vorhöfen und dunklen Nippeln unterschieden sich von ihren. Sie wirkten exotisch und bereit zur Erkundung.

Mit einer unerwarteten, schnellen Bewegung packte Nick die Frau und warf sie sich über die Schulter. Sie war benommen von ihrem Orgasmus, doch sie lachte leise, als Nick sie auf das Bett legte.

Die Bewegung überraschte Angie, und sie nahm schnell eine kniende Position ein, um einen besseren Ausblick zu bekommen, doch sie stieß sich den Kopf an dem Regal und unterdrückte gerade noch einen Aufschrei.

»Was war das für ein Geräusch?«, fragte die Frau.

»Welches Geräusch?«, erkundigte sich Nick. »Ich habe nichts gehört.«

»Du hast hier doch niemanden versteckt, der uns nachspioniert, Oder? Du lässt dies doch nicht filmen? Ich weiß, wie pervers du sein kannst.«

Angie hielt den Atem an und war überzeugt, dass sie entdeckt werden würde. Schweiß sickerte zwischen ihre Brüste. Was würde man tun, wenn man sie entdeckte? Es gab nicht so viele Verstecke in der Suite, sie hatte nur eines gefunden.

Nick lachte, und seine tiefe Stimme klang vergnügt. »Nein, wir sind ganz allein, obwohl ich wünschte, ich wäre auf die pikante Idee gekommen. Auf so was habe ich lange gewartet. Es gibt nicht viele Frauen, die so ungewöhnlichen Sex wie du lieben.«

Ungewöhnlichen Sex! Bei diesen Worten prickelte es in Angies Körper, und sie verwünschte, dass sie im Schrank steckte. Dies musste sie einfach sehen, sie wurde verrückt vor Neugier. Vorsichtig schob sie die Schranktür ein wenig weiter auf. Nick stand neben dem Bett, sein Schwanz in voller Erektion. Die Frau lag mit so weit gespreizten Beinen da, dass Angie die schwarzen Schamhaare und den rosafarbenen Schlitz dazwischen sehen konnte.

Die Frau setzte sich auf, und Angie bekam einen Schock. Tahillia Ash! Kein Wunder, dass sie Angie gewarnt hatte, sich mit Gästen einzulassen. Sie wollte Nick für sich selbst.

Schockiert schloss Angie die Schranktür und dachte im Dunkeln über ihr kurzes Gastspiel im Hotelgewerbe nach. Sie durfte auf keinen Fall entdeckt werden. Gott sei Dank hatte sie dem Drang nicht nachgegeben, bei diesem heißen Sex mitzumachen. Schweiß rann an ihr hinab, und ihr Kleid war feucht und klebrig. Sie konnte im dunklen Schrank nicht auf die Uhr blicken, aber sie nahm an, dass sie es nicht mehr pünktlich zum Küchendienst schaffen würde.

Aber das war ihre geringste Sorge, als sie plötzlich ein vertrautes Klicken hörte. Jemand hatte die Handschellen entdeckt, die sie auf Nicks Bett zurückgelassen hatte. Wenn sie feststellten, dass sie keinem von beiden gehörten, würden sie nach dem Besitzer suchen.

»Oh, Nick, benutz sie bei mir!«, rief Tahillia. »Du weißt, wie ich es liebe, von dir gefesselt zu werden.«

»Genau das kam mir in den Sinn. Obwohl ich keine Ahnung habe, wie ich dich fesseln soll.« Er lachte, und Angie hörte die Handschellen klicken.

Dies war nicht das, was sie erwartet hatte. Gewiss würden sie sich fragen, wem die Handschellen gehörten, aber nein, sie vögelten und benutzten dabei ihre Handschellen, während sie in dem dunklen Schrank hockte und ihr Gestöhne anhören musste!

»Oh, Nick, das ist eine wundervolle Idee«, gurrte Tahillia.

»Schön, dass du immer noch auf ausgefallene Spielchen stehst, Tahillia.« Angie konnte das Verlangen in seiner tiefen Stimme hören, und Neid erfasste sie.

»Lass mich noch diese Lümmeltüte anziehen«, sagte Nick. »So, ich bin bereit.«

»Langsam, Nick, langsam.« Tahillia seufzte. »So hab ich's am liebsten. Noch ein bisschen tiefer. Oh, das ist gut.«

Angie biss frustriert die Zähne zusammen, als sie zuhörte. Sie konnte es nicht mehr ertragen. Verlust des Praktikums oder nicht, sie musste wissen, was sie taten.

Sie schob die Schranktür auf und sah, wie Nick in Tahillia eindrang. Diese lag auf dem Bauch, und ihr Körper zitterte vor Erregung. Er hatte sie statt mit den Handgelenken ans Kopfende mit den Knöcheln ans Fußende gefesselt, sodass ihr Hinterteil erhoben und bereit für ihn war. Tahillias Hände waren um das Kopfende des Bettes gekrampft, als er sie von hinten stieß. Sie atmete schon schwer, als käme es ihr gleich.

Angie wusste, wie gut sich Analsex anfühlte, wenn es einer Frau von einem erfahrenen Liebhaber auf diese Weise besorgt wurde, und Nick war gut, sehr, sehr gut. Wie lange würde es dauern, bis er die Jagdbeute zur Strecke gebracht hatte und sich von ihr befriedigen ließ wie jetzt Tahillia. Dieses erotische Bild würde sie immer vor Augen haben, bis sie Nick selbst haben konnte.

»So hast du es gern, nicht wahr, Tahillia? So willst du es«, sagte Nick mit rauer Stimme.

Tahillia antwortete mit einem Lustschrei auf seine Frage. Sein Rhythmus wurde schneller und schneller, und sie stöhnte auf und warf ihren Kopf hin und her. Ihre langen Beine spannten sich an den Handschellen, während Nick sie zur Ekstase trieb.

Angie beobachtete gebannt. Jeder Muskel in ihrem Körper war angespannt, während sie Nick und Tahillia fasziniert beobachtete.

Nick ergriff Tahillias Knie, spreizte ihre Beine noch mehr und stöhnte vor Lust, als er tiefer in sie stieß. Sie wand sich unter ihm, die Augen geschlossen, den Mund halb geöffnet. Ihre Lustseufzer erfüllten das Zimmer.

Angie fieberte ihrem eigenen Höhepunkt entgegen. Sie rieb sich immer schneller, wünschte sich Nick, stellte sich vor, wie er in ihr kommen würde.

Ein urzeitliches Stöhnen erfüllte die Suite, als Nick explodierte. Er legte sich jetzt neben Tahillia, küsste sie sinnlich und strich mit der Hand über ihre langen Beine, bis zu den dichten schwarzen Schamhaaren, und sein Daumen glitt zärtlich durch ihre rosige Spalte.

»Nicht mehr«, bat sie. »Jedenfalls im Moment nicht, ich muss zur Arbeit zurück.«

»Ich will dich wieder, Tahillia.« Er sprach ihren Namen aus wie eine Liebkosung. »Treffen wir uns heute Abend?«

»Hhm, heute Abend bestimmt. Nach der Dunkelheit in der Grotte.«

»Nicht, wenn ich es verhindern kann«, flüsterte Angie. »Du bekommst ihn nicht ganz allein für dich, du Miststück.« Sie beobachtete, dass Nick sich aufsetzte. Seine Hände streichelten über Tahillias lange Beine, und seine kaum abgeklungene Erektion verriet, dass er bald wieder bereit sein würde.

»Es war so clever von dir, an die Handschellen zu denken«, sagte Tahillia.

Nick runzelte die Stirn und sah Tahillia forschend an. »Ich dachte, es wäre deine Idee. Sie lagen auf dem Bett, nachdem ich geduscht hatte.«

»Nun, ich habe sie nicht hingelegt«, sagte Tahillia.

»Oh nein!«, wisperte Angie. Sie wagte nicht einmal die Schranktür zu schließen, weil das Geräusch verräterisch war. Vergiss den Job, vergiss die Karriere, dachte sie. Wie lange würde es dauern, bis man sie aus dem Schrank zerrte?

»Genug, Nick. Hör auf, mit mir zu spielen. Ich muss zur Arbeit gehen.«

»Mir ist es ernst. Ich dachte wirklich, du hättest die Handschellen dorthin gelegt.«

»Nun, dann versuch, sie aufzuschließen, oder sieh dich nach dem Schlüssel um«, verlangte Tahillia. »Ich kann nicht viel länger so gefesselt bleiben.«

Nick bemühte sich, die Handschellen aufzubekommen. Trotz ihrer Angst, entdeckt zu werden, musste Angie lächeln, als sie zu dem Schlüssel in der Tasche des Kleids tastete. Sie hatte einen Polizisten verführen müssen, um diese Handschellen in ihren Besitz zu bringen, und ohne Schlüssel würde er nur mit einem Bolzenschneider zu öffnen sein.

»Verdammt, Nick, tu etwas«, befahl Tahillia, und ihre Stimme klang zunehmend besorgt.

Angie zog die Schranktür leise fast zu und spähte durch

den schmalen Spalt, um einen Fluchtplan zu überlegen. Wenn Sie Ihren Job behalten wollte, musste sie unbemerkt aus der Suite entkommen.

»Ich sehe mich an der Bar um«, sagte Nick. »Vielleicht finde ich da was, mit dem man die Dinger aufbekommt.«

Er ging zur Zimmerbar, und Angie verlor die Sicht auf ihn. Sie wusste, dass die Bar zur Lagune hinausblickte und dass er ihr für einen Moment den Rücken zuwandte, während er an der Bar nach einem Schlüssel suchte.

Hoffentlich konnte Tahillia, in ihrer ungewöhnlichen Position, sie nicht sehen! Angies Herz schlug so heftig, dass sie glaubte, es müsse zu hören sein. Sie schlich aus dem Schrank zur Tür und duckte sich hinter eine dekorative Topfpflanze, um zu Atem zu kommen.

»Sorry, Tahillia, hier ist nichts zu finden, mit dem man die Dinger knacken könnte«, hörte sie Nick sagen. »Sollen wir jemanden rufen?«

»Bist du verrückt?«, rief Tahillia schrill. »Such etwas, mit dem ich diese verdammten Dinger loswerden kann. Sieh in den Schubladen nach. Ich will nicht, dass mich mein Personal so sieht.«

»Okay, okay. Ich suche weiter.«

Angie hörte, dass er Schubladen aufzog und wieder schloss. Sie erhob sich und schlich über die freie Fläche vom Schlafzimmer zur Tür der Suite und hoffte, lautlos hinauszukommen.

»Was war das für ein Geräusch?«, fragte Tahillia mit schriller Stimme.

Angie wandte den Kopf und sah – Nick. Sie starrten sich an. Mit ernster Miene kam er auf sie zu, und ihr stockte der Atem. Sie war ertappt und in der Falle, und er schien es auch noch zu genießen.

»Wohin gehst du?«, rief Tahillia.

»Ich suche eine Möglichkeit, diese Handschellen aufzubekommen«, erwiderte Nick.

Angie wirbelte herum und wollte die Suitentür öffnen. Als erfahrene Jägerin hatte sie gelernt, wann man eine Mission besser aufgab. Dies war wirklich der Zeitpunkt, abzuhauen. Doch Nick sprang auf sie zu und verhinderte ihre Flucht. Er warf die Tür zu, schob Angie gegen die Wand und presste sich gegen sie.

»Nick«, rief Tahillia, »komm zurück. Da kannst vom Telefon im Schlafzimmer Hilfe rufen. Lass dir einen Bolzenschneider schicken. Nick, lass mich nicht hier so liegen.«

Nicks Gesichtsausdruck wechselte zu heißer Begierde, als er Angie in die Augen blickte.

»Lass mich gehen«, zischte sie, den Mund dicht vor seinem. Sie versuchte, ihn von sich wegzuschieben, doch er war zu stark, und sie wagte nicht, Geräusche zu machen.

Er schlang eine Hand um ihre Hüfte und die andere um ihren Hals, bis sie die Hitze seines nackten Körpers an sich spüren konnte.

Verlangen durchflutete sie, obwohl sie in diesem Augenblick keinen Sex mit ihm haben wollte, denn Tahillia war nur ein paar Schritte entfernt auf dem Bett gefesselt. Nick beugte sich zu Angie, um sie zu küssen, zwang ihre Lippen mit der Zunge auseinander. Sie versuchte, sich ihm zu verweigern, und ihre Augen funkelten vor Zorn, doch er ließ sich nicht abweisen, er war zu heiß auf sie.

Angie dachte zufrieden, dass Tahillia, gefesselt, wie sie war, nicht verhindern konnte, dass Nick in diesem Moment ihr gehörte, und die angestaute Frustration, nur Zuschauer bei ihrem Sex zu sein, verschwand, und Angie begann die Situation zu genießen. Nick küsste sensationell, und sie schloss entzückt die Augen, während ihre Zungen ein erregendes Vorspiel trieben.

Ein Rest gesunden Menschenverstands drängte sie, zu gehen, und ihre Hand stahl sich zum Türgriff, doch als er die Träger ihres Kleids herunterzog und an ihren Brustspitzen saugte, dachte sie nicht mehr an Flucht. Sie spürte das Piercing seiner Zunge an ihren empfindsamen Nippeln und wollte vor Lust schreien, doch sie biss sich sofort auf die Lippen und unterdrückte ein Stöhnen, denn sie wusste, dass nur ein Laut zur Katastrophe führen konnte.

Nick packte den Saum ihres Kleides und zog es hoch, schob ihre Knie auseinander und nahm Angie im Stehen.

»Wer ist da?«, fragte Tahillia. »Nick, bist du das?«

Nick lächelte sinnlich, als er in Angie hineinstieß, und sie erwiderte seine Stöße. Sie streichelte über die Abdrücke der Fingernägel, die Tahillia vor ihrem Höhepunkt auf seinem Rücken hinterlassen hatte, und ihre Erregung steigerte sich. Bald gruben sich ihre Fingernägel in die Kratzer auf seinem Rücken. Er packte Angie an ihren Hüften und presste sie auf sein steifes Glied, während er tief in sie hineinpumpte. Er war heiß und drängend und wurde immer leidenschaftlicher, bis er tief aufstöhnte und erzitterte. Als er in ihr explodierte, wurde auch Angie auf den Gipfel getrieben. Sie sackte gegen ihn und versuchte zu Atem zu kommen.

»Zum Teufel mit dir! Ich kann dich hören«, schrie Tahillia. »Wer auch immer du bist, mach die Handschellen auf, sofort!«

Nicks Augen spiegelten seine Befriedigung wider. Er hatte es offensichtlich so sehr genossen wie sie. Aber würde er sie jetzt gehen lassen, nachdem er befriedigt war? Oder würde er sie zwingen, Tahillia gegenüberzutreten?

Angie tastete in der Tasche ihres Kleides nach dem Schlüssel für die Handschellen. Tahillia, dieses Mistweib, verdiente es, zu bleiben, wie sie war. Angie stutzte, als sie den Schlüssel nicht finden konnte. Er musste aus der Tasche gerutscht sein, als sie versucht hatte, Nick von sich zu schieben. Oder in der Ekstase danach. Sie atmete auf, als sie den silbernen Schlüssel am Boden glänzen sah.

Nick war jedoch schneller als sie. Er hob den Schlüssel auf und hielt ihn außer Reichweite von ihr.

»Gib ihn zurück, sofort!«, befahl Angie im Flüsterton. Sie streifte die Träger des Kleides über ihre Schultern und streckte die Hand aus.

»Ich will dich wiedersehen«, wisperte er. Er neigte sich zu ihr und fuhr mit seiner langen Zunge an ihrer Oberlippe entlang. Angie erschauerte wohlig, doch sie gab ihre Forderung nicht auf. Es passte ihr nicht, dass Tahillia schon befreit wurde.

»Den Schlüssel«, sagte sie. Den schnellen und wilden Sex hatte sie genossen. Aber wenn Nick es wieder mit ihr tun wollte, musste er sich damit abfinden, wer die Dominante war. Sie starrte ihn an, ohne zu blinzeln, fordernd und zugleich verheißungsvoll. Gehorsam ließ er den Schlüssel auf ihre ausgestreckte Hand fallen.

»Ich werde dich finden, wenn du es am wenigsten erwartest«, wisperte sie.

»Wer ist da?«, rief Tahillia. Angie lächelte nur boshaft.

»Bald««, flüsterte sie und küsste Nick noch einmal. Ihre Zunge glitt über seine und erkundete das Piercing. Sie hatte keine Zeit mehr, aber sie war befriedigt und wusste, dass er in der Zukunft ihr gehören würde.

Nick nickte und öffnete die Tür für sie. Leise schlüpfte sie aus seiner Suite. Alles hatte sich besser für sie entwickelt, als sie gedacht hatte.

Angie sah auf ihre Armbanduhr und stellte fest, dass es

17 Uhr war und sie zum Küchendienst zu spät kommen würde. Doch als sie über den Korridor rannte, um in ihrem Zimmer ihre Uniform anzuziehen, erkannte sie mit Belustigung, dass Tahillia Ash sie eine Zeitlang nicht überprüfen konnte.

Viertes Kapitel

Angie hetzte außer Atem in die betriebsame Hotelküche. Sie hatte sich schnell geduscht und ihre Uniform angezogen, die aus einer Bluse mit Blumenmuster und einem khakifarbenen Minirock bestand. Ihr langes blondes Haar war zu einem Zopf geflochten, und ihr frisches Äußeres passte gut zu ihrer neuen Rolle.

Jacob, ihr Praktikantenkollege, stand an der Spüle und war damit beschäftigt, Töpfe und Pfannen zu säubern.

»Hi«, begrüßte er sie mit einem jungenhaften Grinsen. »Geh dich beim Chef vorstellen. Er ist ziemlich angefressen, weil niemand die Managerin finden kann.«

»Fein«, sagte Angie und verkniff sich ein Lachen. Stattdessen lächelte sie freundlich. Sie hatte Jacob von dem Moment an gemocht, als sie ihn in der Fachschule kennen gelernt hatte. Er war stets freundlich, jedoch professionell bei seiner Arbeit gewesen. Perfekt für die Ausbildung im Gastgewerbe, aber nicht für mich, dachte Angie. Er hatte keine wilde Ausstrahlung, die ihren Jagdinstinkt weckte, aber sie kam damit gut zurecht.

Etwas später stand sie mit einem Handtuch neben Jacob und trocknete ab, was er gespült hatte. »Ich hoffe, wir verbringen unsere ganze Zeit beim Praktikum nicht mit einer solchen Arbeit. Ich habe bereits die Catering-Ausbildung abgeschlossen«, sagte sie leise. »Ich möchte an der Rezeption arbeiten.« Auf diese Weise konnte sie sehen, wer eintraf und welche Zimmernummer er hatte. An der Rezeption konnte sie am besten die Fährte zu einem wünschenswerten Opfer aufnehmen.

»Mir macht es nichts aus«, erwiderte Jacob freundlich. »Man muss in diesem Gewerbe von Grund auf anfangen. Gutes Essen und guter Service können ein Hotel berühmt machen oder pleitegehen lassen.«

»Nun, wir werden nicht viel lernen, wenn wir auf schmutzige Töpfe und Pfannen starren.«

»Geduld, Angie. Eines Tages wirst du ganz oben sein und brauchst nie wieder Geschirr zu spülen.«

Sie hielt im Abtrocknen inne und sah ihn an. »Woher willst du das wissen? Es dauert Jahre in diesem Gewerbe, um einen Managerposten zu bekommen.« Wenn Tahillia Ash herausfand, wem die Handschellen gehörten, konnte Angie vermutlich die Karriere vergessen.

»Ich habe in Hotels gearbeitet, seit ich ein Teenager war«, sagte Jacob. »Meine Eltern betreiben immer noch das kleine Hotel südlich von Sydney, plus ein anderes in der City. Ich habe fünf Schwestern, und wir sind alle im Gastgewerbe gelandet. Ich erkenne, ob jemand Fähigkeiten dazu hat wie du.«

Sie sah ihn von der Seite an, nicht sicher, ob er mit ihr flirtete oder nicht. Sie mochte ihn, obwohl er weder atemberaubend gut wie James Steele aussah noch ein aufregender Exhibitionist wie Nick Holt war. Angie war noch keinem Mann wie Jacob begegnet. Er war der Typ, mit dem Mädchen gern befreundet waren.

»Komm schon«, sagte er, »diese Töpfe müssen auch noch abgetrocknet werden. Der Küchenchef sagt, heute ist das Haus voller Gäste. Er ist ein netter Kerl. Sagte, dass er uns heute Nacht Willkommensdrinks in seinem Zimmer ausgeben wird, vorausgesetzt, die Managerin ist nicht da. Hast du sie schon gesehen? Der Chef sagt, sie ist total streng zum Personal.«

Angie rollte die Augen himmelwärts. »Ich habe mehr von

ihr gesehen, als ich jemals sehen will.« Sie stellte die Kochtöpfe auf dem Regal ab, froh, das Abtrocknen erledigt zu haben.

»Hi«, ertönten zwei Stimmen, und Angie und Jacob wandten die Köpfe und sahen einen gebräunten jungen Mann und eine vollbusige Frau.

»Hallo«, sagte Angie.

»Ich bin Rick, und dies ist meine Freundin Kate. Der Chef sagt, ihr beide seid im Praktikum.«

»Ja.« Jacob nickte. »Wir sind für einen Monat hier.«

Angie bemerkte, dass Rick seinen Arm um Kates Schultern legte. »Wir haben heute Spätschicht im Restaurant. Wenn ihr Morgen früh frei habt, werden wir euch herumführen. Es gibt einige großartige Wanderwege und Seen hinter der Lagune, wenn ihr abenteuerlustig seid.« Er hob die Augenbrauen, und Kate kicherte, als er ihre Schulter drückte.

»Das wäre großartig«, erwiderte Jacob. »Ich liebe das Wandern.«

Angie sah Interesse in Ricks Augen trotz seiner offensichtlichen Freundschaft mit Kate. Er war schlank und muskulös, und sie spürte eine gewisse Wesensverwandtschaft.

»Klar«, sagte Rick zu Jacob, doch sein Blick war auf Angie gerichtet. »Wir sind ebenfalls in der Personalunterkunft, also werden wir uns morgen sehen.«

Angie nickte und verkniff sich ein Grinsen. Ihre Erfahrung sagte ihr, dass Rick zu der Kategorie Männer gehörte, die sich von ihrer Lust beherrschen ließen. Die Sexgier umgab ihn wie eine zweite Haut. Sie nahm an, dass es morgen nicht bei einer unschuldigen Wanderung durch die Natur bleiben würde.

»Das scheint ein nettes Paar zu sein«, sagte Jacob.

Angie sah ihn an. War er wirklich so naiv? Er war doch keine Jungfrau? »Wie alt bist du, Jacob?«

»Zwanzig. Warum fragst du?«

»Du scheinst jung für das Diplom im Gastgewerbe«, improvisierte sie, denn sie wollte ihm nicht verraten, was ihr durch den Kopf ging. »Du brauchst einen Ausbildungsabschluss und Erfahrung im Gastronomiegewerbe, bevor du es kriegst.«

»Ich habe meine Ausbildung fast beendet, und ich habe, wie ich dir erzählt habe, seit Jahren im Hotel meiner Eltern gearbeitet. Reicht das nicht? Warum fragst du? Wie alt bist du?«

»Vierundzwanzig«, erwiderte sie.

»Ein Frühlingsküken«, scherzte er.

Viel Frühling, dachte Angie, aber bestimmt kein Küken. Sie dachte an Rick und was sie mit ihm tun würde. Sie brauchte ihm nur an einen einsamen See zu folgen, und er war ihr ausgeliefert, und seine Freundin konnte zuschauen oder sogar mitmachen ... Der Küchenchef riss sie aus ihrer Fantasie.

»Jacob und Angie, wenn ihr mit dem Spülen fertig seid, bringt mir sechzig Essteller aus dem Geschirrregal über euch.«

Sie bemerkte, wie Jacob die Anweisung bereitwillig ausführte. Er hatte das richtige Temperament, um als Küchenhelfer zu funktionieren. Ganz gleich, wie vernünftig und berechtigt die Anweisung war, Angie hasste es, zu tun, was man ihr befahl. Ihr aufsässiges Wesen hatte ihr ganzes Leben lang gegen Autorität rebelliert, obwohl sie es zu verbergen versuchte.

Sie half Jacob und unterdrückte ihre Ungeduld. Sie war entschlossen, Karriere zu machen, und Jacob hatte Recht. Gutes Essen und guter Service waren äußerst wichtig. Sie würde, um ihr Ziel zu erreichen, bei der Ausbildung Befehle befolgen und ihr Bestes tun. Die Männerjagd würde für die

Entspannung sorgen, die sie brauchte, und nachdem sie Rick und Kate kennen gelernt hatte, freute sie sich auf morgen.

»Okay, ihr beiden, ich muss all diese Kartoffeln in einer halben Stunde geschält haben«, sagte der Küchenchef, ein kleiner Engländer mit einem krankhaften Muskelzucken am Augenwinkel.

»Klar, Boss«, sagte Jacob. Er hielt Angie ein Messer vorsichtig mit dem Griff voran hin.

Seine Hand berührte ihre leicht, und Angie war überrascht, dass sie sich über den warmen Kontakt freute. Er sah auf jungenhafte Weise gut aus, aber es würde nicht schwer sein, ihn zu erobern. Angie liebte die Herausforderung, und irgendwie kam es ihr gemein vor, Jacob zu verführen.

»Wir teilen uns ein Zimmer«, sagte er. »Ich hoffe, das macht dir nichts aus. Die Managerin hat wohl gedacht, James schickt ihr zwei Frauen. Ich war überzeugt, dass er Isabella herschicken würde.«

Angie dachte an die dunkle Schönheit Isabella. »Gut, dass er das nicht getan hat. Ich kann das Biest nicht leiden, obwohl die Männer auf sie zu fliegen scheinen.«

Jacob lächelte. »Ja, eigentlich sieht sie prima aus.«

Angie glaubte zu sehen, dass sich sein Gesicht bei der Erwähnung von Isabella leicht rötete. »Bist du scharf auf sie?«

»Himmel, nein. Sie würde mir nicht mal einen Blick gönnen. Sie ist zu hochgestochen. Ich ziehe Frauen vor, die natürlicher sind.«

In seinen Augen war Wärme, als er sie ansah, und Angie freute sich über seine Gesellschaft. Vielleicht würde eine langsame, leichte Verführung eine Abwechslung nach ihren letzten Erlebnissen sein. Und vielleicht würde der Küchendienst nicht so langweilig werden, wie sie gedacht hatte.

Gäste strömten in den Speisesaal, und das Küchenpersonal arbeitete hart, um unter der Leitung des Chefs die Bestellungen auszuführen. Die Kellner trugen Platten mit Hummern, Austern und Bananengarnelen auf.

Rick tätschelte Angie, als sie ihm sein Essen servierte. »Ziehen Sie gute Wanderschuhe an, aber vergessen Sie nicht Ihren Bikini. Kate und ich kennen einen verschwiegenen Strand.« Sein lüsterner Blick verriet ihr, woran er dachte. Seine sexy Ausstrahlung weckte dieses erregende Prickeln in ihr. »Finden Sie durch Tahillia heraus, von wann bis wann Sie morgen Freizeit haben.«

»Sie müsste bald erscheinen. Für gewöhnlich teilt sie uns den Dienstplan nicht im Speisesaal mit«, sagte Kate, die Platten mit Essen auf den Armen balancierte.

»Da wir vom Teufel sprechen«, sagte Rick und schnitt eine Grimasse, während er Platten von der Ausgabe auf seine Arme lud. »Die Schwarze Hexe ist eingetroffen.«

»Da sind Gäste an Tisch fünf, die bestellen wollen«, sagte Tahillia und schnickte mit den Fingern vor Ricks Gesicht.

»Guten Abend, Ms Ash«, sagte Rick ruhig und ging an ihr vorbei.

»Ich weiß nicht, was gut daran ist«, antwortete Tahillia sauer. Sie ging steifbeinig zu Angie. Obwohl sie nicht auf Tahillias Knöchel blicken wollte, wurde ihr Blick davon angezogen.

»Sie«, sagte Tahillia. »Ich will mit Ihnen sprechen.«

»Fein«, sagte Angie, obwohl ihr Unheil schwante. »Ich möchte die Zeiten meines Dienstplans für diese Woche wissen.« Sie bemerkte, dass es in der Küche plötzlich still war. Nur das leise Summen der Geschirrspülmaschine war zu hören.

Tahillia hielt eine geballte Hand vor Angies Gesicht. Sie öffnete die Faust und ließ ein Stückchen blauen Stoff fallen, das zu dem Sommerkleid in Angies Zimmer passte. »Ich habe dies in Nick Holts Zimmer gefunden. Wie erklären Sie, wie es dorthin gekommen ist?«

Ruhig trotz Stress, zuckte Angie die Achseln. »Ich habe keine Ahnung, wovon Sie reden.« Es bedurfte schon mehr als eines Fetzens von ihrem Kleid, um Angie zu einem Geständnis zu bringen. Nick hatte Tahillia offenbar nichts erzählt. Sie nahm sich vor, ihm beim nächsten Wiedersehen dafür zu danken.

»Hallo, Ms Ash. Ich bin Jacob Hamilton.«

»Halten Sie den Mund, ich spreche nicht zu Ihnen.« Tahillia umrundete Jacob und fixierte ihn. Angie sah mit Erstaunen, wie er die Aufmerksamkeit auf sich lenkte.

»Ich wollte nur wissen, ob dies ein Stück von Angies Kleid ist.«

Was sollte das? Angie starrte ihn an und zwang sich, ruhig zu bleiben. Wie konnte er Tahillias Verdacht bestärken? Angie spannte sich an, und obwohl sie von Natur aus nicht gewalttätig war, hätte sie Jacob am liebsten verprügelt.

»Ich weiß, was es ist«, sagte Tahillia. »Ich will eine Erklärung, wie es in Nick Holts Suite gekommen ist.«

»Das ist vermutlich mein Fehler«, erwiderte Jacob leichthin. »Nick kommt aus derselben Stadt wie ich. Wir trafen uns in meinem Zimmer, in dem auch Angie untergebracht ist. Nick benutzte Angies Kleid, um seine Gitarre zu säubern. Ein Fetzen riss dabei ab, fiel auf seine Kleidung und blieb unbemerkt daran haften. Tut mir leid«, entschuldigte er sich bei Angie.

Tahillia schnaubte ungläubig, jedoch auch erleichtert. »Ein kleiner Verstoß von Ihnen«, sagte sie und blickte Angie finster an, »und Ihre Arbeitsbeurteilung wird einen Verweis enthalten.« Sie wandte sich abrupt um und stürmte aus der Küche.

»Bist du verrückt?«, sagte Angie zu Jacob. »Das war die blödeste Geschichte, die ich jemals gehört habe.« Was im Himmel hatte Jacob bewogen, Tahillia Ash zu erzürnen?

Angie brauchte seinen Schutz nicht. Sie konnte für sich selbst sorgen.

»Es stimmt«, protestierte Jacob.

Angie schaute ihn ungläubig an.

»Nun, dass Nick aus der gleichen Stadt stammt wie ich, ist wahr. Wir waren zusammen auf der Schule. Er war eine Klasse über mir«, sagte er mit einem Grinsen. »Mach dir keine Sorgen, Nick wird meine Story bestätigen. Der Rest war das Beste, was mir auf die Schnelle einfiel.«

»Du brauchtest dich nicht darum zu kümmern«, sagte Angie, aber sie freute sich über sein Engagement und seine jugendliche Begeisterung. »Woher wusstest du, dass es ein Fetzen von meinem Kleid war?«

»Ich sah es dich in unserer Schule tragen. Du sahst wunderbar darin aus.«

»Danke«, sagte sie geschmeichelt.

»Was hast du getan, um Tahillia gegen dich aufzubringen?«, fragte Jacob, und seine Miene war besorgt.

Für einen Moment war sie versucht, ihm die Wahrheit zu sagen, nur um seine Reaktion darauf zu sehen. Aber sie wollte ihn nicht schockieren. Wenn sie die Praktikantenstelle verlor, war das ihr Problem. Sie mochte Jacob und wollte ihn nicht in ihre Probleme hineinziehen.

»Schon gut. Tu mir nur einen Gefallen. Versuch nicht mehr, mich zu retten. Ich brauche keinen Helden. Ich kann auf mich selbst aufpassen.«

Er sah leicht geknickt aus, aber Angie war entschlossen, ihn davon abzuhalten, sich weiterhin in ihr Leben einzumischen. Sie hatte sich nie auf einen Mann verlassen, und sie wollte Jacobs Hilfe nicht.

Der Küchenchef ging zu Angie und Jacob und legte seine Arme um sie. »Ich gebe euch beiden einen kleinen freundlichen Rat. Verderbt es euch nicht mit Tahillia Ash. Während eures Praktikums Toiletten zu reinigen ist ziemlich langweilig.«

»Ich glaube, ich bin schon ziemlich nahe daran«, sagte Angie. Sonderbarerweise störte sie der Gedanke nicht. Vielleicht hatte es auch etwas Gutes, sich Tahillias Feindschaft so schnell zuzuziehen. Es würde das Leben in Zukunft interessant machen.

Angie zog ihre Uniform und die Schuhe aus und setzte sich auf das Bett. Ihre Füße schmerzten vom zehnstündigen Stehen. Sie hob ein Bein und massierte den Fuß. Sie war froh, endlich dienstfrei zu haben. Die letzten Stunden waren nervtötend gewesen, als Tahillia ihre Pflichten als Hotelmanagerin erfüllt und sie und Jacob damit getriezt hatte, jedes Staubkörnchen aus Küche und Speisesaal zu entfernen.

»Oh, Entschuldigung.«

Angie blickte auf und sah, dass Jacob auf der Türschwelle stand und mit offenem Mund ihren nackten Körper anstarrte. Er wollte hinausgehen.

»Komm rein, Jacob«, sagte sie ungeduldig. »Es sei denn, du willst die Nacht auf dem Flur schlafen.«

»Aber du hast ja nichts an.«

Sie ging zu ihm, ergriff ihn bei der Hand und zog ihn ins Zimmer. Sein Blick fiel auf ihre rasierte Pussy, und sein Mund klaffte auf.

»Was ist los mit dir? Hast du noch nie eine nackte Frau gesehen?«

»Äh ... nein«, stammelte Jacob. »Das heißt, abgesehen von meinen Schwestern, als wir klein waren.«

Angie sah, wie sich sein Gesicht bis zum Ansatz seiner lockigen braunen Haare rötlich färbte. Er hielt den Blick auf ihre Augen gerichtet und vermied es, ihren Körper zu betrachten.

»Wenn du ein Zimmer mit mir teilst, solltest du dich daran gewöhnen, mich hüllenlos zu sehen. Mir ist es heiß. Ich bin müde. Ich will schlafen, und ich schlafe immer nackt.«

»Klar, Angie. Ich, äh, ich werde mir den Pyjama anziehen.«

Er wandte ihr den Rücken zu. Angie beobachtete, wie er seinen Pyjama unter dem Kissen hervorzog und sich auf den Weg ins Badezimmer machte, um sich umzuziehen. Er war doch mit zwanzig keine Jungfrau mehr? Die Vorstellung war zu komisch.

Sie setzte sich aufs Bett, hob den anderen Fuß und massierte ihn, als Jacob in seinem Pyjama aus dem Badezimmer kam.

Belustigt nahm sie wahr, dass er versuchte, sie nicht anzublicken. Sie spreizte die Beine noch mehr und widmete sich weiter der Fußmassage. Dabei verkniff sie sich ein Grinsen und genoss seinen mentalen Kampf, der seinem Gesicht anzusehen war. Schließlich gewann die Moral, und er marschierte an ihr vorbei, um das Licht auszuschalten.

»Bist du gut im Massieren ... von Füßen?«, fragte sie, entschlossen, ihn dazu zu verführen, dass er sie ansah. »Meine tun schrecklich weh.«

Jacob knipste das Licht aus, doch das Zimmer war schwach vom Mondschein erhellt. »Nein.« Seine Stimme klang jetzt tiefer und zitterte ein bisschen.

»Ich schlage vor, du kommst zu mir rüber und wir massieren uns die Füße.«

Er zog die Decke von seinem Bett und legte sich hinein. »Ein andermal«, sagte er knapp.

Angie ging zu ihm und setzte sich auf sein Bett, nahe beim Kissen. »Jacob, dreh dich um.«

»Geh weg, lass mich, Angie«, murmelte er gedämpft unter dem Laken.

»Okay, wenn du mir eine Frage beantwortest.«

»Welche?«

Sie zog das Laken von seinem Gesicht, sodass er sich ihr zuwandte, und neigte sich über ihn, um ihm ihren Atem übers Gesicht zu blasen. »Bist du noch Jungfrau?«

»Geh in dein Bett«, sagte er grollend.

»Ich wollte nur fragen«, sagte sie freundlich. »Schließlich warst du vorhin so bereit, dich in meine Angelegenheiten einzumischen. Ich sagte mir, finde mehr über ihn heraus.«

»Leg dich schlafen.« Er riss ihr die Ecke des Lakens aus der Hand und zog es über sein Gesicht.

Sie lachte und ging zu ihrem Bett. Die Frage nach Jacobs Jungfernschaft war offenbar ein heikles Thema. Und Angie liebte nichts mehr, als ein heikles Thema zu erforschen. Sie stieg in ihr Bett und schwor sich, nach dem Praktikum herauszufinden, ob Jacob Jungfrau war, und wenn ja, dann würde sie ihn entjungfern.

Rick trug einen Rucksack, als sie über den sandigen Weg zum Sommerstrand wanderten. Kate ging neben ihm, bekleidet mit einem engen Sommerkleid, das kaum ihren Busen bedeckte. Gelegentlich streckte sie sich, und das Kleid hob sich und verriet, dass sie kein Unterhöschen trug.

Angie, die neben Jacob ging, sah, dass Kate völlig auf Unterwäsche verzichtet hatte, und sie fragte sich amüsiert, ob Jacob das ebenfalls aufgefallen war. Wie würde der damit fertig werden, wenn sie am Ziel eintrafen und er sie nackt sah? War er dann auch so verklemmt und verlegen wie in der vergangenen Nacht?

Die Sonne brannte auf ihre Schultern, und sie freute sich auf einen heißen Morgen ohne Hemmungen.

Abgesehen von dem gepflegten Park ums Hotel Desire,

war die Insel in ihrem natürlichen Zustand. Regenwald und Gummibäume machten die Insel zu einem Stück unberührte Natur. Sie waren jetzt eine Stunde gewandert und keiner einzigen Person begegnet.

»Wir sind fast da«, sagte Rick. Er hielt an einem Riff mit Blick auf Summer Beach. »Da beginnt es, Leute, neun Meilen unberührter, verlassener Strand.«

Angie blickte auf Ricks Shorts und stellte fest, dass seine Aufregung nicht auf den Enthusiasmus für den Strand beschränkt war.

»Angie, komm nach vorne mit mir«, sagte Rick. »Wir müssen ein wenig über Felsen klettern. Jacob, kannst du mit Kate gehen? Sie hat ein wenig Höhenangst. Sie könnte beim Abstieg Hilfe brauchen.«

Angie kicherte und trat zur Seite, um Jacob passieren zu lassen. Sie blickte zu Rick und erkannte, dass ein Plan ausgeheckt worden war.

Rick kletterte über einen großen Felsbrocken, dann wandte er sich um und streckte die Arme aus. »Komm her, Babe. Lass mich dir runterhelfen.« Er griff hinauf und fasste Angie bei der Hand, als sie über die Felsen kletterte, hob sie dann zu sich hinab und drückte ihre Hand auf seine gewölbten Shorts.

Sie tastete über seine Hose. Sein Penis war groß und steif. Ihr Verlangen wuchs, und sie erkannte, dass sie sich gestern in ihrem Urteil über ihn nicht geirrt hatte. Aber sie wusste nicht, wie Kate ins Bild passte. »Was ist mit Kate?«, fragte sie.

»Kate ist geil auf Jacob. Keine Sorge, sie ist nicht eifersüchtig.«

Jacob prallte gegen Angie, als er abstieg. »Sorry.« Er rieb ihren Arm. »Es ist hier ein bisschen glitschig.«

Die Stelle, an der er sie berührt hatte, brannte, und sie erkannte, dass sie das Gefühl genoss, seine Hand auf sich zu spüren. Wenn sie sich von Rick nehmen ließ, würde Jacob mitmachen? Bei der Vorstellung, dass beide sie verwöhnten, begann dieses gewisse Prickeln. Doch bei dem Gedanken an Jacobs gestrige Reaktion auf ihren nackten Körper kamen ihr Zweifel. Sie konnte nicht verstehen, dass ein nett aussehender Kerl wie Jacob immer noch Jungfrau sein konnte. Vielleicht war er schwul.

»Komm schon, Kate«, rief Rick. »Kletter runter. Der Rest des Wegs ist leicht.«

Kate zog ihre Wanderschuhe aus und warf sie Rick zu. »Nimm die. Jacob, kannst du ein bisschen höher kommen und mich auffangen, falls ich ausrutsche?«

»Klar«, erwiderte Jacob. Er blickte zurück zu Rick, der nickte. »Geh schon, halt sie an einer Hand fest.«

Während Jacob auf dem Felsen kletterte, legte Rick einen Arm um Angies Schulter und schob die Hand unter ihr Top.

Sie lehnte sich gegen ihn. Seine Finger verweilten auf ihren Brüsten, reizten ihre Nippel. Schauer der Wonne erfassten sie.

Kate lächelte sie an, bevor sie sich eine kastanienbraune Haarsträhne zurückstrich, die ihr vor die Augen gefallen war. Sie wandte sich um und stieg den Felsbrocken hinab zu Jacob, der unterhalb von ihr wartete, für den Fall, dass sie ausrutschte.

Angie bemerkte, wie Jacob sich versteifte, als Kates Kleid im Wind hochflog und enthüllte, dass sie keine Unterwäsche trug. Sie war von Natur aus rothaarig, und ihr gebräunter Hintern schwang verführerisch vor Jacob. Angie sagte sich, dass er ihre Botschaft nicht übersehen konnte.

»Glaubst du, dass ihm das Spaß macht?«, fragte Rick.

»Ich weiß es nicht«, antwortete Angie. »Ich wünschte, ich könnte seine Miene sehen.« Sie zog Ricks Hand von ihrem Top und presste sie unter ihren Rock. »Ich genieße jeden Moment.«

Er erkundete sie mit dem Finger. Angie atmete heftiger, als er die Stelle berührte, wo sie feucht wurde. Sie öffnete die Beine, liebte es, als er mit zwei Fingern in ihre Pussy drang, während sie beobachtete, wie Jacob zu Kate kletterte. Rick war erfahren und wusste genau, wie er es ihr besorgen musste.

Kate blickte über die Schulter. »Jacob, meinst du, du kannst die Hände auf meinen Po legen und mich stützen?«

Linkisch zog Jacob ihr Kleid über ihr Hinterteil zurück und legte seine Hände auf den Stoff.

»Nicht dort«, sagte sie kehlig. »Deine Hände könnten abrutschen.«

»Kate ist so eine Schauspielerin«, flüsterte Rick.

»Meinst du, Jacob ist schwul?« Angie wandte sich zu Rick um. Sie zog den Reißverschluss seiner Shorts auf und schob ihre Hand an seinem Schwanz entlang. Er ist fast so dick wie mein Handgelenk, dachte sie zufrieden. Die Eichel war feucht, und Angie wünschte, dass Kate keine Zeit mehr vertändelte.

»Ich weiß es nicht«, antwortete Rick. »Ich dachte, er fickt dich.«

»Nein. Wir haben nur ein gemeinsames Zimmer.«

»Glücklicher Jacob«, sagte Rick, während Angie seinen Schaft rieb. »Wenn die beiden nicht zu Potte kommen, werde ich dich hier nehmen müssen. Kommt schon, Kate!«, rief er ungeduldig.

»Nein. Ich will mir Zeit nehmen, es dir mit der Zunge zu machen«, flüsterte Angie mit rauer Stimme.

Rick stöhnte auf, und sein Penis zuckte in ihrer Hand. »Sag was Schmutziges zu mir, und ich spritze, bevor wir am Strand sind.«

Jacob und Kate bahnten sich langsam den Weg über die Felsbrocken hinab. Angie konnte sehen, dass Jacobs T-Shirt am Rücken vor Schweiß dampfte. Kate drehte sich zu ihm um, sodass sein Gesicht auf Höhe ihrer Pussy war. Jacob rührte sich nicht von der Stelle. Angie konnte sehen, wie sich bei seinem heftigen Atmen seine Brust hob und senkte. Fasziniert hielt sie im Wichsen von Ricks Penis inne, um mitzubekommen, was Jacob tun würde.

Kate lächelte zu ihnen herüber, und an ihren blitzenden Augen war zu sehen, dass sie sich vergnügte. Sie bewegte sich auf Jacob zu, dass sie fast unter ihm war. »Oh, entschuldige, Jacob. Auf der Insel Desire gibt es viele glitschige Felsen«, sagte sie kichernd und griff ihm zwischen die Beine.

Angie hob ihre Hand an die Lippen und leckte ihre Finger ab, genoss den Geschmack und Geruch von Rick. Der Anblick von Jacob, der über Kate verharrte, war erregend, und sie wollte sehen, was er als Nächstes tun würde. Angie hatte bereits registriert, dass er gute Manieren hatte. Würde er Kate abweisen, wenn sie ihn um Sex bat?

Jacob schob Kates Hand fort, wandte sich um und sprang vom Felsbrocken herab. Er landete zu Angies Füßen. Als er sich aufrappelte, war sein Atem heiß, und er wischte sich Schweiß aus dem Gesicht. Er starrte Angie finster an und schob sich an ihr vorbei, folgte dem Pfad zum Strand.

Rick, offensichtlich ungeduldig, zu ihrem Ziel zu gelangen, schritt zu Kate, um ihr hinabzuhelfen. Angie sah, dass Kate Rick an seinen Ohren packte und ihn zwischen ihre Beine zog. Es war klar, dass Rick eine Zeitlang aufgehalten wurde, und so rannte Angie Jacob nach, um sich ihm anzuschließen.

»Ich glaube, Kate ist heiß auf dich«, sagte Angie, als sie neben ihm ging.

Jacob packte sie an den Unterarmen und zog sie an sich. Aufregung erfasste sie bei seinem unerwartet festen Griff, der Zorn verriet. Sie hatte Jacob für ruhig und gelassen gehalten. Obwohl sie seine Art mochte, war seine gutmütige Natur keine Herausforderung für sie gewesen. Aber sie spürte, dass ein innerer Kampf in ihm stattfand, und sie freute sich über seine Wandlung.

»Lass mich los«, sagte sie und zappelte in seiner Umklammerung. Sein Griff verstärkte sich, und er presste sie an sich. Angie genoss jede Sekunde des Kontakts mit ihm. Wie weit würde er gehen? »Es ist nicht meine Schuld, dass Kate geil auf dich ist und es mit dir tun wollte. Warum bist du ärgerlich auf mich?«

Seine Augen verengten und seine Lippen teilten sich. Die Spannung, die von ihm ausging, erregte sie. Er trug weite Shorts, und sie konnte nicht sehen, ob er einen Ständer hatte, doch sie spürte das vertraute Prickeln. Es gab viele Möglichkeiten der Männerjagd. Bei Jacob musste sie subtil sein, ihm das Gefühl geben, dass sie ihn nicht haben wollte.

»Ich mag keine Frauen, die sich einem wie Nutten aufdrängen«, sagte er ärgerlich.

»Vielleicht ziehst du Männer vor«, sagte sie, entschlossen, ihn herauszufordern. »Vielleicht wird Rick es mit dir treiben.« Sie lächelte spöttisch.

Ihm schoss das Blut ins Gesicht, und er neigte sich noch näher zu ihr. »Das meinte ich nicht.«

»Oh, ich nehme an, du meintest mich, oder? Was ist los? Kannst du nicht mit einer draufgängerischen Frau fertigwerden?«

»Nein. Ich meinte dich überhaupt nicht. Ich bin nur nicht an Kate interessiert.«

»Dann brauchtest du nicht mit ihr raufzuklettern und ihr zu helfen. Du hättest dich weigern können.«

»Ich dachte, sie hat wirklich Höhenangst.« Er ließ Angies Arme los und blickte zum Hügel hinauf. Angie folgte seiner Blickrichtung und sah, wie Rick Kate leidenschaftlich leckte und sie sich ekstatisch unter ihm wand. Der leichte Wind trieb ihre Lustschreie herüber.

Angie beobachtete die beiden gebannt. Da war etwas an der Wildheit der Insel und an der Leidenschaft des Paars, dass sie erregte. Sie war feucht, und sie musste Befriedigung finden.

»Kannst du nicht mit einer Frau zurechtkommen, wenn sie die Initiative übernimmt?« Angie hatte gesehen, wie Rick Kate aus dem Kleid geschält und ihre prallen Brüste entblößt hatte. »Kate hat sehr klargemacht, dass sie Rick ebenfalls will. Daran ist nichts Falsches.«

Kate massierte ihre Brüste, während Rick weiterhin ihre Pussy leckte. Ihre Nippel waren hart, und sie wand sich mit geschlossenen Augen. »Oh, Rick, das ist es, ich komme!« Rick küsste Kate, und Angie sah, dass sie wirklich zum Höhepunkt gekommen war. Kate war so sexy, dass Angie wünschte, sie hätte einen Schwanz und könnte es ihr damit besorgen.

Angie rieb leicht über ihre Nippel. Sie presste ihre Pussy zusammen und wünschte, sie läge an Kates Stelle. »Ich kann dich nicht verstehen. Wie kannst du vor so einer sexy Frau weglaufen?«

»Ich bin nicht weggelaufen.« Jacobs Stimme klang ärgerlich. »Ich mag die Jagd auf sie, das ist alles. Ich mag es, den ersten Schritt zu machen.«

»Du bist wohl im vergangenen Jahrhundert geboren«, sagte Angie und sah ihn an. »Warum sollten die Männer all die Vorarbeit leisten? Bei diesem Verhalten verdienst du es, als Jungfrau zu sterben.«

Kate schrie vor Lust und warf sich wild hin und her, und Angies Aufmerksamkeit galt Rick, der sich schnell seiner Kleidung entledigt hatte. Sein schlanker und muskulöser Körper erinnerte an den eines Athleten. Gerade stieß er Kate, und Angie schluckte trocken, als Kate die Augen öffnete und einladend zu ihr blickte. Sieh, was ich bekomme, schien ihr Blick zu sagen. Angie wusste, dass Rick groß und sein Schwanz hart wie sein Körper war. Kate genoss, was Angie dringend brauchte.

Jacob würde offenbar nicht kooperativ sein, und sie fragte sich frustriert, wie sie es schaffte, das Zimmer mit der einzigen Jungfrau auf dieser Insel zu teilen.

Sie wusste, wenn sie Jacob jetzt ansah, würde er ihre Begierde sehen, und sie hatte nicht vor, ihm zu zeigen, wie sehr sie es nötig hatte. »Bleib brav«, murmelte sie.

Plötzlich wurde Angie herumgewirbelt. Sie schrie überrascht auf, doch Jacob presste die Lippen auf ihren Mund und küsste sie mit einer Leidenschaft, die sie niemals bei ihm erwartet hätte. Sein Kuss war hart und fordernd, sie kämpfte dagegen an, weil sie ihm das Gefühl geben wollte, dass er sie bezwang, und ihr eine innere Stimme signalisierte, dass ihr Widerstand ihn anmachte. Sie wünschte, er würde dasselbe wie Rick bei ihr machen. Ihre Nippel waren zum Platzen gespannt, und sie hatte das Gefühl, dass ihr Unterleib zerfloss.

»Ist es so, wie du es willst?«, fragte Jacob.

»Ich hätte lieber Rick«, sagte sie, um ihn zu ärgern. »Er hat keine Angst vor Frauen. Sieh nur, wie er Kate befriedigt. Wenn eine Frau so schreit, hat sie einen Orgasmus. Hat jemals eine Frau so bei dir geschrien? Weißt du überhaupt, wie man es einer Frau richtig besorgt?« In ihrer Frustration verspottete sie ihn. »Warum antwortest du nicht?«

Jacob starrte sie an. »Du bist eine Schlampe.« Er wollte sie wieder küssen, doch sie hielt die Lippen geschlossen und verweigerte den Kuss. Er liebt den Kitzel der Jagd, lass ihn für sein Ziel arbeiten, dachte sie.

Sie schrie überrascht auf, als Jacob in ihre Unterlippe biss. »Wie kannst du es wagen?« Er hatte ihren Mund erobert und erkundete ihn mit der Zunge. Sie vergaß ihren Ärger. Jacob konnte küssen. Er war fordernd, herrisch, aber auch sinnlich, und sie sträubte sich nicht mehr, sondern genoss das Gefühl, seine Zunge in ihrem Mund zu spüren. Sein Kuss sprach von Erfahrung. Männlich und besitzergreifend. Vielleicht hatte sie ihn fälschlich für eine Jungfrau gehalten.

Jacob unterbrach den Kuss in dem Moment, indem sie sich ihm fügte. »Das ist es, was ich meinte«, sagte er.

»Wovon redest du?«

»Ich mag es, den ersten Schritt zu machen.« Er wandte sich ab und spazierte zum Strand. Sie war entschlossen, ihm nicht zu folgen wie ein dummes Püppchen. Angie ging zurück, um sich zu Rick und Kate zu gesellen. Jacob langweilte sie mit seinen Machtspielchen, doch er hatte ihren Respekt errungen. Sie hatte gedacht, er würde eine leichte Eroberung sein. Nun, da hatte sie sich geirrt. Jacob war komplizierter, als sie angenommen hatte. Aber das machte ihn wenigstens interessant. Das vertraute Kribbeln rann über ihre Wirbelsäule, als eine Jagdstrategie in ihrem Kopf keimte. Eine leichte Eroberung war letztendlich langweilig.

Sie fühlte sich heiß, unbefriedigt und frustriert, als sie auf den Felsen hinaufstieg. Rick atmete keuchend, während er Kate stieß, die den Kopf wandte und Angie einladend anlächelte. Er zog seinen Schwanz aus Kate und schob ihn wieder hinein. Kate streckte sich, um Ricks dicken Stab in sich aufzunehmen. Sie hatte einen Fuß gegen Ricks Oberschenkel gestemmt, um zu verhindern, dass er in seiner ganzen Länge in sie eindrang.

Das wäre kein Problem bei mir, dachte Angie. Ich würde jeden Zentimeter von ihm willkommen heißen. Sie zog ihren Rock aus und rieb sich zwischen den Beinen, während sie zuschaute.

»Sauge an Kates Titten, Angie. Davon kommt sie«, sagte Rick.

Kates große, feste Brüste waren gewiss verlockend. Angie neigte sich über Kate und umkreiste mit der Zungenspitze ihren Vorhof. Kates Nippel zitterten als Reaktion. Angie umfasste eine von Kates Brüsten, dann die andere, erkundete zum ersten Mal eine Frau. Die Haut von Kates prallen Brüsten war weich und einladend, anders als die flache, harte Brust eines Mannes.

Kate genoss das Gefühl, die Hände und Lippen einer Frau zu spüren, denn sie schloss die Augen und stöhnte auf. »Oh, bitte«, keuchte sie. Sie erwiderte heftig Ricks Stöße, und ihr Mund bildete ein weiches ›O‹ der Verzückung.

Es war erregend, so nahe dabei zu sein. Angie konnte riechen, wie sich Kates Parfum mit dem Geruch ihres Körpers vermischte. Angie neigte sich über sie und küsste sie. Ihr Mund war weich und sinnlich, ganz anders als die festen Lippen von Jacob.

»Zwei Frauen«, stöhnte Rick, und die Adern an seinem Nacken traten vor Anstrengung hervor. Der Anblick der nackten Angie, die Kate küsste, war offenbar zu viel für ihn, und es kam ihm. Erschöpft sank er über Kate zusammen.

»Weißt du, wie lange ich davon geträumt habe, mit zwei Frauen zugleich zu ficken? Seit Jahren habe ich mich an der Fantasie aufgegeilt.«

Die beiden Frauen sahen einander verständnisvoll an. Was hat es für einen Sinn, Rick darauf hinzuweisen, dass er es nur einer besorgt hat, dachte Angie. Kate sprach es aus. »Du willst doch nicht behaupten, dass du auch Angie befriedigt hast.«

Rick rollte sie in eine sitzende Position. »Gönn mir einen Moment Erholung, du herrschsüchtiges Weib.«

Kate lachte und zog ihr Kleid an. »Arme Angie«, sagte sie und streichelte über deren Gesicht. »Wir machen es wieder gut.« Sie wand sich Angies Haar um den Finger und neigte sich zu ihr, um sie wieder zu küssen. »Mir hat gefallen, was du für mich getan hast«, gestand sie. »Rick und ich, wir wollen dich.«

»Aber nicht sofort«, sagte Rick und zog sich an. »Ich brauche etwas Zeit, um mich zu erholen. Lasst uns zum Strand gehen und etwas Schatten suchen.« Er erhob sich und half Kate auf. »Komm mit, Angie.« Er streckte die Hand nach ihr aus.

Angie spürte, dass sie einen Sonnenbrand bekam. Sie hob ihren Rock auf und beschloss, dass sie sich abkühlen musste. Sie hatte Kates Kuss genossen, aber was sie wollte, war ein harter, pulsierender Schwanz. Da Rick momentan abgeschlafft und Jacob ein völliger Ausfall war, hätte sie auch im Hotel bei ihrem Vibrator bleiben können.

Männer im Rudel zu jagen klappte selten – da gab es zu viele Unwägbarkeiten. Sie folgte Kate und Rick an den Strand zu einem schattigen Platz, und ihre Gedanken waren woanders.

Wo war Jacob? Wie konnte er es wagen, sie mit einem Kuss zu reizen und sie dann unbefriedigt zu lassen?

Kate und Rick zogen sich aus und rannten in die Brandung, um zu schwimmen. »Komm schon zu uns, Angie.«

Angie beobachtete, wie Kate und Nick im Wasser tollten. Sie ließ ihren Rock in den Sand fallen und zog ihr Top aus. Ganz gleich, ob sie sich im Wasser abkühlen würde, sie wusste, dass sie keine tiefe Befriedigung finden würde, bis sie wieder auf Männerjagd gehen konnte.

Sie hielt vergebens Ausschau nach Jacob. »Ich werde dich nicht so einfach davonkommen lassen, nachdem du mich aufgegeilt hast«, murmelte sie. »Und wenn ich dich fesseln muss.« Aber bei diesem Gedanken kam ihr eine subtilere Möglichkeit in den Sinn, wie sie Jacob verführen konnte. Schließlich teilten sie ein Zimmer.

Rick schwamm zu ihr, und sie lächelte, als er sich zu ihren Füßen hinkniete. »Du bist wunderschön«, sagte er und küsste ihre Vulva.

»Du könntest in meine Augen sehen, wenn du wieder so was Reizendes sagst«, lachte sie.

»Die sind auch wunderschön«, meinte Rick lachend.

Sie packte ihn beim Haarschopf und zog ihn auf die Füße. »Beweise mir es«, befahl sie ungeduldig.

»Autsch.« Er rieb sich am Kopf. »Ich wollte mich gerade aufwärmen, denn ich dachte, Frauen gefällt es, wenn man dort unten anfängt.«

»Vergiss das Vorspiel. Es hat mich genug angeheizt, zu sehen, wie du Kate befriedigt hast.«

Er legte die Arme um sie und presste sie an sich. »Es tut mir leid. Aber wenn Kate mich an den Ohren zieht, gibt es kaum ein Entkommen.«

Angie spürte, dass er an ihr hart wurde. Sein großer Penis rieb über ihren Unterleib, als er sie küsste.

»Beiß in seine Brustwarzen«, sagte Kate. »Das macht ihn schnell hart.«

Angie wandte sich um und lächelte Kate an, die sich gegen Angies Rücken drückte. Das Gefühl, zwischen die beiden nackten Körper geschmiegt zu sein, war sensationell. Sie zitterte vor Lust und stöhnte.

Kate streichelte Angies Rücken, küsste ihren Nacken, und Angie nahm Ricks Brustwarzen zwischen ihre Zähne und umkreiste sie mit der Zunge.

»Zwei Frauen, zwei Frauen«, seufzte Rick. »O Gott, meine Fantasie ist wahr geworden.« Der Gedanke reichte offenbar, um ihn hart zu machen, denn Angie konnte seine Erektion an ihrem Po spüren. Rick drehte Angie so, dass sie Kate gegenüberstand, und nahm sie von hinten. »Lehn dich auf Kates Schultern«, drängte er. »Ich will dich ficken.«

Kate küsste Angie, als Rick in sie glitt. Sie war geschwollen und feucht vom Warten, und sie spürte, dass er gut in sie hineinrutschte, so dick er auch war. Rick hielt sie an den Hüften, und als sie ihn ganz aufgenommen hatte, stieß er sie, zunächst in verhaltenem Tempo.

Kate saugte abwechselnd an ihren Nippeln. Ihre Zunge fühlte sich glitschig und heiß an.

Angie glühte vor Verlangen zwischen den beiden. Ihre Knie wurden weich, aber Rick hielt sie fest, als er stetig in sie stieß. Wasser spülte um ihre Füße, und gelegentlich trafen ein paar kühle Tropfen ihre von der Sonne heißen Schultern. Rick stieß so hart zu, dass es Angie fast von den Füßen hob. Sie spürte, dass sie bald kam. Das Gefühl, zwischen zwei warmen Körpern zu sein, war berauschend. Dann hörte Kate auf, an ihren Nippeln zu saugen, und ließ ihre Zunge über Angies Körper wandern.

Rick umfasste Angies Brüste, und sie neigte sich zurück zu ihm. Sie hörte sein heftiges Atem, als sein Rhythmus schneller und schneller wurde. Sie konnte die Lust kaum ertragen, die ihr Rick und Kate bereiteten.

Kate hatte Angies Piercing entdeckt. Sie leckte daran, und Angie fühlte sich wie im Paradies auf Erden. Kates Mund presste sich auf ihre Klitoris und saugte.

Angie atmete keuchend und erschauerte von Kopf bis Fuß. Sie warf den Kopf zurück auf Ricks Schulter. Alles, was sie sehen konnte, war der tiefblaue Himmel. Sie presste sich gegen Kates geschickte Zunge, wollte nicht, dass sie aufhörte. Sie schloss die Augen und gab sich ganz der Ekstase hin, die Rick und Kate ihr schenkten.

Ihr gesamter Körper erschauerte, als sie von der nächsten Lustwoge erfasst wurde.

Mit einem kehligen Schrei, der über den Strand hallte, kam Rick schließlich. Angie konnte spüren, wie sich seine Brust hob und senkte, und sein heißer Atem schien sie zu liebkosen. Ihr Körper schien sich zu verflüssigen, und sie wäre gefallen, wenn Rick sie nicht festgehalten hätte.

»Ich helfe ihr auf«, sagte Kate, legte den Arm um Angies Hüfte und hob sie hoch. Sie gingen ein Stück zur Seite und setzten sich an die Wasserlinie. Kleine Wellen umspülten ihre Füße, und der Sand war von der Sonne erwärmt. Angie lag auf einen Ellenbogen gestemmt befriedigt da und beobachtete Rick. Er kam zu ihnen, sein Penis gerötet und halb erschlafft.

»Ich habe doch gesagt, dass wir uns um dich kümmern«, gurrte Kate.

Angie lächelte träge, noch zu benommen, um zu sprechen. Sie war entspannt und gelöst und wollte sich nur noch im Sand zusammenrollen und einschlafen.

»Wir sollten uns unter die Bäume setzen«, sagte Rick. »Hier holen wir uns einen Sonnenbrand. Die Sonne ist mittags heiß, und man ist im Nu verbrannt, wenn man nicht aufpasst und sich duscht.«

»Deine Dusche war heiß«, krächzte Angie, »atemberaubend.«

Rick lachte. »Komm mit.« Er streckte ihr die Hand hin, um ihr aufzuhelfen. »Ich habe einige kalte Flaschen und einen Imbiss in meinem Rucksack.«

»Ich könnte was zu trinken brauchen«, sagte Angie. Sie trank von dem Mineralwasser, das Rick ihr reichte, und gab dann die Flasche an Kate weiter.

»Ist das nicht wunderbar?«, meinte Rick. »Man könnte eine Stunde spazieren und hätte den ganzen Strand für sich allein.«

Angie strich ihr langes blondes Haar aus dem Gesicht und band es im Nacken zu einem Knoten zusammen. »Wo ist Jacob?«

»Ich weiß es nicht«, sagte Kate. »Ich dachte, ihr beiden habt euch gestritten.«

»Angie hält ihn für schwul«, sagte Rick.

»Das ist ein Jammer«, seufzte Kate. »Er ist sehr sexy auf eine reservierte Art. Ich hatte mich schon gefreut, ihn besser kennen zu lernen.«

»Ist doch nicht schlimm, wenn er schwul ist«, sagte Rick. »Dann habe ich weniger Konkurrenz.«

Kate griff hinüber und rieb an Ricks Penis, doch Rick schob ihre Hand fort. »Lass das, Kate. Ich bin kein Supermann.«

Kate verdrehte die Augen. »So viel zu weniger Konkurrenz.« Sie erhob sich und setzte sich neben Angie. »Machst du dir Sorgen wegen Jacob?«

»Ich weiß nicht, ich finde es nur seltsam, wie er verschwunden ist, und frage mich, ob er zum Hotel zurückgekehrt ist.«

Ein Klingeln unterbrach ihn, und Rick stöhnte auf. »Den Störenfried hätte ich gar nicht mitnehmen sollen.« Er griff in den Rucksack und zog das Handy hervor.

»Hallo. Oh, nein. Wir sind am Strand. Mit Kate und Angie. Ja. Wir spazieren zurück. In einer Stunde. Bis bald.«

»Wer war das?«, fragte Kate. Ihr Tonfall war ärgerlich.

Rick verdrehte die Augen. »Die Schwarze Hexe. Tahillia Ash.« Er stand auf und begann sich anzuziehen. »Sie muss uns zur Mittagsschicht einteilen, weil zwei vom Personal ausgefallen sind. Sie ist verdammt wütend.«

»Da müssen wir uns aber beeilen.« Kate zog schnell ihr Kleid an. »Überrascht mich nicht, dass wieder zwei Kollegen gekündigt haben. Für die Hexe zu arbeiten, das ist die Schattenseite des Jobs.«

»Ich mache mich auf die Suche nach Jacob. Wir sollten ihn nicht hier zurücklassen. Vielleicht findet er den Weg nicht zum Hotel zurück.«

»Ds ist 'ne nette Idee von dir.« Rick griff in den Rucksack, zog die Wasserflasche heraus und gab sie Angie. »Siehst du dort den Felsen, über den wir hinabgeklettert sind?« Er wies hin. »Der Weg beginnt dort oben. Wenn du darauf bleibst, kannst du dich nicht verlaufen. Wir sehen uns dann wieder im Hotel.«

Angie sah die beiden verschwinden, als sie den Felsen erklommen hatten. Sie löste ihr Haar und ließ es bis zur Hüfte fallen. Sie liebte es, allein zu sein, da konnte sie ungestört denken. Es war an der Zeit, ein ziemlich schwer fassbares Opfer zu jagen.

Sie suchte das Ufer ab. Nichts. Wenn Jacob nicht am Strand war, dann musste er irgendwo zwischen dem Sand und den Bäumen sein. Dort werde ich die Suche beginnen, sagte sie sich.

Angie folgte dem Waldrand und suchte nach Fußspuren. Es war still. Sie konnte nur das Schreien von Seevögeln und das Rauschen der Brandung hören. Jacob war hier irgendwo. Ihr Gefühl sagte ihr, dass er ganz in der Nähe war. Ihre Haut prickelte, und sie erschauerte, aufgeregt, weil sie wieder auf der Jagd war.

Kate und Rick hatten sie unglaublich befriedigt, und sie freute sich auf eine Wiederholung. Aber bei Jacob war es anders. Trotz seiner Freundlichkeit vermied er körperlichen Kontakt zu ihr. Dennoch glaubte sie nicht, dass er homosexuell war.

Angie untersuchte die Fußspuren vom Strand zu den Bäumen, bis der Sand in Gras überging. Palmen und Büsche erschwerten die Sicht. »Wo bist du, Jacob?«, murmelte sie. »Ich will dich scharfmachen.«

Das war er schon, wie sie bald darauf sah.

Jacob stand nackt auf einer Lichtung zwischen den Palmen und wichste.

»Angie«, keuchte er.

Sie verharrte, dachte, er hätte sie gesehen.

Doch als sie näher trat, erkannte sie, dass seine Augen geschlossen waren. Fasziniert beobachtete sie ihn und genoss den Anblick seiner Erektion. Seine Haut war cremig weiß an seinem festen Hintern. Sein Schwanz war mittelgroß, hatte jedoch eine dicke Eichel, und Angie stellte sich vor, ihn im Mund zu haben und den Kopf mit dem kleinen Auge mit der Zunge zu umschmeicheln. Ihre Hand glitt unbewusst zu ihrer Pussy, und sie spielte damit, während sie Jacob beim Wichsen zuschaute. Du willst mich, nicht wahr?, dachte sie.

Angie schlich lautlos näher, beobachtete das Spiel seiner Muskeln. Sein Gesicht war erhitzt, und er atmete keuchend.

»Du Quälgeist«, sagte er und rieb schneller und schneller an seinem Schaft. »Du und Kate, ihr macht mich verrückt!«

Hatte er sie am Strand beobachtet? Nun, sie hoffte, dass es ihm gefallen hatte, so wie es ihr gefiel, ihm beim Wichsen zuzusehen.

»Ich bin so geil auf dich, du sexy Biest! Ich will dich durchficken!«

Da bin ich ja zum richtigen Zeitpunkt eingetroffen, dachte Angie. Er will es mit mir, und weil er mich nicht haben kann, holt er sich selbst einen runter.

Leise, wie eine Katze, schlich sie hinter ihn und kniete sich seitlich von ihm hin. Er wichste hektisch, und sein Körper stand kurz vor der Explosion.

Angie öffnete den Mund und schob einen Finger in seinen Anus. Jacob schrie erschrocken auf, aber er war zu sehr erregt, um sie wahrzunehmen. Sein Körper wurde starr, erzitterte, und dann brach ein tiefes Stöhnen aus ihm hervor, als es ihm kam. Angie saugte ihn, bis sein zuckender Schwanz ihren Mund ausfüllte und seine heiße Flut ausspuckte.

Schließlich zog Jacob ihn raus und rang um Atem.

»War das gut für dich?«, fragte sie frech.

»Zum Teufel mit dir, Angie. Ich wollte keinen Sex mit dir.« Er zog sie auf die Füße. Seine Miene war ärgerlich.

Sie lachte. »Einige Männer würden sagen, dass dies kein Sex war. Außerdem glaube ich dir nicht. Du hast beim Wichsen meinen Namen genannt.«

Sie legte einen Arm um seine Schultern, zog ihn an sich und küsste ihn auf den Mund. Sie nutzte seinen schwachen Moment aus, und er wehrte sich nicht, sondern öffnete die Lippen, und sie füllte sein Sperma aus ihrem Mund in seinen.

Jacob wich überrascht zurück. »Das ist widerlich.« Er wischte sich über den Mund. Die Röte seines Gesichts vertiefte sich.

»Ich gebe dir nur zurück, was dir gehört. Du solltest dich darüber freuen und es genießen wie ich.«

»Wie lange hast du mir zugeschaut?«, fragte er.

»Lange genug, um zu wissen, dass du es mit mir tun wolltest. Hast du mich mit Kate und Rick am Strand beobachtet?«

Er nickte. »Das hat mich aufgegeilt.«

»Hat dir gefallen, wie Kate mich geleckt hat?« Sie nahm seine Hand und rieb sie über ihre Pussy. Seine Hand fühlte sich gut und heiß auf ihrer seidigen Haut an. »Kate war sehr gut. Sie wusste genau, wie sie mich heißmachen konnte«, sagte sie verführerisch.

Jacob schluckte und zog seine Hand fort.

»Hör auf, Angie. Ich will das nicht.« Er blickte sich nach seinen Sachen um, fand das T-Shirt und zog es schnell an. Angie sah seine Shorts, hob sie auf und hielt sie hinter ihrem Rücken versteckt.

»Ich weiß, dass du ein schrecklicher Lügner bist. Du bist ganz geil auf mich.« Mit der freien Hand strich sie sich ihr langes blondes Haar aus dem Gesicht. Seine Weigerung regte sie auf, und sie konnte der Versuchung nicht widerstehen, ihn weiter anzuheizen. Die meisten Männer würden inzwischen darum betteln, erhört zu werden. Doch Jacob war anders. Sein Schwanz wurde völlig von seinem Verstand beherrscht.

»Gib mir die Shorts«, verlangte er und streckte die Hand aus.

»Wenn du zugibst, dass du mich willst. Wenn wir Kate in unser Zimmer einladen, könnte sie dich genauso aussaugen, wie ich es eben getan habe. Während sie das tut, könnte ich deine Eier bis zu deinem Anus lecken und dann meine Zunge hineinschieben.«

Sein Kopf ruckte aufwärts, und seine Augen weiteten sich vor Überraschung. »Das tut ihr Mädchen wirklich?« Angie beobachtete, wie sich seine Hand um seinen Schwanz legte. Er war fast wieder erigiert, und an der Art, wie sich Jacobs Brust schnell hob und senkte, erkannte sie, dass sie ihn bald überreden würde.

»Ich weiß, dass wir beide dich haben wollen.«

»O Gott, Angie,warum tust du mir das an?« Die Hand, die seinen Schwanz hielt, rieb auf und ab. »Ich habe es dir bereits gesagt. Ich will keinen Sex mit dir.« Seine Stimme klang angespannt. »Hör auf, mit mir zu spielen. Ich mag deine Spiele nicht.«

»Ich spiele nicht mit dir. Das tust du mit dir selbst. Ich will mich auch nicht in dich verlieben. Ich will Sex.« Sie ging zu ihm, bis sie dicht vor ihm stand: »Weißt du, ich bin anders als andere Frauen«, sagte sie verführerisch. »Ich bin nicht eifersüchtig, wenn andere Frauen mitmachen. Mir macht es Spaß, die Eier eines Mannes zu lecken und mit der Zunge auf und ab zu schlecken. Was meinst du, wie lange du brauchst, um zu spritzen, wenn ich das tue und Kate dir zugleich einen bläst?«

Jacob nahm die Hand vom Penis und hob sie abwehrend. »Ich will keinen Sex mit dir und Kate«, knirschte er mit zusammengebissenen Zähnen.

»Oh, das bezweifle ich.« Ihr Blick glitt zu seinem Glied hinab. »Weißt du, es gibt Dinge, bei denen ein Mann nicht lügen kann. Sein Körper lässt das nicht zu. Hast du gesehen, wie Rick mich genommen hat? Er hat mich mit seinem dicken Schwanz fast aufgerissen. Ich möchte, dass du das auch mit mir machst, und es gibt nichts Geileres für eine Frau, von einem Mann gefickt und gleichzeitig von einer Frau an den Nippeln gesaugt zu werden. Könntest du Kate fragen, ob sie bei uns mitmacht? Sie mag dich. Ich bin sicher, dass sie in unser Zimmer kommen würde, wenn du sie einlädtst.«

»Ich will nichts davon hören«, sagte er und wich mit gesenktem Blick von ihr zurück. »Du kannst mich nicht manipulieren, bis ...« Er fuhr zu ihr herum, und Angie sah einen Muskel an seinem Mundwinkel zucken.

Er wollte sie verfluchen, und das bedeutete, dass er die Kontrolle verlor. Sie konnte Schweiß auf seiner Stirn sehen und wusste, dass er bald ihr gehören würde. Dies würde sein erster Dreier sein, davon war sie überzeugt.

Plötzlich griff er nach seinen Shorts, doch bevor er sie Angie entreißen konnte, warf sie sie hoch, sodass sie sich im nächsten Baum verfingen. »Oh schade«, sagte sie gespielt traurig. »Sieht so aus, als müsstest du unten ohne heimwandern. Stell dir nur vor, jeder wird wissen, dass du heiß auf mich warst und dass du mir mit einem Steifen nachgelaufen bist.«

»Verdammtes Luder«, schrie er. »Diesmal bist du zu weit gegangen.« Er packte sie, trug sie zu einem Felsbrocken und legte sie über sein Knie. Angie wehrte sich heftig, obwohl sie wusste, dass sie gewonnen hatte. Sie würde dies genießen. Er würde es nicht schaffen, ihr zu widerstehen.

»Ich werde dich lehren, mich nicht anzumachen«, keuchte er und schlug ihr hart auf den Hintern. Sie schrie, als er sie schlug. Sie wand sich über seinem Knie, und sie spürte, wie seine Erektion sich gegen ihren Unterleib presste. Das Gefühl, seine glatte Haut an ihrer zu spüren, hatte etwas ungemein Erotisches. Er schlug sie wieder, und sie wand sich, doch diesmal ließ er seine Hand auf ihrem Hinterteil liegen. Er rieb zärtlich über ihre Pobacken.

»Es tut mir leid«, sagte er. »Ich hätte das nicht tun sollen.«

Es tat ihm leid? Das war das Letzte, was Angie hören wollte, wenn die Dinge gerade anfingen, sie zu erregen.

Sie biss in seinen Arm, und Jacob schrie überrascht auf und gab sie frei. Sie setzte sich auf seinem Knie auf, sodass ihre Pussy ihn berührte. »Ist das alles, was du kannst? Mich zu schlagen und dich dann zu entschuldigen?« Sie rollte scheinbar angewidert mit den Augen.

Dann griff sie hinab, nahm seinen Schwanz und rieb, sich vor und zurück wiegend, seine dicke Eichel über ihre Klit. Angie war feucht und nahe daran, zu kommen. Ihr ganzer Körper prickelte, von Erregung erfüllt.

»Es hat dir gefallen«, keuchte Jacob, ohne sie zu stoppen. »Du warst überhaupt nicht überrascht.«

»Ja, es war sehr schön.« Sie rieb ihre Brüste an seiner muskulösen Brust, und ihre steifen Nippel erzitterten, als sich der Orgasmus in ihr aufbaute.

Sie war nicht in der Lage, Worte zu formulieren. Ihre Nippel schmerzten vor Lust, und sie zog sich an ihm hoch. Er umfasste ihre Hüften, als sie ihre Pussy gegen seine Erektion presste, die sie sehnlich in sich spüren wollte, und schob sie von sich. »Ich werde dies nicht mit dir tun«, sagte Jacob entschieden. Er erhob sich, zog sie hoch und ging an ihr vorbei, und sein Gesicht war errötet und ärgerlich. »Es ist nicht richtig.«

Angie stand zitternd da. »Wovon redest du?«, schrie sie. »Wir sind auf einer tropischen Insel, und niemand sieht uns dabei. Ich weiß nicht, was daran falsch sein soll!«

»Du machst dir nichts aus mir. Du willst nur meinen Schwanz.« Er wies auf seinen erigierten Penis. »Nun, ich mag es nicht, benutzt zu werden. Ich will nicht dein Spielzeug sein.«

Sie sah zu, wie er athletisch auf den Baum kletterte, über dessen Zweig sie seine Shorts geworfen hatte. Er zog sie herunter, sprang herab und zog sie an. Dann, ohne Angie noch einmal anzuschauen, ging er davon.

Fünftes Kapitel

»Ich habe Sie gesucht.«

Angie unterdrückte ein Aufstöhnen, als sie Tahillia Ashs raue Stimme hörte, die heiser klang, als hätte sie zu viel geraucht. Es war ein langer Spaziergang vom Strand zum Hotel an einem heißen Tag gewesen, und sie wäre gern im Gästepool schwimmen gegangen. Darin gab es eine Insel mit erfrischenden Drinks, und sie blickte sehnsüchtig zu den Cocktails auf der Theke.

»Denken Sie nicht mal daran.«

»Ich habe nur geguckt«, erwiderte Angie. Konnte die Frau denn Gedanken lesen?

»Sie haben hier Dienst. Und die Grotte ist für Sie tabu. Gehen Sie, und ziehen Sie sich um. Ich brauche Sie sofort an der Rezeption. In fünf Minuten landet ein Privatjet, und ich möchte die Gäste nicht warten lassen.«

»Wer kommt denn?«, fragte Angie aufgeregt, erfreut von ihrem plötzlichen Karrieresprung von der Küchenaushilfe zur Rezeptionistin.

»Anscheinend findet Nick Holt die Insel Desire so faszinierend, dass er den Rest seiner Band, einschließlich der Roadies, zu einem Besuch eingeladen hat.« Tahillia schnaubte angewidert. »Heutzutage haben die falschen Typen zu viel Geld in den Taschen.«

Angie unterdrückte ein Lächeln. Aus Tahillias Gesichtsausdruck schloss sie, dass diese sich nicht mehr über Nicks ausschweifende Gesellschaft freute. Sie blickte ein letztes Mal sehnsüchtig zum Pool. Eingerahmt von Palmen und Farnen war es der größte Pool, komplett mit der Grotte, den sie je gesehen hatte.

Sie entdeckte Nick, der mit einer jungen, sexy Frau plauderte. Die Frau, die einen goldfarbenen Bikini trug, streichelte über Nicks Brust. Er erblickte Angie, grinste und winkte. »Angie, komm zu uns«, rief er.

»Schade, der Poolbereich ist tabu für das Personal«, rief sie zurück. »Es sieht auch nicht so aus, als ob du zusätzliche Gesellschaft brauchst«, fügte sie lachend hinzu.

»Sie verstehen sich anscheinend gut mit ihm«, sagte Tahillia steif.

»Das Hotelpersonal sollte allzeit freundlich zu den Gästen sein. Seite fünfzehn vom Text der Schulung im Gastronomiegewerbe«, zitierte Angie. Und ich *war* freundlich zu Nick Holt, dachte sie und erinnerte sich an den heißen Quickie an der Wand in seiner Suite. Sie hätte überhaupt nichts dagegen, es mit Nick zu wiederholen, besonders weil Jacob sich entschieden hatte, die prüde Jungfrau zu bleiben.

»James Steele sagte mir, Sie hätten ein fotografisches Gedächtnis, aber glauben Sie nicht, dass mich das beeindruckt. Ich brauche hart arbeitende Mitarbeiter mit praktischen Fähigkeiten und nicht mit fotografischem Gedächtnis.«

»Oh, ich bin mir sicher, Sie werden feststellen, dass ich praktisch sein kann«, sagte Angie. Gib mir ein paar Minuten an der Rezeption, und ich werde mich an die Zimmernummer von jedem interessanten Gast erinnern, dachte sie. Und dann werde ich meine praktischen Fähigkeiten gut einsetzen.

»Der einzige Grund, weshalb ich Sie zum Dienst an der Rezeption einteile, ist Personalmangel.« Tahillia warf einen Blick auf ihre Armbanduhr. »Sie haben noch zehn Minuten – und tun Sie etwas mit Ihrem Haar. Sie haben Sand hineinbekommen. Ich erwarte von meinem Personal, dass es tadellos gepflegt ist.«

Angie beobachtete sie, als sie davonging. Tahillia humpelte nicht mehr, doch an einem ihrer Knöchel war ein rötlicher Abdruck, wo die Handschelle gewesen war. Sie müssen die Schelle aufgesägt haben, dachte sie.

Eine Spur von Mitleid stieg in ihr auf, und sie fühlte sich ein wenig schuldig.

Tahillia wandte sich um, und obwohl Angie schnell von ihrem Knöchel wegsah, war Tahillias Blick giftig. »Nun gehen Sie schon«, blaffte sie und kniff die Augen zu Schlitzen zusammen. »Ich bin gerade zwei vom Personal losgeworden. Sorgen Sie dafür, dass Sie nicht die Nächste sind, die fliegt.«

»Ich werde pünktlich an der Rezeption sein«, rief Angie und dachte: Vergiss die Gewissensbisse. Sie überlegte, was sie der Schwarzen Hexe als Nächstes liebend gern antun würde.

Wer weiß, vielleicht konnte Nick sie wieder zum Sex einladen.

Sie blickte hinüber zu Nick, der langsam mit seiner Zunge über seine Lippen fuhr. Sein Piercing glänzte, und die Frau im goldenen Bikini lachte. »Du fehlst uns, Angie«, rief er.

Tahillias Verhalten ärgerte sie, und ein wenig Entspannung mit Nick Holt war sicherlich eine gute Idee. Nick war einfallsreich und lustig. Dennoch musste er noch ein wenig warten, solange Tahillia sie auf dem Kieker hatte. Aber nicht zu lange. Wirklich pervers veranlagte Kerle waren schwer zu finden, und Nick war gewiss ein einmaliges Original.

Angie blies ihm einen Kuss zu und eilte davon. Sie fragte sich, ob jetzt ein zusätzliches Schlafzimmer frei sein würde, weil Tahillia zwei Mitarbeiter gefeuert hatte. Es würde eine Schande sein, wenn Jacob auszog, besonders weil es eine interessante Herausforderung für sie bedeutete, ihn zu verführen.

In ihrem Zimmer zog sie Minirock und Top aus. Als sie in

den Spiegel schaute, sah sie, dass ihre Haut einen rötlichen Schimmer durch die Sonne angenommen hatte. In ein paar Tagen würde sie gebräunt sein wie die Inselbewohner. Freude durchflutete Angie. Trotz der Anwesenheit der Schwarzen Hexe auf dieser paradiesischen Insel hatte das Hotel Desire seine fünf Sterne verdient.

Sie öffnete die Badezimmertür – und überraschte Jacob beim Duschen. Amüsiert sah sie seinen halb aufgerichteten Penis. Anscheinend hatte er noch nicht genügend gewichst.

»Kannst du nicht anklopfen?«, sagte Jacob vorwurfsvoll und hielt eine Hand vor sein Glied.

»Nein. Es ist immer erregend, jemanden zu überraschen.« Angie lachte. »Was willst du verbergen? Ich habe bereits gesehen, was du zu bieten hast.«

Als seine Hand am Schwanz war, wurde er hart. »Ich biete nichts an«, sagte Jacob mit gesenktem Blick. Es war, als schäme er sich für seinen ungehorsamen Körper.

»Mach dir keine Sorgen. Du bist jetzt vor mir sicher«, erwiderte sie. »Ich habe in zehn Minuten Dienst an der Rezeption. Das könnte genug Zeit sein, um dich zu befriedigen. Ich hätte zwar lieber mehr Zeit, aber man kann nicht alles haben, was man gern möchte. Ich möchte meinen nackten Körper an deinem reiben.« Sie streichelte sich an der Pussy. »Weißt du, die Haut ist so geil, wenn eine Frau rasiert ist.«

»Rede nicht so schmutzig.«

Sie ging auf ihn zu und öffnete die Tür der Duschkabine. »Hast du jemals mit einer Frau geduscht? Denk an das warme Wasser, das über uns läuft. Es ist genügend Platz für uns. Du könntest es mir mit dem Finger machen und dann diesen großen Schwanz in mich schieben. Denk daran, was für ein Gefühl das wäre. Ich bin überzeugt, dass nichts besser für einen Mann ist, als in einer heißen, willigen Frau zu sein.«

Jacob stellte mit einer ruckartigen Bewegung die Dusche ab. Er trat aus der Kabine, ergriff sein Handtuch und band es um seine Hüfte.

»Weißt du, Jacob, du musst wirklich lernen, dass ein gewisser Teil deiner Anatomie besser lügen lernt. Du tust so, als könntest du mich nicht leiden, aber – mit einer übertriebenen Geste wies sie mit dem Zeigefinger an ihm hinab – dein Schwanz ist ganz anderer Meinung.«

»Verdammtes Weib, du machst mich an«, knirschte Jacob durch zusammengebissene Zähne.

»Ja, das finde ich geil«, sagte sie ruhig. »Weil du anders bist als andere Männer und ich deshalb mehr von dir will.«

»Nein, ich nehme kein anderes Zimmer«, beharrte die Frau. »Ich bin Nick Holts Frau, also will ich dasselbe Zimmer haben wie er.«

Angie blickte die Blondine an, die kriegerisch vor dem Empfangstresen stand. In dem Moment, in dem Angie Ellie Holt sah, wusste sie, dass die Frau Probleme hatte. Angie hatte gedacht, sie wäre geschieden, doch es war schwer, mit der flatterhaften Ehe der Holts auf dem Laufenden zu bleiben.

»Nur einen Moment, Mrs Holt«, sagte Angie. »Ich muss die Bestätigung von Mr Holt einholen. Er hat uns keine Anweisungen gegeben, dass er Sie erwartet.«

»Natürlich hat er das nicht, Sie alberne Gans«, ereiferte sich Ellie Holt mit ihrer gereizten hohen Stimme. »Er weiß ja gar nicht, dass ich komme. Es soll eine Überraschung sein.«

Und keine angenehme, dachte Angie und stellte sich vor, wie Nick jetzt gerade einer Frau den goldfarbenen Bikini auszog. »Wenn Sie bitte im Lounge-Bereich Platz nehmen wollen, dann werde ich Mr Holt informieren.« Und ihn warnen, dass du hier bist, dachte sie.

Verlass dich darauf, dass dir Tahillia Ash die problematischen Gäste überlässt, dachte Angie mit einem Seufzen. Die Hotelmanagerin stand im Foyer und begrüßte Gäste, gab Anweisungen und überzeugte sich, dass alles glatt verlief oder, in Angies Fall, nicht so glatt. Angie hatte das Gefühl, dass Tahillia Ash nur darauf lauerte, dass sie einen Fehler machte.

Da kommt ein Problem, dachte Angie, als Tahillia auf sie zueilte. Angie hatte einen ausgeprägten Kampf- oder Fluchtinstinkt bei Problemen, doch diesmal funktionierte er nicht.

»Quartieren Sie Mrs Holt bei ihrem Mann ein«, sagte Tahillia Ash glatt. »Ich bin sicher, er wird entzückt sein, Sie zu sehen«, sagte sie zu Ellie Holt. »Sie können Ihr Gepäck an der Rezeption lassen. Der Boy wird es auf Mister Holts Zimmer bringen.«

Mit einem triumphierenden Blick zu Angie lächelte Ellie Holt zufrieden. Angie fragte sich, ob Nick Holt ebenso zufrieden sein würde.

»Angie, führen Sie Mrs Holt zum Poolbereich«, befahl Tahillia Ash, und Angie entging nicht ihr schadenfroher Tonfall. »Ich nehme an, Sie werden Mr Holt dort finden.«

»Wenn Sie mir bitte folgen wollen«, sagte Angie und dachte an die Frau mit dem goldenen Bikini. Der Ehestreit zwischen Ellie Holt und ihrem Mann füllte seit Jahren die Magazine. In Hotelzimmern war durch Ellies Eifersuchtsszenen vieles zu Bruch gegangen, doch Nick Holt war bekannt dafür, mit hohen Summen die Auswirkungen von Ellies Anfällen zu regeln.

Sie musste das Tahillia Ash überlassen. Aber Rache kommt in verschiedenen Formen. Wenn Nicks Frau ihn mit einer anderen antraf, würde es eine Szene geben, und Nick würde denken, dass er das Angie zu verdanken hatte.

Sie führte Ellie Holt durchs Foyer und hinaus zum Pool. Besorgt ließ sie ihren Blick durch den Poolbereich und über ein paar Paare gleiten, die den warmen Sonnenschein von Queensland genossen. Erleichterung erfüllte sie, als Nick Holt nirgends zu sehen war. »Er ist anscheinend nicht mehr hier. Sie sollten zur Rezeption zurückkehren, und ich werde versuchen, ihn ausfindig zu machen.«

Ellie Holt, ehemaliges Groupie und jetzt Prominentenfrau, ließ sich nicht abwimmeln. Sie schob sich an Angie vorbei und betrat den Poolbereich. »Sie haben sich ja kaum umgesehen. Dies ist genau das Milieu, das Nick liebt«, sagte sie und ging an ein paar Turtelnden vorbei, die den Wellnessbereich und einander genossen. »Ich spüre förmlich, dass er sich hier wohlfühlt.«

Angies mulmiges Gefühl verstärkte sich, als Ellie an einem künstlichen Wasserfall vorbeiging und dann die Grotte bemerkte, die an den Pool grenzte. Sie marschierte entschlossen darauf zu, und Anie beeilte sich, sie einzuholen. »Dort ist er bestimmt nicht«, sagte sie. »Vielleicht trinken Sie einen Cocktail und nehmen Platz am Pool, während ich Mr Holt suche.«

Ihre Worte konnten Ellie nicht stoppen. Sie betrat die Grotte, und Angie folgte ihr dichtauf.

Angie spähte in das Halbdunkel der kleinen Grotte und sah das Wasser darin schäumen wie in einem Whirlpool. Als sich ihre Augen an die Lichtverhältnisse gewöhnt hatten, atmete sie erleichtert auf. Die Blonde mit dem goldenen Bikini genoss die Kühle in der Grotte. Zum Glück war sie allein. Ihre Augen waren geschlossen, ihr Kopf lehnte an den Felsen, ihr Körper war halb untergetaucht.

Tut mir leid, dass ich dich enttäuschen muss, Tahillia, dachte Angie und lächelte zufrieden. Du wirst keine Szene von Ellie auf meine Kosten bekommen. »Sehen Sie, Mr Holt ist nicht hier«, sagte Angie. »Vielleicht ist er auf sein Zimmer zurückgekehrt.« Sie wandte sich zum Gehen.

Dann stieß Ellie Holt einen schrillen Schrei aus, der von den Grottenwänden widerhallte, und Angie versteifte sich entsetzt, als Nick Holts fast kahler Kopf aus dem Wasser auftauchte. Seine lange Zunge leckte immer noch zwischen den Beinen des Bikinimädchens.

Mitten im Lecken wurden seine Augen groß vor Bestürzung. »Ellie?«, fragte er überrascht. »Es ist nicht das, was du denkst.«

»Du dreckige Nutte!«, schrie Ellie und konzentrierte ihren Zorn mehr auf die Blondine im goldenen Bikini statt auf Nick, sehr zu Angies Ärger. Ihre Hände mit den pinkfarbenen Fingernägeln, die Krallen ähnelten, streckten sich zu der Blondine aus. »Meinst du, du kannst mir den Mann nehmen?«, rief sie schrill.

Die Blondine flüchtete aus dem Wasser, aber erst, als Ellie ihr Haar packte und daran riss.

Angie griff ein, denn die pinkfarbenen Krallen waren eine Gefahr für das Aussehen des Bikinimädchens. Sie packte Ellie am Arm, um sie wegzuziehen. »Hilf mir, Nick«, bat sie.

Die Blondine ergriff die Flucht und rannte unter Verlust einer Hand voll ausgerissener Haare und ihres Bikini-Oberteils davon. Da verlieren wir einen unbefriedigten Gast, der frühzeitig auscheckt, dachte Angie und hielt Ellie Holt am Arm fest.

»Bitte beruhigen Sie sich, Mrs Holt«, sagte Angie und bemühte sich um eine Spur von Professionalismus.

»Du wusstest die ganze Zeit, dass mein Nicky hier war, du blödes Flittchen, nicht wahr?« Ellie Holt wandte sich Angie zu und starrte sie zornig an. »Du nennst ihn bereits beim Vornamen. Hat er dich gefickt?«

Bevor Angie Zeit zum Antworten hatte, traf sie ein wilder

Hieb, der sie durch die Grotte fliegen ließ. Ihr Kopf stieß irgendwo an, und sie glaubte für einen Augenblick, Sterne zu sehen. Dann rang sie um Atem und schluckte warmes, salziges Poolwasser.

Nick packte sie, und sie klammerte sich an ihn. Als sie sich aufrappelte, schwankte sie.

»Du bist gegen einen der Felsbrocken gestoßen. Alles in Ordnung, Angie?«, fragte Nick.

»Ich nehme es an«, keuchte Angie und stützte sich an Nick. Ellie stand an der Seite der Grotte, die Hände auf den Hüften.

»Woher weißt du, wie sie heißt, du Bastard? Hast du sie auch gefickt? Hast du das ganze Hotel durch?«

Sie ballte die Hände zu Fäusten und rückte zum Rand des Whirlpools vor. Angie sah entsetzt, dass sie Boxerstellung einnahm. Sie fragte sich entsetzt, ob Ellie sie angreifen würde. Diese Frau ist verrückt, dachte sie. Die Blondine war klug genug, die Flucht zu ergreifen, und sie würde es auch tun, doch ihre wackligen Beine spielten nicht mit.

»Natürlich habe ich das nicht, Liebste.« Nicks Tonfall war besänftigend. »Du weißt, das ich nicht an Sex interessiert bin. Die Blondine hat mich an dich erinnert, abgesehen davon, dass du schöner bist.« Nick schob Angie von sich und watete zu seiner Frau.

Angie, die immer noch benommen war, bemühte sich darum, das Gleichgewicht zu bewahren, doch ihre Beine waren immer noch wacklig, und sie konnte sich gerade noch an Nicks Schulter festhalten, um nicht hinzufallen. Nicht interessiert an Sex! Von all den Lügen, die sie in ihrem Leben gehört hatte, war die von Nick die schwächste. Seine zukünftigen Alimentenzahlungen sind soeben gestiegen, dachte Angie.

»Was ist hier los?«, sagte eine unmissverständliche Frauenstimme. Angie unterdrückte ein Aufstöhnen. Sie konnte sich darauf verlassen, dass Tahillia Ash zum ungünstigsten Zeitpunkt auftauchte.

Angie wandte den Kopf und sah, dass die Managerin die Szene mit einer Mischung aus leichter Missbilligung und großer Boshaftigkeit betrachtete.

»Dieses Flittchen ist hinter meinem Mann her! Sehen Sie nur, wie sie sich an ihn herangemacht hat.« Trotz ihrer wackligen Beine nahm Angie schnell die Hand von Nicks Schulter.

»Hör auf, Ellie«, sagte Nick. »Du weißt, dass sie mir nichts bedeutet. Ich liebe *dich.*«

Nick lernt es schneller zu lügen, als er gehen kann, dachte Angie und taumelte zur Seite der Grotte. Sie stemmte sich aus dem Wasser und tastete nach der Beule, die sich an ihrem Kopf bildete. Dabei schaute sie zu, wie Nick aus dem Wasser stieg, seine Frau in die Arme nahm und an sich drückte.

»Komm schon, Liebste, sei nicht ärgerlich«, sagte er schmachtend, und es dämmerte Angie, dass die Scheidungskosten für reiche Popstars heutzutage recht kostspielig waren.

»Bitte entschuldigen Sie mein neues Mitglied des Personals, Mrs Holt«, sagte Tahillia Ash. »Ich bedaure, dass sie Sie offensichtlich aufgeregt hat. Ich werde dafür sorgen, dass dies nie wieder passiert. Jetzt habe ich eine wunderschöne Hochzeitssuite verfügbar. Natürlich auf Kosten des Hauses, wenn Sie über diesen Zwischenfall hinwegsehen würden.«

»Das wäre nett, findest du nicht auch, Nicky?« Ellie strahlte und kicherte. »Ich erwarte, dass du mir beweist, wie sehr du mich vermisst hast.«

»Klar, Liebste, ich tue alles, was du sagst.« Angie sah, dass Nick die Schultern hängen ließ. Sieht aus, als müsste Nick heute Abend sein Letztes geben, um seine Frau zu befriedigen, dachte Angie amüsiert.

Ellie schien nicht die Verzweiflung ihres Mannes zu spüren. Sie nahm ihn an der Hand und führte ihn aus dem Grottenbereich.

»Nun, ich sehe, dass Sie nicht für den Rezeptionsdienst geeignet sind«, sagte Tahillia Ash mit höhnischem Triumph. »Säubern sie sich, und melden Sie sich beim Küchenchef. Ich wusste vom ersten Moment an, dass Sie ein Problem sind. Anscheinend ist der Küchendienst die richtige Aufgabe für Sie. Mit dem Gesicht über der Spüle werden Sie keine Schwierigkeiten machen können.«

In Angies Kopf pochte es. Sie spürte, dass die Beule an ihrer Schläfe arbeitete. Sie fühlte sich nicht mehr so benommen, dass sie sich von Tahillia so widerspruchslos kleinmachen ließ. »Sie wussten, dass Nick hier mit einer anderen Frau zu Gange war«, sagte sie und blickte die Managerin finster an. »Sie haben mich gemein reingelegt.«

Tahillia lächelte. »Ja, das habe ich. Wissen Sie, Angie, ich kann es nicht leiden, wenn mein Personal ungehorsam ist. Ich muss widerspenstigem Personal eine Lektion erteilen.« Ihre fein ausrasierten Augenbrauen hoben sich. »Ich bezweifle, dass Sie von jetzt an Nick Holts Schlafzimmer betreten werden, weil Sie wissen, dass seine Frau als Bulldogge darin ist.«

Da hat sie Recht, dachte Angie und tastete über die Beule an ihrem Kopf. Ellie Holt verdiente bestimmt ein Leben an der Leine, aber der Einzige, der durch diesen Besuch an die Leine genommen wurde, würde Nick sein.

»Ah, und noch was anderes. Ich glaube, das gehört Ihnen.« Tahillia Holt hielt einen Handschellenschlüssel hoch. »Ich habe ihn gefunden, als ich Ihr Zimmer durchsuchte. Denken Sie daran, dass sie auf meiner Insel sind. Ich hatte daran gedacht, Sie loszuwerden, doch jetzt habe ich mich anders besonnen. Ich habe erkannt, dass es befriedigender sein wird,

Sie für den Rest Ihres Aufenthalts beim Spülen und Böden schrubben zu sehen.«

Sie warf Angie den Schlüssel ins Gesicht. »Oh, und noch eines. Ich war diejenige, die Ellie Holt auf die Insel einlud. Ich sagte ihr, es wäre eine wunderbare Überraschung für ihren Mann.« Tahillia hob das Kinn mit einem leichten höhnischen Grinsen und ging davon. Das Klicken ihrer Hacken hallte in der Grotte.

Rache hat viele Formen, dachte Angie. Eines war sicher: Tahillia war entschlossen, es ihr heimzuzahlen. Doch ein Plan nahm in ihren Gedanken Gestalt an und erfüllte sie mit Aufregung. Es war an der Zeit, wieder auf Jagd zu gehen.

Angie wusch Kasserollen und spülte und stapelte Teller, bis sie den Anblick von Geschirr nicht mehr ertragen konnte.

»Ich weiß nicht, was Sie getan haben, Mädchen, aber die Chefin hat ausdrücklich angeordnet, dass Sie beim Spüldienst dranbleiben sollen«, sagte der Küchenchef. »Es gefällt mir nicht, Personal zu missbrauchen«, fügte er freundlich hinzu. »Wenn sie mit diesem Stapel fertig sind, machen Sie eine Viertelstunde Pause und essen Sie was.«

Es war kurz vor Mitternacht, und der Speisesaal war fast leer. Rick lächelte Angie aufmunternd an, als er mit einem Stapel Geschirr aus dem Speisesaal kam. »Dies ist fast die letzte Ladung«, sagte er. »Da sitzt nur noch ein Popstar mit seiner Frau an einem Tisch. Die Frau hat noch Dessert bestellt, aber sie werden nicht mehr lange bleiben. Hast du Lust, mit mir in die Grotte zu gehen? Kate ist bereits dort.«

»Nicht heute Nacht, danke, Rick«, sagte sie. Nach dem Fiasko am Nachmittag hatte die Grotte keinen Reiz mehr für sie. Nicht, wenn Nick Holt niedergeschlagen mit seiner Frau im Speisesaal saß.

Angie hatte noch eine Rechnung mit Ellie Holt offen, und das vertraute Prickeln setzte ein. Es war an der Zeit zu jagen.

»Einmal Eiskreme Mango«, rief Rick zur Küche.

Angie ging zur Küchentür und hielt sie auf, um zu Nick und Ellie Holt zu blicken. Sie diskutierten. Ellie wies anklagend auf ihren Mann. Was auch immer sie sagte, an Nicks Miene war zu erkennen, dass es nichts Gutes für ihn war.

»Ich glaube, ich muss dich aufmuntern, Nick«, murmelte Angie. »Lass mich sehen, ob der Mann, der nicht an Sex interessiert ist, seine Meinung ändert.«

»Rick?«, fragte Angie. »Meint du, du könntest Ellie Holt für mich ablenken?«

»Wie meinst du das?«, fragte Rick.

»Versuch mal, sie für ein paar Minuten vom Tisch wegzulocken.«

Rick nahm sein Mango-Eis. »Ich hörte, was dir heute Nachmittag widerfahren ist. Ellie Holt ist eine völlige Schlampe, eine vom Personal anzugreifen, und Tahillia hätte sich vor dich stellen müssen, anstatt sie zu hofieren.«

»Ja, der Name Schwarze Hexe stimmt, aber ich habe nicht vor, das einfach hinzunehmen.«

Rick grinste und nahm sie impulsiv in den Arm. »Das Hotel ist wirklich lebhaft geworden, seit du hier bist. Ich werde sehen, was ich für dich tun kann.«

Sie hielt die Tür zum Speisesaal für ihn auf, und er ging hindurch und zum Tisch der Holts. Angie wusste, dass Rick ein tadelloses Auftreten bei Gästen hatte. Er sprach charmant mit Ellie, schüttelte ihr die Hand und plauderte mit ihr. Er half ihr beim Aufstehen und zeigte ihr das Sortiment der Drinks an der Bar.

»Ich bin fast hier fertig«, rief Angie zum Küchenchef. »Ich bin nicht hungrig, aber ich könnte eine kurze Pause gebrauchen.«

»Dann gehen Sie doch«, sagte der Küchenchef und winkte ihr.

Angie ging zielstrebig zu Nick und blieb bei seinem Tisch stehen. »Hallo, Nick«, sagte sie leise.

»Mensch, Angie, was machst du hier?« Nick sah sie bestürzt an. »Lass dich nicht von Ellie sehen. Sie ist bereits wild genug.«

»Das habe ich heute Nachmittag gemerkt«, sagte Angie.

»Es tut mir leid, was geschehen ist«, sagte Nick, »aber du musst jetzt gehen. Ich will nicht, dass Ellie uns zusammen sieht.«

»Mach dir deswegen keine Sorgen«, sagte sie mit einem Blick durch den Speisesaal zu Ellie, die lachte, während Rick mit ihr flirtete. »Rick hält sie bei Laune. Ich bin nur gekommen, um zu sehen, ob du immer noch nicht an Sex interessiert bist«, sagte sie mit einem kleinen, verheißungsvollen Lächeln.

»Das war natürlich eine Lüge«, sagte er. »Ich bin an Sex interessiert, aber nicht mit dieser eifersüchtigen Schlampe, die droht, mich zum Scheidungsrichter zu schleppen. Dann könnte ich alles verlieren. Geh, Angie, bitte«, drängte er.

Angie wollte nett zu ihm sein. Sie duckte sich unter den Tisch zwischen Nicks Beine.

»Nein, Angie«, zischte Nick, als sie nach seinem Hosenstall griff. Er presste die Knie zusammen und klemmte den Bund seiner Hose fest.

»Mit wem hast du geredet?«, fragte Ellie Holt mit ihrer schrillen Stimme.

»Mit niemandem«, sagte Nick und hielt immer noch seine Hose fest, sehr zu Angies Belustigung.

Rick rückte Ellie Holts Stuhl für sie zurecht. »Ich überlasse Sie dem Genuss Ihres Desserts und dem anschließenden Portwein, Mrs Holt«, sagte Rick galant. »Danke für unser Gespräch. Ich habe in der Yellow Press Ihre Dokumentarserie über die Frauen von Rockstars gelesen, nein verschlungen, und war sehr beeindruckt. Sie sind eine bewundernswerte Frau. Ich wünsche noch einen angenehmen Abend.«

»Nettes Personal hier«, sagte Ellie, als Rick gegangen war, und schlug die Beine übereinander.

Angie kroch unter der Tischdecke vorsichtig etwas vor und teilte Nicks Beine.

»Abgesehen von dem blöden Flittchen, das verhindern wollte, dass ich dich sehe«, fügte Ellie hinzu.

»Ja, Liebste«, stimmte Nick mit ausdrucksloser Stimme zu.

Wie kann er es wagen, seiner Frau beizupflichten?, dachte Angie empört. Sie würde überlegen müssen, was sie tun konnte, um seine Meinung zu ändern. Sie neigte sich vor, ergriff eine seiner Hände, diejenige, die nicht seinen Hosenschlitz schützte, und biss hinein.

Nick fluchte und zog beide Hände in Sicherheit und legte sie auf den Tisch.

Angie knöpfte schnell seine Jeans auf und zog den Reißverschluss auf, bevor er es verhindern konnte. Jetzt war sie im Geschäft. Nick würde Ellies blöden Bemerkungen bald nicht mehr zustimmen. Sie würde dafür sorgen, dass er ein Loblied auf sie singen würde.

»Was ist mit dir los?«, fragte Ellie Holt.

»Nichts, Liebste«, beteuerte Nick.

»Nun, worüber hast du denn geflucht? Wenn du es so oft tun könntest, wie du ›Fuck‹ sagst, wäre unsere Ehe viel besser.«

Angie holte Nicks Penis aus der Hose und wunderte sich, dass er nur halb steif war. Sie leckte ihn von der Wurzel bis zur Spitze und reizte die Eichel mit der Zungenspitze. Nicks Schwanz zuckte als Reaktion. Der Gedanke, bei ihrem gewagten Spiel erwischt zu werden, steigerte Angies Erregung enorm. Sie wollte es mit ihm und wünschte, sie könnte seine Frau loswerden. Nach der Episode in der Grotte wusste sie, wie Ellie Holt zu ihrem Ruf als extrem eifersüchtige Person gekommen war.

»Da ist nichts an unserer Ehe, über das wir uns beklagen müssten, das wiederhole ich«, sagte Nick und griff unter den Tisch, um Angie ins Haar zu packen.

Als Warnung knabberte Angie leicht an seinem Hoden, und er zog schnell seine Hand fort. Es ist immer gut, einen Mann wissen zu lassen, wer das Sagen hat, dachte sie. Sie nahm ihn tief in den Mund und blies ihn sanft. Sie spürte bereits, wie er unter ihrer erfahrenen Behandlung mit Zunge und Lippen hart wurde. Ihre Erregung machte ihre Beine zittерig, und sie stützte sich auf Nicks Oberschenkel ab.

Trotz seiner Furcht vor seiner Frau genoss Nick es so sehr wie sie, denn er begann ihr Haar im Rhythmus ihres Zungenschlags zu streicheln.

»Ist was mit dir?«, fragte Ellie. »Wir haben die beste Suite auf der Insel, und du kriegst keinen hoch. Ich habe den ganzen Nachmittag versucht, dein Interesse zu wecken. Zuerst sagst du, dass du müde bist, dann sagst du, dass du kein Interesse hast. Das ist doch nicht normal!«

Nun, es gibt wirklich keinen Grund zur Besorgnis bei ihm, dachte Angie, als sie geschickt Nicks Schwanz wichste, während sie die Eichel mit der Zunge umschmeichelte. Nick war dick und hart, ein sicheres Zeichen, dass er ihre Manipulationen genoss.

»Sorry, Liebste, mir ist im Augenblick nicht nach Sex mit dir zumute. Ich bin im Moment zu sehr beschäftigt«, sagte Nick.

»Womit denn? Du hast einen Hit Nummer eins in den Charts in fünf Ländern. Du verdienst Millionen. Was könnte dich denn jetzt noch beunruhigen?«

»Es hat sich unerwartet etwas Sensationelles ergeben«, sagte Nick gepresst.

Angie wichste und züngelte an Nicks Erektion. Sie zuckte und war steinhart. Er gehört mir, dachte Angie, denn jetzt denkt er mit dem Schwanz.

Sie achtete darauf, den Mund so feucht wie möglich zu halten und keinen Speichel zu verschlucken. Männer hatten ihr gesagt, dass ihr feuchter Mund und ihr Zungenschlag sensationell waren. Als sie seinen Schwanz besonders tief in ihren Mund aufnahm, konnte Nick ein Stöhnen nur mit Mühe unterdrücken. Seine Lust übertrug sich auf ihre Pussy, und sie wünschte sich seinen großen dicken Schwanz in sich.

»Irgendetwas stimmt doch nicht mit dir«, sagte seine Frau. »Was ist los?«

»Ich ...äh, ich ... o Gott, ich will nicht darüber reden. Iss dein Dessert, und halt den Mund.«

So ist's gut, Nick, zeig's ihr, du bist wirklich kein Schlappschwanz, dachte Angie belustigt. Sie spürte, dass es ihm bald kommen würde. Sie kostete schon eine Spur von Sperma an seiner Eichel. Es war ein köstliches Gefühl, und ihre Nippel prickelten vor Erwartung. Wenn Nick sie doch unter dem Tisch streicheln oder stoßen könnte.

Die Gefahr, beim Blasen und Wichsen von Nicks Schwanz erwischt zu werden, brachte sie an den Rand eines Orgasmus. Sie hörte ein wohliges Stöhnen, und Nicks Hände hielten ihren Kopf, als sie einen sinnlichen Rhythmus fand.

»Wie kannst du mir sagen, ich soll den Mund halten!«, regte sich Ellie Holt auf. »Ich fliege den ganzen Weg von Sydney her, und du sprichst kaum mit mir. Offensichtlich machst du dir nichts aus unserer Ehe.« Ellie schob den Stuhl zurück, und Angie unterbrach das Blasen. Ellie stand auf und ging zu Nick. »Ich erwarte, Sex mit meinem Mann zu haben, und wenn du mir nichts Besseres bieten kannst als diese mitleiderregende Vorstellung an diesem Nachmittag, werde ich mich von dir scheiden lassen.«

Angie schob ihr Haar vor ihrem Gesicht zurück. Hastig band sie es zu einem Knoten im Nacken. Sie lächelte beim Anblick von Nicks Penis, der zuckte, als schmachte er nach ihrem Mund. Trotz seines anfänglichen Widerstands genoss er jetzt den Kitzel der ungewöhnlichen Situation.

»Oh, bitte«, stöhnte Nick. »Geh nicht.«

Angie fragte sich, ob er Ellie oder sie meinte. Seine Hand tastete unter dem Tisch nach ihrem Gesicht. Nun, das ist gewiss ein Zeichen dafür, wer bleiben soll, dachte sie und nahm ihn wieder in den Mund. Seine Hüften kreisten, um seinen Stab in ihren Mund zu treiben, jedoch nicht zu wild, dass er Verdacht erregte.

Ellie kehrte zurück und setzte sich auf ihren Stuhl. »So willst du es mir also besorgen?«

Angie blies ihn härter. Sie wusste, dass er kurz vor der Explosion stand.

»Ja«, stöhnte Nick. »Ja, ja, ja.«

»Es wird auch Zeit, dass du zu Verstand kommst«, sagte Ellie scharf.

»Ist hier alles zu Ihrer Zufriedenheit?«, fragte Tahillia Ash, die ihre letzte Runde durch den Speisesaal machte, um zu überprüfen, ob die Gäste zufrieden waren.

Angie hörte auf zu blasen. Sie erkannte Tahillias Stimme und ihre schwarzen Krokodillederschuhe.

»Darf ich annehmen, dass das Essen Ihrem Geschmack entsprochen hat?«, fragte Tahillia.

Angies Zunge glitt wieder an Nicks Schwanz auf und ab. Köstlich, dachte sie, besser als alles, was es auf der Speisenkarte gibt. Sie hielt ihn fest an der Wurzel, jedoch weich, und stieß ihn in ihren feuchten Mund, während sie ihn mit der anderen Hand wichste und spürte, dass es ihm gleich kommen würde.

»Ja«, seufzte Nick, dass er sich im Himmel wähnte, obwohl er seiner Frau gegenübersaß.

»Alles ist jetzt wundervoll, danke«, sagte Ellie Holt. »Die Hochzeitssuite gefällt mir.« Sie stieß ein Kichern aus. »Nick und ich wollen sie heute Nacht richtig ausnutzen.«

»Es freut mich, dass es Ihnen im Hotel Desire gefällt, Mrs Holt, trotz der anfänglichen Unannehmlichkeiten. Ich habe das alberne Mädchen, das Sie aufgeregt hat, zur Strafe in die Küche geschickt. Sie wird jetzt das Geschirr spülen, während wir plaudern«, sagte Tahillia.

Angie schaute sich Nicks Penis an. Soweit sie das sehen konnte, sah dieser gewaltige Ständer nicht wie Geschirr aus.

»Ehrlich gesagt, Tahillia, ich weiß nicht, warum Sie dieses dumme Ding noch beschäftigen. Sie sollten es loswerden. Meinst du nicht auch, Nick?«, sagte Ellie Holt.

Dies wird mir zu persönlich, dachte Angie, und weil sie nicht ihre Meinung sagen konnte, war es an der Zeit, dass Nick Holt das tat. Sie biss sanft in Nicks steifen Penis.

»Angie! Nein!«, entfuhr es Nick.

Sie saugte und schleckte wieder an ihm, erfreut über seinen lautstarken Protest. Ganz offenkundig wollte Nick, dass sie blieb und weitermachte. Sie streichelte seinen prallen Hodensack bis zum Anus.

»Anscheinend ist Ihr Mann da anderer Meinung«, sagte Tahillia Ash. »Nun, machen Sie sich nichts daraus. Lassen Sie mich wissen, wenn Angie Sie oder Ihren Mann noch einmal belästigt.«

»Ich habe nicht vor, dieses Flittchen in die Nähe meines Mannes zu lassen.«

»So ist's richtig.« Tahillia lachte. »Genießen Sie Ihren Aufenthalt. Gute Nacht in der Hochzeitssuite.«

Tahillia Ash entfernte sich.

»Das geschieht dieser Schlampe ganz recht«, sagte Ellie Holt. »Sie spült Geschirr, hahaha.«

Angie blies Nick so tief und rieb ihn so geil, dass sein Schwanz zu zucken begann und er in ihren Mund spritzte.

»Oh, oh, das ist gut«, keuchte Nick.

»Ja«, stimmte seine Frau zu, »es ist gut hier. Halt meine Hand, Darling. Nick, sei sanft! Du quetschst ja meine Finger. Weißt du, Darling, seit Jahren hast du mich nicht mehr so heiß angeblickt. Ich kann es nicht erwarten, dich in mir zu haben. Lass uns in dieses herrliche Bett gehen.« Ellie Holt stand so hastig auf, dass der Stuhl umkippte.

Angie stockte der Atem. Wenn Ellie jetzt den Stuhl aufstellte und unter den Tisch blickte, würden sie und Nick eine Menge unangenehmer Fragen beantworten müssen. Das heißt, wenn Ellie Holt ihnen überhaupt die Chance zu Erklärungen gab.

Sie beobachtete besorgt, wie Ellies Pumps zu ihrem Mann klickten, und atmete tief durch. Ellie war so scharf auf ihren Mann, dass sie den umgekippten Stuhl ignorierte.

Schnell schob Angie den Penis in Nicks Hose und zog den Reißverschluss zu. Ein kleines zufriedenes Lächeln spielte um Angies Lippen. Sie war feucht vor Erregung. Nick hatte herrlich geschmeckt, wie leicht gesalzene Mandeln, aber jetzt hatte er sich verausgabt. Irgendwie bezweifelte sie, dass Ellie Holt heute Nacht noch bekommen würde, was sie erwartete.

Sechstes Kapitel

Angie hatte das Gefühl, dies schon erlebt zu haben: Ihre Füße schmerzten, und der Mann, von dem sie sich eine Massage erhoffte, lag bereits im Bett.

Das Licht im Zimmer war ausgeschaltet, und im Mondschein, der durch das Fenster fiel, sah Angie Jacob auf seinem Bett ausgestreckt liegen. Das Laken bedeckte kaum seine Hüften. Weil er sie bei ihrem Eintreten nicht begrüßt hatte, nahm sie an, dass er entweder schlief oder nur so tat. Dann wecke ich ihn mit Plan A, sagte sie sich, trat ans Fußende des Bettes und betrachtete ihn.

Jacob ist wirklich schön, dachte sie. Mit seinen weichen Locken, der geraden Nase und dem großlippigen Mund erinnerte er sie an einen griechischen Gott. Sie wollte über seine Brust streicheln und seine Muskeln spüren. Er hatte einen Körper für sinnliche Abenteuer.

Sie erinnerte sich an das erregende Gefühl, als er sie übers Knie gelegt hatte. Seither hatte er sich wieder verklemmt und zurückhaltend gezeigt. Es war an der Zeit, Jacobs Träume zu inspirieren, damit er seine Jungfräulichkeit verlor.

Langsam schälte sich Angie aus ihrer Uniform. Sie streifte sie von ihren Schultern und ließ sie zu Boden fallen.

»Ich will dich«, murmelte sie. »Und ich bekomme immer, was ich will«, sagte sie etwas lauter. »Selbst du, Mister Jungfrau, wirst überrascht sein, wenn du meine geilsten Wünsche erfüllst.«

Jacob wälzte sich auf die andere Seite. Seine Augen blieben geschlossen, doch der Rhythmus seines Atems veränderte sich. Angie öffnete langsam den Verschluss ihres BHs und zog ihn von ihren Brüsten, die durch das Erlebnis mit Nick geschwollen waren und deren steife Nippel prickelten. Sie sehnte sich danach, dass sie geleckt wurden.

Sie roch an dem BH. Er duftete nach ihrem Parfüm und ihrer Haut.

Langsam kniete sie sich neben Jacobs Bett und legte den BH nahe an sein Gesicht, sodass er ihren Duft einatmete.

»Jacob« wisperte sie. »Ich ziehe mich nur für dich aus. Willst du meine heißen Brüste streicheln?«

Seine Augenlider bewegten sich. Angie zog sich ganz aus und bemerkte, dass ihr Höschen feucht geworden war. Sie legte es neben den BH. »So riecht mein Höschen. Jetzt ist meine Pussy nackt, und du kannst alles damit tun, was du willst. Ich will zuerst deine Zunge spüren.«

Erregung stieg in ihr auf, weil ihr Opfer arglos dalag. Sie registrierte eine reibende Bewegung unter dem Laken und wusste, wovon Jacob träumte.

»Denk daran, wie sehr du es willst«, flüsterte sie. »Kämpf nicht gegen dein Gefühl an, Jacob. Lass dich gehen. Denk daran, wie schön es ist, wenn du wieder deinen dicken Schwanz in mich treibst, bis es dir kommt.«

Seine Lippen öffneten sich. »Angie«, stöhnte er, aber seine Augen blieben geschlossen.

Das Laken rutschte von seinen Hüften, und sie konnte sehen, dass er seinen Penis rieb. Er wichste und dachte im Traum dabei an sie. Und er hatte sich ohne Pyjama ins Bett gelegt, das war bei dieser hartnäckigen Jungfrau schon ein Fortschritt.

Angie lächelte. Die Dinge entwickelten sich gut. Sie neigte sich über Jacob und küsste ihn leicht auf die Lippen. Dann griff sie hinab und schob die Finger über ihr Piercing, teilte ihre Schamlippen und steckte zwei Finger in ihre Pussy, bis sie feucht und glitschig war. Sie zog die Finger heraus und strich damit leicht über seine Lippen. »Du schmeckst mich, ja? Stell dir vor, wie es wäre, wenn ich die Beine spreizte und du mich mit der Zunge ficken könntest wie mit deinem glitschigen Schwanz. Was würdest du tun, wenn ich deinen Namen schreie und dich anflehe, mich zu befriedigen?«

Sie rieb leicht über seine Eichel, und sein Penis pulsierte unter ihrer Berührung. »Du magst es, wenn ich dich da berühre«, sagte sie leise. »Bist du jemals von einer Frau gewichst worden? Ich bezweifle das, aber ich wette, du hast bereits davon geträumt.«

Leicht rieb Angie weiter und spürte, wie hart er war. Jacob warf den Kopf hin und her. »Denk daran, dass dies nur ein Traum ist«, flüsterte sie beruhigend. »Du kannst in deinen Träumen alles tun, was du magst.« Geduldig wartete Angie, bis Jacob sich wieder entspannte und ruhig atmete.

Sie strich über ihre Brüste, rieb die Nippel, schob die Hand zwischen die Beine und machte es sich selbst, während sie mit Jacob darüber sprach, was er mit ihr tun konnte. Wenn sie mit ihm fertig war, würde er immer mehr wollen und denken, dass alles seine Idee gewesen war.

»Denk daran, wie es wäre, wenn ich dich mit meiner heißen Zunge lecke und blase. Du träumst jetzt von mir. Meine feuchte Zunge gleitet an deinem Schwanz auf und ab.«

Angie konnte der Versuchung nicht widerstehen. Sie neigte sich über Jacob und fuhr mit der Zunge leicht über seinen Schwanz. Er zuckte bei der Berührung und stieß die Hüften hoch.

Ob es ihm gefällt oder nicht, er will mich, dachte Angie zufrieden. Sie rieb wieder ihre Pussy, und eine Welle der Erregung erfasste ihren Körper wie die Vorahnung auf einen Orgasmus. Erregt von ihrer Fantasie neigte sie sich näher zu Jacobs leicht geöffneten Lippen.

»Du packst mich am Haar«, wisperte sie. »Du stößt meinen Kopf hinab, bis ich gezwungen bin, deinen Schwanz ganz zu schlucken. Ich spürte ihn an meiner Kehle und will nicht mehr. Ich sehe dich mit flehendem Blick an und bettle dich an, sanft mit mir zu sein.« Sie rieb sich schneller. »Aber ich habe dich zu sehr gereizt, und du beschließt mich zu bestrafen.« Sie atmete stoßweise bei dem Gedanken, dass Jacob Mann genug war, um sie zu dominieren, und sie wusste nicht, wie lange sie es noch aushalten konnte.

»Nein«, stöhnte Jacob, und er stellte sein Wichsen ein. Angie verdrehte die Augen. Selbst sein Unterbewusstsein war respektabel. Er verdiente es, dort mit einem Steifen die ganze Nacht liegen zu bleiben und mit blauen Eiern aufzuwachen. »Mach dir keine Sorgen« zwang sie sich, süß zu sagen. »Denk daran, dass es nur ein Traum und in Träumen alles erlaubt ist.«

Sie neigte sich über ihn und leckte wieder über seinen Schaft hinauf bis zur Spitze und umkreiste mit der Zunge die Eichel. Sie war geschwollen. Jacob stöhnte auf, nahm seinen Schwanz in die Hand und rieb daran auf und ab.

»So ist's besser, ja?«, sagte sie tröstend. Was soll das?, fragte sie sich stirnrunzelnd. Bring Jacob dazu, anders als in seinem Traum zu sein. Sie begann sich wieder zu reiben, und das erregende Gefühl brachte sie wieder auf ihre Fantasien zurück. »Ich sage dir, ich will nicht, dass du mich leckst, und ich sage dir, dass ich dich nicht mag, aber es ist dir gleichgültig. Deine Begierde ist so groß, dass du mit mir machen willst, was du wünschst. Ich habe dich verärgert, und du wirfst mich wieder übers Knie, wie du es beim Strand getan hast. Ich versuche mich gegen dich zu wehren, bin aber nicht stark genug. Du kannst fühlen, wie ich mich auf dir aufbäume. Deine Lust sorgt dafür, dass du mich beherrschen willst.«

Angie spürte, wie seine Muskeln spielten und sich sein ganzer Körper anspannte. Er war in dieser Fantasie bei ihr, und sie spannte sich auch erwartungsvoll. Sie rieb sanft über seine Brust hinab über seinen Waschbrettbauch und wühlte dann in seinem lockigen Schamhaar. »Du sagst mir, dass ich mit dem Zappeln aufhören soll und dass du mich nicht mehr schlagen wirst. Aber ich muss tun, was du wünschst.« Jacob stöhnte auf und atmete schneller.

»Du sagst mir, ich soll mich hinknien, und ich weiß nicht, was los ist. Du trägst deine Arbeitskleidung, und dein Pimmel ist so dick und steif, dass es dir schwerfällt, sie auszuziehen. Es macht dir Spaß, deine Arbeitskleidung zu tragen, während ich nackt bin. Das gibt dir ein unglaublich geiles Gefühl. Du neigst dich vor und küsst mich und sagst mir, dass ich endlich lernen muss, von einem Mann dominiert zu werden.« Angie küsste Jacob, und er erwiderte den schwachen Druck ihrer Lippen. Sie lächelte, denn sie wusste, dass er noch bei ihr war.

»Du packst deinen Schlips und befiehlst mir, mich umzudrehen. Ich bin sauer, weil ich es hasse, beherrscht zu werden. Ich starre dich an und sage dir, dass ich gestopft werden will.« Ihr Atem ging keuchend und schnell, als sie den Ärger in ihrer Fantasie mit der Lust vermischte, die sich in ihr aufbaute, Angie zwirbelte ihre Nippel bis zum Rand des Orgasmus. Noch nicht, bitte noch nicht, dachte sie. Sie biss sich auf die Unterlippe, um nicht schon zu kommen. Sie wollte es noch genießen. Dies war weitaus besser, als sie erwartet hatte.

»Du packst mich an den Handgelenken und zerrst mich auf die Füße. Dann drehst du mir die Handgelenke auf den Rücken und zwingst mich, vor dir zu gehen. Ich schreie dich an. Ich sage dir, dass ich das Schlafzimmer nicht verlassen will, doch du fesselst meine Hände mit deiner Krawatte, als ich mich weigere. Dein Schwanz sprengt fast deine Hose. Du bist so geil, dass du mich an der Wand ficken willst. Du willst spüren, wie es sich anfühlt, in mich zu stoßen.«

Angie beobachtete zufrieden, wie Jacobs Schwanz pulsierte wie aus eigenem Willen. Er träumte ihre Fantasie, dessen war sie sicher. »Du marschierst ins Foyer, und Tahillia Ash ist dort. Im Foyer herrscht Betrieb, doch alle Geräusche verstummen, und alle Blicke richten sich auf uns. Du bindest mich an den Gepäckwagen, und du kannst Respekt in den Augen der anderen Männer sehen. Die Frauen sehen dich ehrfürchtig und gebannt an.«

Angie schloss die Augen, während sie sich heftig rieb, und stellte sich die Szene vor. Das Gefühl in ihrer Klitoris war überwältigend. Immer schneller rieb sie die kleine Perle. Sie wusste, dass es gleich so weit sein würde.

»Tahillia kommt näher und will wissen, was los ist. Du sagst ihr, dass du mich bestrafen wirst, weil ich ungehorsam bin. Sie sagt, das wird auch Zeit, dass ich bestraft werde, und holt eine Reitgerte. Du schaust zu, wie sie mich damit peitscht, du wichst, damit dein Schwanz hart bleibt, während du es genießt, dass Tahillia mich bestraft.«

Jacob runzelte die Stirn. »Nein«, stöhnte er.

»Ruhig«, sagte Angie. Sie wollte ihre Fantasie fortsetzen. »Sie bestraft mich gerade genug, dass meine Pobacken rötlich und weich werden. Du schiebst Tahillia fort und sagst ihr, dass es reicht. Du bist bereit für mich. Du drückst mich nach vorne und nimmst mich, zwingst meine Pussylippen auseinander und treibst deinen Schwanz in mich. Und die ganze Zeit weißt du, dass jeder dir zuschaut. Du liebst es, ein Publikum zu haben.«

Jacob wichste immer schneller. »Ich schaffe es, eine meiner Hände zu befreien und dein Gesicht zu zerkratzen. Ich schreie dich an und flehe dich an, mich nicht vor allen Leuten zu ficken.« Angie nahm seinen Arm und drückte ihre Fingernägel hinein, jedoch nicht hart genug, um ihn zu wecken, sondern um ihre Fantasie zu untermalen.

»Du stößt in mich, immer wieder, bis deine Eier fast platzen. Ich sage dir, dass ich dich hasse und dir nie verzeihen werde, aber das interessiert dich nicht. Du liebst es, in meiner heißen Pussy zu sein. Der Fick ist das Beste, was du jemals erlebt hast.« Angie blickte sehnsüchtig auf Jacobs Steifen. Seine Eier waren prall, und sie wollte seinen Schwanz in sich spüren.

»Du sagst mir, du sorgst dafür, dass ich gleich komme. Du tauchst zwei Finger zwischen meine Beine.« Sie streichelte noch stärker ihre Klitoris. Sie spürte, wie sich all die Muskeln in ihr spannten, und stöhnte auf.

»Ich schreie auf und will nicht vor allen Leuten im Foyer kommen. Ich winde und drehe mich, versuche den Druck von meiner Klit zu nehmen, aber Tahillia reißt meine Beine auseinander und zeigt jedem meine Pussy. Ich packe mit meiner freien Hand eine Hand voll von Tahillia Ashs Haar. Du siehst zwei Frauen miteinander kämpfen, während du in mir bist. Du hältst mich mit beiden Armen fest, liebst es, wie ich mich an deinem Körper aufbäume. Du verwöhnst mich wieder mit den zwei Fingern, und ich kann es nicht mehr aushalten. Ich verliere mich an dich.« Angie schnappte nach Luft, als die Welle des ersten Orgasmus sie erfasste und dann zur zweiten trieb. Sie rieb sich hektisch weiter, stellte sich dabei Jacob vor, der sie ganz ausfüllte. Ihr Höhepunkt war so stark, dass sie sich auf die Lippe beißen musste, um einen Lustschrei zu unterdrücken. Ihr ganzer Körper zitterte, als sie wieder und wieder von einer Lustwelle erfasst wurde.

»Diese Fantasie hat dir gefallen, nicht wahr?«, wisperte Angie, den Blick auf Jacobs immer noch steifen Schwanz gerichtet. »Aber du bist in deinem Traum geblieben und hast noch nicht gespritzt. Du begehrst mich immer noch. Du kannst nicht genug von mir bekommen. Du willst kommen, aber Tahillia befreit mich von den Fesseln und zieht mich von dir fort.«

Ein Seufzen kam über Jacobs Lippen, und sie sah seine Augenlider flattern. Aber er wurde immer noch nicht wach. Sie ging ins Badezimmer und duschte. Als sie aus dem Badezimmer zurückkehrte, bemerkte sie, dass sich seine Lage auf dem Bett verändert hatte. Er lag auf dem Bauch, und beide Hände ruhten auf dem Laken dicht vor seinem Gesicht, nicht an seinem Schwanz, wo sie hätten sein sollen.

Ärger stieg in ihr auf. Sein Gesicht sah entspannt aus. Angie hätte ihn am liebsten gerüttelt. Was war los mit diesem Mann? Weshalb war es ihr nicht gelungen, ihn mit ihrer Fantasie wachzubekommen? Es hat keinen Sinn, ihn zu wecken, überlegte sie. Plan A ist gescheitert.

Auf dem Weg zu ihrem Bett dachte sie an Plan B und vergaß ihren Frust. Angie holte ihren Vibrator aus dem Schrank, legte sich damit in ihr Bett und schaltete ihn ein.

Sie führte ihn ein, schloss die Augen und bewegte im Rhythmus der Schwingungen die Hüften.

Angie«, sagte plötzlich Jacob benommen, »musst du solchen Lärm machen?«

»Sorry, habe ich dich geweckt?«, fragte sie, entzückt, dass er endlich aus dem Traumland aufgetaucht war.

»Geh ins Bett«, murmelte er. »Tahillia hat mich zur Frühschicht eingeteilt.«

Nun, ich will dich immer noch zur Nachtschicht als mein Sexsklave, dachte sie.

»Ich bin im Bett«, sagte sie heiter, spreizte die Beine, führte den Vibrator ein und stellte die Laufgeschwindigkeit schneller, sodass er laut summte.

Das Gefühl, das der Vibrator in ihr hervorrief, tat ihr gut. Sie schloss die Augen und stellte sich vor, dass es Jacobs Schwanz statt des Vibrators in ihr war und er sie erfahren zur Ekstase trieb.

»Was machst du da?«, fragte Jacob. Sie hörte das Bett knarren, als er sich aufsetzte.

»Ich masturbiere. Möchtest du zugucken?«

»Was? Kommt nicht in Frage!«

Angie blickte hinüber und sah, dass Jacob sich wieder ausgestreckt und das Gesicht zur Wand gedreht hatte.

Also gut, Plan B war soeben ebenfalls gescheitert, aber sie erfreute sich so sehr an dem Vibrator, dass es ihr nichts mehr ausmachte. Jacob konnte als prüde Jungfrau das Zeitliche segnen, und es würde ihm recht geschehen. Angie bereitete sich mit der Imitation seines Schwanzes Freude und begann leise zu stöhnen.

»Angie«, sagte Jacob.

»Hmmm?« Mehr brachte sie nicht heraus,

»Tun Mädchen das wirklich? Ich meine, äh … Ich dachte, nur Jungs wichsen.«

Wie kann er zu dieser Zeit nur so eine blöde Frage stellen, dachte sie. Aber er zeigt Interesse, und er verdient es, von mir genauso auf die Folter gespannt zu werden wie ich von ihm. Sie schaltete den Vibrator leiser.

»Komm rüber und schau zu«, murmelte sie heiser. »Sieh, wie Mädchen es machen.«

Sie hörte ein Rascheln, und als sie zu seinem Bett blickte, hatte Jacob sich in das Laken gehüllt. Er kam zu ihr und setzte sich aufs Fußende ihres Bettes.

»Ich halte es nur für fair, dich zuschauen zu lassen, nachdem ich dich beim Strand beobachten konnte.«

»Beobachten! Du hast dich heimlich angeschlichen und dich an meinem Wichsen aufgegeilt.«

»Nun, dann erlaube ich dir das auch. Du sollst mich nicht für unfair halten.«

»Du weißt, dass ich das nicht gemeint habe«, protestierte er.

»Ah, halt die Klappe. Ich bin hier beschäftigt.« Sie breitete die Beine aus, denn sie wusste, dass das Badezimmerlicht, das sie angelassen hatte, ihre Pussy beleuchtete. »Sieh das hier«, sagte sie, tippte auf den Vibrator und zog ihn heraus. Angie strich über die kleine Perle ihrer Klitoris. »Dies ist der empfindsamste Teil, und ich möchte von dir dort mit der Zunge geleckt werden. Noch besser ist es, wenn du die Zunge über das Piercing rollst. Dann kommt es mir schnell.« Sie blickte ihm in die Augen. Möchtest du das gern sehen? Hast du je eine Frau zum Kommen gebracht?«

»Nein«, krächzte er.

»Wie du deinen harten Penis unter dem Laken gewichst hast, das war prima. Und wenn du ihn immer wieder dorthin stößt, wo ich mir's mit dem Finger mache, dann werde ich vor Lust nach dir schreien. Wenn du mich deinen Namen schreien hörst, will ich dich in mir haben.«

Sie sah, dass Jacob das Laken enger um sich zog, doch das störte sie nicht beim Masturbieren. Jacob konnte den Blick nicht von ihrer Pussy und ihrer Hand nehmen. Es war an der Zeit, dass er Angies Lektion »Wie knacke ich einen widerspenstigen Lüstling?« lernte. Sie war entschlossen, seine Zurückhaltung zu brechen, und das erschien ihr so am besten. Sie hatte ihn nicht lange zu überreden brauchen, zu ihr zu kommen und zuzuschauen. Vielleicht hatte sie ihn doch in seinen Träumen beeinflusst.

Angie stieß mit den Hüften vor und zurück und streichelte ihre Brüste. Sie wölbte sich und streckte ihre Füße aus, bis sie Jacob berührten. »Komm ein bisschen näher«, murmelte sie. »Du brauchst mich nicht zu berühren. Es gefällt mir, wenn du nur zuschaust. In meinen Fantasien denke ich mir aus, wie du erst von dem Moment in mich eindringst, wenn es mir kommt.«

»Ich hatte auch einen Traum über dich«, sagte er leise. »Darin habe ich so viel Geiles mit dir gemacht.«

Sie klopfte auf das Bett. »Setz dich zwischen meine Beine, und erzähle mir davon.«

»Ich kann das nicht sagen. Die Dinge, die ich tat ...« Er rieb sich fahrig durch die Locken.

»Nun, wenn du es mir nicht erzählen willst, dann rück zumindest etwas näher, und mach dich nützlich«, sagte Angie, entschlossen, ihn dazu zu bringen, es ihr zu sagen, wenn er in der Stimmung war, selbst über seine Verlegenheit zu lachen. Aber jetzt brauchte sie ihn zu einem anderen Zweck. Das Reden konnte warten. Er befolgte ihre Anweisungen ohne weiteren Protest, und Angie wusste, dass sie für ihren Unterricht reichlich belohnt werden würde. Sein Blick war auf ihre Pussy gerichtet, während sie leise stöhnte und ihren Rhythmus steigerte. Sie griff hinab und teilte ihre Schamlippen, dass die rötlichen Innenseiten ihn wie zum Empfang einluden.

»Saug an meinen Nippeln«, befahl sie.

»Du sagtest, ich bräuchte nichts zu tun«, protestierte Jacob.

»Ich sagte, du brauchst mich nicht zu berühren, und ich habe nicht verlangt, dass du deine Hände benutzt. Nimm die Nippel in den Mund, und lecke mit der Zunge daran. Ich wette, du möchtest spüren, wie sich Frauenbrüste anfühlen. Meine sind ziemlich fest.« Sie stellte die schnellste Geschwindigkeit bei ihrem Vibrator ein und schob ihn in ihre Pussy, während sie mit der freien Hand ihre Brüste streichelte. Jacobs Mund klaffte auf, als er auf ihren sich windenden Körper starrte.

»Oh, Angie, du machst mich geil«, stöhnte er mit rauer Stimme. Er fummelte unter dem Laken, doch seine Hand verfing sich in den Falten, und er riss das Laken von sich. Sein Schwanz stand erigiert, und Angie konnte nicht begreifen, weshalb er die Willenskraft hatte, ihr zu widerstehen.

»In meiner Fantasie male ich mir aus, dass du in mich eindringst wie dieser Vibrator«, flüsterte sie so leise, dass er sich vorbeugte, um zu verstehen, was sie sagte. »Ich träume davon, wie du mich ausdehnst und ganz ausfüllst«, sagte sie und schob die ganze Länge des Vibrators heraus und dann wieder in sich. »Willst du in mir sein?«

»Oh, Angie, du bist eine geile Hexe.« Er rieb sich, suchte Entspannung, doch Angie würde ihn nicht so leicht davonkommen lassen. Er wirkte so erregt, dass er gleich spritzen würde, und das würde ihr nicht reichen. Sie musste etwas tun, damit er beschäftigt war, bevor er sich selbst befriedigte.

»Du weißt instinktiv, was ich mag. Du weißt, dass meine Nippel an den empfindlichen Spitzen geleckt werden wollen. Komm näher, Jacob, und leck meine Nippel.« Gebannt setzte er sich zwischen ihre Beine. Es hatte den Anschein, dass er sie gar nicht hörte, denn er war damit beschäftigt, seinen Schaft zu reiben.

»Jacob, wenn du nicht tust, was ich dir sage, dann wirst du in dein Bett zurückkehren und die Nacht mit deinem Ständer verbringen müssen.«

Bei ihrem scharfen Tonfall ruckte sein Kopf hoch. Sie sah ihm förmlich an, welchen inneren Kampf er ausfocht: sollte er seinem inneren Drang nachgeben und ihr zuschauen und wichsen, oder sollte er an ihren Nippeln lecken?

»Entscheide dich«, befahl Angie. »Komm her und knie dich ans Bett zu mir, und nimm die Hand vom Schwanz.«

»Du bist so verdammt herrschsüchtig«, grollte Jacob.

Angie wartete angespannt. Es war so schwer, ihn wütend zu machen. Er ging um das Bett herum und kniete sich hin. Zögernd nahm er eine Brustwarze in den Mund und leckte sie, dann die andere.

»Ja, Jacob, ja. Hör jetzt nicht auf. Jetzt sauge sie und spiel mit der Zunge daran.«

Jacob tat es und sah in ihr Gesicht. »Ist es so richtig?«

»Mach einfach weiter, und halt die Klappe.« Es war ein schönes Gefühl für sie, dass sie ihn gefügig gemacht hatte. Das erhöhte für sie den Kitzel. Er hatte eine ständige Erektion, die sie gleich ausfüllen würde ...

»Jacob, fick mich jetzt mit dem Vibrator.« Sie war schon so erregt, dass sie kaum sprechen konnte.

Er ließ von ihren Nippeln ab und nahm den Vibrator. Er untersuchte ihn und beobachtete das Vibrieren des Kopfes und des künstlichen Kitzlers. »Schreckliches Ding«, sagte er.

»Und Männer meinen, Diamanten seien der beste Freund der Frauen«, sagte Angie. »Was wissen Männer schon?« Sie ergriff Jacobs Hand. »Weißt du, warum ich den Vibrator so liebe?«

»Nein.« Er schüttelte den Kopf, und seine Augen waren groß. »Ich meine, ja. Ich ... äh ... habe ihn nie zuvor benutzt.«

Sie nahm seinen Penis in die Hand und rieb ihn auf und ab. »Hmmm, du bist sehr hart.« Zum ersten Mal wehrte sie ihn nicht ab. »Der Vibrator geht nie aus, solange die Batterien noch voll sind. Meinst du, du könntest auch so ausdauernd sein? Möchtest du mich befriedigen? Ich wäre sehr geduldig mit dir.«

Er nickte, und an seinem Räuspern erkannte sie, dass sein Mund trocken geworden war. Angie wusste, dass er ihr endlich gehörte.

»Gut, aber ich will erst sehen, wie du den Vibrator benutzt«, befahl sie. »Es ist an der Zeit, dass du lernst, wie man es einer Frau richtig geil macht.«

Jacob schob den Vibrator so sanft in sie, dass Angie ihn am liebsten bei den Locken gepackt und ihn gezwungen hätte, sie mit seinem Harten zu ficken. Nur der Gedanke an die erotische Qual, die er empfinden musste, hielt sie davon ab. Er verdiente es, zu leiden, weil er so widerlich unschuldig war. Sie hatte noch nie einen Mann wie ihn erlebt.

»Schieb ihn etwas härter rein«, befahl sie. »Du wirst mir nicht wehtun. Pass dich meinem Rhythmus an.«

»So?«, fragte er.

Doch seine Frage blieb unbeantwortet, denn er machte es richtig. Angie hatte die Augen geschlossen und gab sich ganz dem Genuss hin, während sich der Orgasmus aufbaute. Allein der Gedanke, dass Jacob begierig darauf wartete, dass er endlich an der Reihe war, sein Penis hart und willig, war für sie so erregend, dass sie kam.

Als sie hilflos und zitternd dalag, zog er den Vibrator heraus und warf ihn beiseite. Jacob legte sich neben Angie, küsste sie und nahm sie in die Arme.

Angie entspannte sich. Sie empfand die Wonne der wahrhaft Befriedigten und fühlte sich wie schwebend. Vage hörte sie, dass Jacob ihren Namen wie aus weiter Ferne rief.

»Angie«, sagte Jacob leise und strich ihr das Haar aus der Stirn, »ich will dich. Ich habe von dir geträumt, und du gehst mir nicht mehr aus dem Kopf. Angie, bitte wach auf. Ich muss dich haben.«

Sie konnte die Begierde in seiner Stimme hören und lächelte schläfrig und befriedigt. Sie drehte sich herum und zog das Laken über sich. »Leg dich schlafen, Jacob. Ich möchte nicht, dass du denkst, ich hätte dich nur benutzt.«

Jacob streckte sich an ihr aus. Sie spürte seinen Penis hart und bereit an ihrem Po. Zärtlich streichelte er ihre Brüste. Bis seine Hand hinab zu ihrer Pussy tastete. »Bitte, Angie. Wach auf!«

Doch sie war müde nach einem harten Tag, und der Vibrator hatte seinen Zweck erfüllt. Außerdem hatte Jacob in dieser Nacht genug gelitten. Komisch, dass er solch eine wundervolle Erektion unter einem Laken verborgen hatte. »Gute Nacht, Jacob«, murmelte sie.

In der Ferne glaubte sie den Vibrator die Mondscheinsonate summen zu hören, die sie befriedigt einschlafen ließ.

Angie erwachte. Die Sonne schien in das Schlafzimmer, und sie streckte sich und freute sich über einen neuen Tag auf der Insel. Sie tastete neben sich, doch Jacob war nicht mehr da, was ein Jammer war. Jetzt hätte sie gewiss seine Erektion gebrauchen können. Sie liebte morgendlichen Sex. Schnellen und leidenschaftlichen, der fehlte ihr in diesem Moment. Na ja, so würde Jacob für einen weiteren Tag seine Jungfräulichkeit behalten. Jedenfalls war immer ihr Vibrator da.

Sie setzte sich auf und sah sich im Zimmer um. Jacobs Bett war tadellos gemacht. Angie rümpfte die Nase über seine Ordentlichkeit. Seine Kleidung, die er gestern Nacht rings um sein Bett verteilt hatte, war nicht mehr da. Wenn sie sich auszog, trat sie ihre Kleidung für gewöhnlich zu einem Haufen auf den Boden und sammelte sie auf, wenn sie gewaschen werden musste, aber jetzt war der Boden leer.

Jacob war offenbar in sexueller Frustration einem Sauberkeitsfimmel erlegen, bevor er seine Morgenschicht angefangen hatte. Die Kleidungsstücke, die sie zu einem Haufen achtlos auf den Boden geworfen hatte, waren jetzt ordentlich hingelegt. Ihre auf eine Seite und Jacobs Sachen auf die andere. Angie begann sich Sorgen zu machen.

Ein Verdacht kam ihr. Etwas war nicht in Ordnung. Es lag nicht daran, dass sie Jacob für einen Sklaven hielt, der das Schlafzimmer aufräumte – obwohl sie es vorgezogen hätte, ein schwarzes Korsett und Stiefel mit scharfen hohen Hacken zu tragen, während er zu ihren Füßen saubermachte.

Ihr wurde es flau, als sie die Kleidung durchsuchte und sogar unter den Betten nachsah. Nichts!

Sie marschierte ins Badezimmer und zog die Tür des Badeschranks auf. Leer. Das Schlimmste war passiert. Jacob hatte den Mumm gefunden, sich für die demütigende Behandlung durch sie zu rächen. Der Vibrator war verschwunden!

Siebtes Kapitel

»Ist dir klar, dass ein Mädchen ohne Vibrator wie ein Mann ohne Hände ist?«, sagte Angie wütend.

Jacob grinste sie an. »Hai-Boot«, sagte er rätselhaft.

Bekleidet mit der Inseluniform – ein Hemd mit Blumenmuster und Khaki-Cargohose –, wirkte er frisch, jung und widerlich adrett. Er stand am Eingang des Hotels, hieß die Gäste willkommen und führte sie zu ihren Tischen zum Frühstück.

»Wovon redest du?«, zischte Angie.

»Nur einen Moment«, sagte Jacob, als sich Nick und Ellie Holt näherten. »Guten Morgen, Mr und Mrs Holt. Möchten Sie einen Tisch für zwei?«

»Ich will einen Tisch mit Blick auf die Lagune«, sagte Ellie Holt barsch und blieb einen Moment stehen, um Angie finster anzuschauen. »Eine gute Aussicht ist ja fast alles, was ich in diesen Ferien bekommen werde.«

Angie begrüße die Holts mit »Guten Morgen« und beobachtete dann ungeduldig, wie Jacob sie zum Tisch führte. Nick Holt wandte den Kopf und zwinkerte. Angie lächelte.

Jacob kehrte zurück, und seine Augen leuchteten belustigt.

»Was hast du mit Hai-Boot gemeint?«, fragte sie verwirrt.

»Das würdest du wissen, wenn du früh aufgestanden und herausgefunden hättest, wie das bei diesem Hotel läuft.« Jacob warf einen Blick auf seine Armbanduhr. »Das Hai-Boot fährt jeden Morgen am Riff vorbei raus. Es entsorgt den Küchenmüll und andere unnütze Dinge.« Er wackelte mit dem erhobenen Finger vor ihrem Gesicht und lachte. »Das Boot wird in ungefähr zehn Minuten von der Anlegestelle ablegen. Ich nehme an, du wirst finden, was du suchst, wenn du im Müllkorb stöberst.«

»Oh nein! Das kann doch nicht wahr sein!«

Jacob hob die Augenbrauen. »Ich glaube, ich hab letzte Nacht nur zwei Stunden Schlaf bekommen, als ich neben dir lag.« Da war Begierde in seinem Blick, und sie musste daran denken, wie es ihr Spaß gemacht hatte, ihn zu wichsen. Ein warmes Gefühl breitete sich in ihren Lenden aus.

Vielleicht hätte sie Sex mit ihm haben sollen, um ihn danach endlich loszuwerden. Er war unglaublich attraktiv, und sie fragte sich, warum sie nicht früher in der Schule auf ihn aufmerksam geworden war. Sie schwor sich, ihn zu verführen und zu vergessen, aber zunächst musste sie den Vibrator vor den Haien retten.

»Ich kann nicht glauben, dass du mir meinen Vibrator weggenommen hast. Er war sündhaft teuer.«

Jacob lachte. »Das nächste Mal solltest du in das wahre Ding investieren, nicht in den Ersatz.«

Jacob war so sexy, dass sie sich am liebsten vor ihm ausgezogen und nackt auf den Frühstückstischen getanzt hätte. Dann wäre er ins Schwitzen geraten, denn er hatte heute die Aufsicht beim Frühstück. Plötzlich sah Angie Tahillia Ash nahen und entschied sich, schnell zu verschwinden. Tahillia konnte auf die Idee kommen, sie zu einer Extraschicht einzuteilen, und Angie hatte aufregendere Pläne.

Sie trug nichts außer einem strategisch gebundenen Sarong, als sie an der Lagune vorbei zur Bootsanlegestelle ging. Das Boot lag schon dort, und der Motor tuckerte im Leerlauf. Angie schnüffelte und nahm den Geruch von Dieselbenzin und reifen Früchten wahr. Ein fit aussehender, stark gebräunter Mann band gerade das Haltetau vom Poller.

»Hi«, rief Angie. »Darf ich an Bord?«

Der Mann musterte sie, und seine Muskeln spannten sich, als er das Haltetau fortzog. Sein Körper war der eines Athleten, und obwohl es noch nicht so heiß war, glänzte ein Schweißfilm darauf. Angie nahm an, dass sie mehr als ihren Vibrator auf dem Boot finden würde.

»Hey, Cole«, rief der Mann, »Hier ist 'ne Puppe, die an Bord kommen will. Ist das okay für dich?«

Ein hünenhafter blonder Mann trat aus der Kabine. »Werden Sie seekrank?«, rief er, »wir fahren am Riff vorbei.«

»Nein«, erwiderte Angie und musterte beide Männer nacheinander. Beide waren oben nackt und trugen Shorts und Arbeitsschuhe. Sie sah Spuren von Schmutz und Schweiß. Sie verspürte das vertraute Prickeln.

Jacob hat recht, dachte sie begeistert. Früh aufzustehen und erkunden, was beim Hotel so läuft, war eine gute Idee. Eine sorgfältige Suche auf diesem Boot und bei den Passagieren ist notwendig und wird sich gewiss lohnen.

»Dann mach schon.« Cole nickte. »Reich ihr eine Hand, Rod. Wir wollen doch nicht, dass die Dame ins Wasser fällt.«

Der dunkelhaarige Mann namens Rod streckte die Hand aus und half Angie an Bord. Seine Hand war rau und schwielig, und auf seiner breiten Brust war ein Ölfleck.

Das Boot schaukelte gegen die Anlegestelle, und sie hob die Hand, um sich an Rods Brust abzustützen. Seine Brustwarzen spannten sich unter ihrer Handfläche, doch seine Haut war nicht so heiß wie der Ausdruck in seinen Augen. Er starrte sie wortlos mit seinen grünen Augen an und schob ihre Hand von seiner Brust.

Sein stummer Tadel konnte jedoch Angies Unternehmungslust nicht dämpfen. Hier war sie mit zwei Männern, und die Freiheit der offenen See erwartete sie.

Der Motor röhrte auf, und das Boot legte vom Steg ab. Rod

hatte kurzes schwarzes Haar und grüne Augen mit langen Wimpern. Sein Gesicht war fein geschnitten, fast feminin.

Sein Körper hatte jedoch nichts Weibliches. Sie betrachtete ihn genauer in der Kabine und sah, wie Schweiß von ihm tropfte, als er ein Tau aufrollte.

Dann schlenderte er zu ihr, und Angie lächelte, aber er erwiderte das Lächeln nicht. »Was führt Sie also her?«, fragte Rod mit breitem australischem Akzent. »Touristen fahren gewöhnlich nicht bei der Hai-Runde mit.«

»Ich bin keine Touristin, ich sammele Arbeitserfahrung.« Angie musterte ihn. Er sah gut aus, und sein Verhalten war reserviert. Sie wusste nicht, ob er sich in Gegenwart einer Frau unwohl fühlte wie manche australische Männer, die sie kennen gelernt hatte, oder ob er ein Homo war.

»Eine Praktikantin.« Er nickte und betrachtete sie von oben bis unten. »Ich hab den anderen kennen gelernt. Jacob ist ein guter Kerl.« Angie sah in Rods Augen Wärme bei der Erwähnung von Jacob, und ihr wurde mulmig. Sie hatte plötzlich das Gefühl, dass sie Homo-Gebiet betreten hatte.

»Sie haben meine Frage nicht beantwortet«, sagte Rod. »Warum sind Sie hier?«

»Ich habe etwas verloren, und man sagte mir, dass ich es hier auf dem Boot finde.«

»Hier ist nichts außer Küchenabfällen.« Er wies an der Kabine vorbei zum Heck des Bootes, wo ein offener Müllkorb stand. »Bedienen Sie sich. Was Sie nicht haben wollen, werden die Haie bekommen.«

Er ist schwul, dachte Angie, und das prickelnde Gefühl verschwand. Er muss es sein. Vertraue Jacob, dass sie freundlich sind. Sie ging zum Heck, neigte sich über den Müllkorb und hoffte, ihren Vibrator zu entdecken. Bald erkannte sie, dass sie bei all dem Abfall keine Chance hatte, fündig zu werden. Bye-bye, mein geiler Freund, dachte Angie betrübt. Deshalb hat er so gegrinst, weil er gewusst hat, dass er mich auf ein Boot mit zwei Schwulen und einem verlorenen Vibrator schickt.

»Hey, Angie«, rief der blonde Mann. »Kommen Sie rauf. Lassen Sie uns plaudern.«

Angie ging zur Kabine, hielt sich am Geländer fest und stieg die schmale Treppe hinauf. Sie nahm die Mischung von Schweiß und Meersalz wahr. Sie mochte es, wenn ein Mann maskulin roch und nicht nach blumigem, süßlichem Aftershave.

»Guten Tag«, sagte der Mann. »Ich heiße Cole.«

Coles Haar war fast weiß von der heißen Sonne Queenslands gebleicht. Er konnte kaum älter als dreißig sein, hatte jedoch bereits Krähenfüße im sonnengebräunten Gesicht. Seine goldfarbene Haut war auf den Schultern mit Sommersprossen gesprenkelt.

»Mein Kumpel sagte mir, dass Sie etwas verloren haben.«

Sein Blick war fragend, aber nicht lüstern. Angie glaubte, dass ein Funke tief in ihr zu glühen begann und dann ihren ganzen Körper entflammte. Die Kabine war eng, und Cole war ein Gigant von einem Mann. Er war freundlicher als Rod, und Angie spürte, dass Feinfühligkeit angebracht war, um auf dieser Fahrt zu fischen, denn zu freche, schamlose Frauen schreckten einige Männer ab.

Sie hoffte, dass ihr erster Eindruck von den Männern falsch war und sie nicht schwul waren. Wenn Sie ihre Karten vorsichtig ausspielte, konnte sie auf ihre Kosten kommen. Angie strich ihr Haar aus dem Gesicht und musterte Cole. Es gab eine Möglichkeit, herauszufinden, ob diese Seefahrt Spaß oder Langeweile bedeuten würde. Angie hasste Langeweile. »Jacob hat meinen Vibrator versteckt«, sagte sie und sah Cole in die Augen.

Cole lachte und schlug sich auf den Schenkel. Er sah nicht besonders gut aus, doch ihr gefiel,wie seine Augen aufleuchteten, wenn er belustigt war. »Das hat er also zu dem Müll geworfen. Er kam im Morgengrauen und stellte sich vor. Die offiziellen Typen belästigen uns für gewöhnlich nicht. Er fragte, ob er mit Rod tauchen kann. Der ist heiß auf Sie, nicht wahr?«

Ihr Blick schweifte über seinen riesigen gebräunten Oberkörper hinab zu seinen Shorts. In seiner sitzenden Position konnte Angie deutlich sehen, dass sein Schwanz, der die Hose spannte, enorm groß war. Erregung stieg in ihr auf, und sie fragte sich, ob er in ihren Mund oder sonst wohin passen würde.

»Ich teile ein Zimmer mit Jacob«, erklärte Angie. »Er meint, sein Widerstand wird ihn für mich interessant machen. Ich wünsche Jacob, dass er aufgespießt wird«, sagte Angie und sah aus der Kanzel hinaus zu Rod. »Und nicht mit einer Harpune«, fügte sie nachdenklich hinzu. Vielleicht konnte sie eine interessante Überraschung für Jacob arrangieren, wenn Rod mitspielte. Einem Mädchen den Vibrator zu verstecken war so gemein, dass sie Jacob nicht ungestraft davonkommen lassen wollte.

»So hat er Sie verärgert?«, sagte Cole. »Nennen Sie mich einen einfachen Kerl, aber ich finde, ein Mann sollte zu Tricks greifen, um eine Frau für sich zu gewinnen.« Er schüttelte den Kopf. »Komisch, dass ich Jacob für einen ganz netten Kerl hielt. Na ja, so kann man sich irren.«

Angie seufzte und sah ihn unter halbgesenkten Wimpern an. »Er lässt mich nie allein, aber was kann man schon von einem Mann erwarten, der nur zwanzig ist. Ich war froh, hier rauszukommen, ihn mal nicht am Hals zu haben. Nicht, dass ich was gegen den anderen Sex hätte.« Sie schenkte Cole ein Lächeln. »Ich mag einen Mann, der weiß, wie er es einer Frau besorgen kann. Jacob ist zu jung für mich.«

Cole legte seinen gewaltigen Arm um ihre Schulter. Ihre Nippel spannten sich bei der Wärme seiner Berührung. Sie konnte sich leicht vorstellen, wie diese großen Hände mit ihren Brüsten spielten, während Rod zuschaute. Ob Rod eifersüchtig ist?, fragte sie sich. Wird er mitmachen wollen?

»Schon gut«, sagte Cole. »Es überrascht mich nicht, dass Männer scharf werden, wenn sie so ein prächtiges Vögelchen wie Sie sehen. Einige Kerle können dann gar nicht begreifen, wenn sie unerwünscht sind. Soll ich mal mit Jacob reden?«

»Oh, nein«, sagte Angie hastig. »Ich bin eine moderne Frau und kann für mich selbst sorgen.«

Cole lachte. »Werden Sie mir nicht zu modern. Ich liebe es, wenn eine Frau es sich besorgen lässt.«

Angie erwiderte sein Lächeln. »Das klingt vielversprechend.« Sie lehnte sich an das Schott der Kabine, genoss die Vibrationen des Motors und überlegte, wie sie Cole verführen sollte. Er war ein bedächtiger, verschlossener Typ, und sie spürte, dass sie bei ihm vorsichtig sein musste.

Cole lenkte das Boot durch die Lagune und in die tiefere See. Ein durchschnittlicher Mann war im Vergleich zu ihm wie ein Pygmäe. Seine Oberschenkel waren so dick wie Baumstämme, und es juckte ihr in den Fingern zu erkunden, was dazwischen lag.

Jahre ihrer Männerjagd hatten sie gelehrt, dass die Größe eines Penis nicht zuverlässig nach der Größe der Nase oder Finger eines Mannes geschätzt werden konnte. Zuverlässiger konnte nach seiner Körpergröße geschätzt werden, wie groß sein Glied war, und Cole war der größte Mann, den Angie jemals gesehen hatte.

Die Farbe der See veränderte sich in tiefes Blau, doch an einigen Stellen konnte sie noch Korallen unter der Oberfläche erkennen. Cole verlangsamte das Tempo und wandte sich an sie.

»Sie haben Glück, dass die See heute flach ist. Möchten Sie Haie beobachten?«

»Ich habe sie nur im Aquarium gesehen«, sagte Angie, »Sie sind ausgezeichnete Jäger«, fügte sie bewundernd hinzu. »Sie nehmen sich, was sie wollen, und haben keine Furcht. Das mag ich an ihnen.«

Cole nickte. Er stellte den Motor in den Leerlauf. »Kommen Sie und sehen Sie sich das an. Es wird Ihnen gefallen.« Er bückte sich aus der Kabine und stampfte zum Heck des Bootes.

Angie folgte ihm. Ihre Pussy schwoll bereits vor Verlangen. Sie war mit einsachtzig recht groß, aber Cole war einen ganzen Kopf größer, und der Körperumfang war mehr als doppelt so dick.

»Nur Menschen sind bessere Jäger«, sagte er, bevor er zum Müllkorb ging und Rod half, ihn ins Meer zu entladen.

»Sie haben die Frauen vergessen«, murmelte Angie und hob eine Augenbraue, als sie die beiden Männer beobachtete. »Frauen sind auch gute Jäger. Bessere als Männer, denn was ihnen an Kraft fehlt, ersetzen sie durch List.«

Sie empfand das vertraute Prickeln, als sie die beiden bei der Arbeit beobachtete. Sie kippten die Essensabfälle aus dem Korb ins Meer. Rod blickte zu ihr. Sein Blick war unfreundlich, aber das hinderte Angie nicht daran, das Muskelspiel seines Oberkörpers und der Beine zu bewundern. Sie wollte ihn reizen und dazu bringen, dass er zuschaute, wenn sie seinen Partner verführte. Würde er sich zurückhalten können, wenn er zusah?

»Komm, Partner, anheben«, sagte Cole und wuchtete den Korb mit Rod hoch. Und dann kippten sie die Essensreste über Bord.

Bald war das Wasser voller Haie, die um die Nahrung kämpften. Kleine farbenprächtige Fische flitzten und sprangen über das Wasser, um etwas von der Beute zu ergattern. Binnen Sekunden war wenig von den Abfallresten und dem Müll zu sehen, aber dann stockte Angie der Atem. Auf der Wasseroberfläche schwamm ihr Vibrator.

»Schnell, Cole!«, stieß Angie hervor. »Haben Sie ein Netz?« Doch bevor sie ganz ausgesprochen hatte, schnappten die Zähne eines großen grauen Hais zu, und er verschwand mit dem Vibrator unter Wasser.

»Tut mir leid, Angie«, sagte Cole und ließ ein kleines Streichnetz sinken. »Ich war zu langsam.«

Das mag er sein, dachte Angie, aber ich bin es gewiss nicht. »Oh, schade, ich werde meinen Vibrator vermissen«, meinte sie betrübt. Ihr Blick glitt von seinem Gesicht hinab und richtete sich auf die gewaltige Wölbung in seiner Hose. So eine große Ausbeulung hatte sie noch nie gesehen. Sie riss ihren Blick erst davon los, als Cole sich näherte.

Cole schritt breitbeinig zu ihr. Er atmete schwer. »Ich weiß nicht viel von Frauen, aber ich halte nicht viel von diesen elektrischen Spielzeugen.«

»Nun, es wird mir sehr fehlen«, sagte Angie scheinbar verzweifelt. Sie sah wieder auf seine Shorts, bevor sie sich zwang, seinem Blick zu begegnen. Der Mann war unglaublich groß und dick.

»Ich möchte Sie gern trösten.« Er schaute sie begierig an. »Sie sind eine schöne Frau.« Dann schüttelte er traurig den Kopf. »Aber ich bin zu groß«, sagte er verlegen.

Seine Worte weckten sofort Angies Aufmerksamkeit, und obwohl es in ihrem Unterleib kribbelte, wusste sie instinktiv, dass sie bei diesem Mann vorsichtig herangehen musste. »Wie meinen Sie das?«, fragte sie scheinbar unschuldig.

Cole seufzte tief. »Es ist lange her, seit ich eine Frau hatte.

Die meisten Frauen können nichts mit mir anfangen, weil ich größer als der Durchschnitt bin.« Sein Gesicht spiegelte Zerknirschung wider. »Ich will es nicht, aber ich erschrecke die Frauen.«

Ein Schauer breitete sich in Angies Körper aus, aber nicht aus Furcht. Wie magisch wurde ihr Blick von seiner Hose angezogen. Sein härter werdender Penis sprengte fast den ausgebeulten Stoff. »Ich verstehe«, sagte sie andächtig.

»Es tut mir leid, Angie. Ich will keiner wehtun.« Cole stampfte an ihr vorbei zurück zur Kabine. Angie fing Rods scharfen Blick auf, er sagte jedoch nichts. Normalerweise hätte sie ihn wegen seines Verhaltens angesprochen, doch sie eilte Cole nach, konnte an nichts anderes denken als an seinen übergroßen Prügel. Ihr Blut raste durch ihre Adern. Was für eine Entdeckung! Sie genoss gewiss große Schwänze, doch sie hatte noch keinen gesehen, der länger war als ein Lineal.

Sie folgte Cole in die Kabine. Er lenkte das Boot in Richtung Lagune.

»Weißt du, Cole«, sagte Angie, die sich keine einmalige Gelegenheit entgehen lassen wollte. »Ich bin mir sicher, dass ich mich nicht erschrecken würde. Ich meine, das heißt, wenn du mich gern ... du weißt schon, was ich meine ...«

Sie ließ das Angebot als Andeutung, spürte, dass es Cole anwiderte, über seinen abnorm großen Penis zu sprechen, er jedoch kein Mitleid hören wollte.

Cole sah Angie an. »Du meinst, ich könnte dir gefallen. Das haben andere Frauen auch gedacht. Doch am Ende haben sie einen Schock bekommen. Ich bin ein Monster.«

Das Blut rauschte in Angies Schläfen, und ihr wurde mulmig bei Coles Worten. Sie atmete tief durch. Der Mann war abgeneigt, und sie musste klar denken können. Sie war in ihrem Leben schon auf Abneigung gestoßen. Schließlich war Jacob das lebende Modell von jungfräulichem Widerstand, doch dies hier war etwas anderes, und sie fragte sich verwirrt, wie sie diese Situation meistern konnte. Sie hatte nie einen Mann gekannt, der sich wegen der Größe seines Penis entschuldigte. Einmal hatte sie einen Gymnastiklehrer gejagt, der sich entschuldigt hatte, als sie schließlich entdeckte, dass er gerade einen Drei-Zoll-Kümmerling vorweisen konnte, und sie war entsetzt davongerannt.

Es war an der Zeit für sanfte Überredung. »Weißt du, vielleicht solltest du mich entscheiden lassen, ob ich es mit dir aufnehmen kann.« Sie trat näher an Cole heran und massierte ihm die Schultern, während er das Boot steuerte.

Cole stöhnte auf, als sie ihn berührte, »Das tut so gut«, sagte er. »Meine Schultern sind steif.«

Wen interessieren deine Schultern?, dachte Angie. Sie spähte auf seine Shorts und musste sich bezwingen, nicht die Fingernägel in seinen Rücken zu graben. Sie kannte die Statistiken über Männer. Es gab nur tausend männliche Personen auf der Welt, deren Penis größer als zwölf Zoll war. Warum musste sie darunter den bescheidensten finden?

Sie konzentrierte sich darauf, seinen Widerstand wegzumassieren.

»Das fühlt sich prima an.« Cole streckte sich wohlig.

Ermuntert machte Angie weiter. Ihre Finger zitterten vor Aufregung.

»Oh, Gott«, entfuhr es ihm, als er spürte, dass sie seine Brustwarzen mit Zeigefinger und Daumen reizte. »Du bist die geilste Frau, die ich je erlebt habe. Das Problem ist« – er bewegte sich unruhig auf seinem Sitz –, »dass es einfach nicht passen wird.«

Cole gab Gas, und das Boot setzte sich in Bewegung. Zu ihrer Enttäuschung sah Angie, dass die Lagune zurückblieb.

Sie musste ihn dazu bringen, den Motor abzustellen, damit ihr Zeit blieb, um ihn zu verführen.

»Warum lässt du mich nicht beurteilen, ob es passen wird oder nicht?« Sie zuckte die Schultern. »Ich meine, wenn du zu groß bist, können wir uns anders zum Höhepunkt bringen.« Sie sah ihm tief in die Augen und löste den zweiten Knoten ihres Sarongs. Der Stoff fiel zu Boden, und sie stand völlig nackt vor Cole.

»Oh, Angie«, krächzte er. »Es ist so lange her.« Er schaute fasziniert auf ihre rasierte Pussy und vergaß das Steuern, das Boot fuhr im Kreis.

Sie strich kühn über seine Hose. Sein Schwanz war dick, und sie hatte Mühe, das Ende zu finden. Sie sah Cole an, und ihr Mund war halb geöffnet vor Staunen.

Cole legte die Hand über ihre. »Ich werde uns noch ins Riff lenken, wenn du das tust.«

Na und?, dachte Angie. In diesem Augenblick war ihr das völlig gleichgültig. Sie wollte ihn. »Dann halte das Boot an«, befahl sie. Ihre Aufregung war so groß, dass sie sich nicht länger bezähmen konnte. Sie war entschlossen, jeden Zoll von ihm zu spüren.

Cole schüttelte den Kopf. »Es hat keinen Sinn«, sagte er.

Die Jägerin tobte in Angie. Sie war heiß und würde nicht auf Cole verzichten. Es war an der Zeit, die Kontrolle zu übernehmen. Sie griff zum Zündschlüssel, drehte ihn und zog ihn heraus.

»Hey«, sagte Cole, »was machst du da?«

»Wenn du den zurückhaben willst, musst du ihn dir holen und verdienen.«

Sie verließ die Kabine und ging zum Bug des Bootes. Sie stellte sich an die Reling und spreizte die Beine.

Durch das Kabinenfenster konnte sie sehen, wie Cole sich vorneigte, um sie anzustarren, und seine blauen Augen waren weit aufgerissen vor Überraschung. Angie hielt den Zündschlüssel hoch und zeigte mit ihm dann auf ihre Pussy. »Komm und hol dir den Schlüssel«, rief sie.

Cole stieg aus der Kabine hinab und ging auf sie zu.

»Okay«, sagte sie. »Bleib da stehen.«

Er starrte sie an. »Was ist denn los?«

»Zieh die Shorts aus.«

Er wollte weiter auf sie zugehen, doch sie hielt den Zündschlüssel über die Reling. »Wenn du näher kommst, lasse ich den Schlüssel ins Wasser fallen. Ich bin deine Bedenken leid. Zieh dich aus.«

»Bist du verrückt? Wenn das Boot die Korallen rammt, werden wir sinken. Es gibt hier überall Korallenbänke.«

»Dann tust du besser, was ich dir sage. Du hast mich lange genug hingehalten. Ich will nicht länger warten.«

»Ich hab's dir gesagt, es wird nicht passen«, sagte er stur. Er starrte sie an. »Vielleicht glaubst du mir, wenn du ihn siehst.« Langsam fummelte er am Verschluss der Shorts. Angie stockte der Atem.

Cole zog die Hose aus und trat sie von sich. Angie schnappte nach Luft.

Der Mann hatte einen Schwanz, der fast so groß wie ein Elefantenrüssel war. Er war nicht ganz erigiert, sondern stand riesig und schief aus den Schamhaaren heraus, die dicke Eichel wies nach unten.

»Du bist erstaunlich.« Angie konnte den Blick nicht von ihm lassen. Sie glaubte ihm. Vielleicht würde er nicht passen – aber nichts würde sie aufhalten, es zu versuchen.

Sie hörte Schritte. Rod kam zum Bug. »Warum haben wir gehalten?«

Cole drehte sich zu Rod. »Sie hat gedroht, die Schlüssel ins Wasser zu werfen, wen wir nicht tun, was sie sagt.«

Rod blickte kaum in Angies Richtung, doch sie bemerkte,

dass auch er den Blick nicht von Coles Riesenschwanz nehmen konnte. Da habe ich richtig geschätzt, dachte sie, Rod ist schwul.

»Rod, ich will, dass du Coles Schwanz wichst.«

»Was?«, fragte Cole entgeistert.

»Tu, was ich sage, oder ihr könnt beide an Land schwimmen. Ich hoffe, dem Boot sind keine Haie gefolgt.«

»Mein Gott, Partner«, sagte Cole und wandte sich Rod zu. »Ich weiß nicht, was ich tun soll.« Angie bemerkte, dass trotz Coles Verwirrung sein Schwanz steif zu werden begann. Ihre Nippel prickelten, und sie liebte die Kühle der leichten Brise auf ihrer heißen Pussy. Sie wollte Cole an der Reling treffen.

»Ich denke, wir sollten tun, was sie verlangt. Es wäre ein langes Schwimmen.« Rod nahm den Blick nicht von Cole. Seine Stimme klang begierig. Rod hatte lange auf diesen Tag gewartet.

»Ich bin nicht schwul und kein Wichser«, sagte Cole trotzig zu Angie. »Wenn ich gewusst hätte, was du vorhast, hätte ich dich nie an Bord gelassen.«

»Aber jetzt bin ich hier.« Sie starrte ihn kühn an, dann rieb sie ihre Pussy. »Ich werde dich haben.« Ihre Finger waren glitschig von ihren Säften, und sie stellte sich vor, wie solch ein großer Mann in sie glitt. »Ich will zuschauen, wie Rod dich geil macht. Ich will deinen Schwanz wachsen sehen. Und dann lass ich mich von dir füllen.«

Cole schüttete den Kopf, doch Angie war nur an dem Teil seiner Anatomie interessiert, der mit ihr einer Meinung war.

Sie fing Rods Blick auf, und der Ausdruck seines Gesichts war von säuerlich zu entzückt gewechselt. Sie bezweifelte nicht, dass sie den Schlüssel zu Rods Maschine gefunden hatte. Jetzt musste nur noch Cole zustimmen.

Sie stellte sich vor, wie sich Coles Schwanz Zoll für Zoll in sie bohrte, und spreizte die Beine mehr, um Cole einen noch heißeren Blick zwischen ihre Schenkel zu gewähren. »Du kannst mir zuschauen, während Rod dich verwöhnt«, sagte Angie verheißungsvoll. »Ich weiß, das du das gern siehst. Du kannst mir nichts verheimlichen.«

Sie beobachtete, wie Coles schwerer Schwanz schwoll, er aber noch nicht die Schwerkraft überwinden konnte. Er reichte glatt für zwei, und sie sah an Rods glänzenden Augen, dass er das Gleiche dachte.

Aus dem Augenwinkel registrierte sie, dass achtern ein paar kleinere Fische über die Wasseroberfläche sprangen. Angie blickte über das Wasser, um den Grund ihrer Unruhe zu sehen.

»Da kreist ein Hai um das Boot«, sagte sie. »Er muss uns gefolgt sein. Es ist an der Zeit für Cole, sich für die Jägerin über Wasser oder den Jäger unter Wasser zu entscheiden. Entweder der Hai oder ich, Cole.«

Cole atmete schwer. Er runzelte die Stirn und stemmte die Hände auf die Hüften.

Angie fand, dass er keine schwierige Entscheidung treffen musste, doch sie entschied sich, ihm noch ein wenig mehr Zeit zu lassen. Sie befeuchtete die Lippen mit der Zungenspitze und wartete auf seine Antwort. Sie wandte sich an Rod. »Während wir warten, will ich, dass du den Anker wirfst. Wir werden einige Zeit hierbleiben.«

Rod gehorchte ihr sofort. Sie sah an der Wölbung in seiner Hose, dass das heiße Spiel ihn so erregte wie sie. Nur Cole musste noch erobert werden.

»Du hast mir gesagt, es ist lange her, dass du eine Frau gehabt hast.« Angie hob die Augenbrauen. »Stell dir vor, wie gut du dich fühlst, wenn wir beide es mit dir treiben«, sagte sie lockend. »Ich möchte dich haben, während Rod deine Eier leckt. Das würde uns ebenso aufgeilen wie dich.«

Cole begann seinen massiven Schwanz zu reiben. »Ich habe mich noch nie von einem Kerl anfassen lassen. Aber wenn du Sex willst, dann fang an.«

»Es wäre geiler, wenn du uns beide gleichzeitig hast. Ich würde es nie verraten. Ist das deine Sorge?«

Er nickte. »Rod ist ein prima Kerl, aber ich will nicht, dass meine Kumpel es herausfinden.«

»Niemand wird es jemals erfahren außer dir, Rod und mir. Es bleibt unser Geheimnis. Mir würde es gefallen, wenn Rod dich verwöhnt.«

»Ich will kein Schwuler werden.«

»Das wirst du bestimmt nicht«, sagte Angie. »Du würdest nur uns beide aufgeilen. Davon wirst du nicht schwul.«

Sie sah, wie er langsam nickte. Er hatte nachgedacht und schien Gefallen an dem Gedanken gefunden zu haben. Angie schwenkte den Zündschlüssel vor ihm. »Außerdem könntest du die Schuld immer auf mich schieben. Ich habe dich dazu gezwungen.«

Sein Gesicht hellte sich auf. »Ja.« Er nickte zustimmend. »Ich könnte dir die Schuld geben.«

Angie verkniff sich ein Grinsen. Er war so weit.

»Ich habe eine schlechte Nachricht«, berichtete Rod, der vom Bug zurückkehrte. »Angie hat Recht mit dem Hai. Ich habe ihn gesehen, als ich Anker geworfen habe. Wir schweben über einer Korallenbank. Bei Ebbe werden wir auflaufen. Tu am besten, was Angie sagt.« Rod zwinkerte ihr zu, und sie biss sich auf die Unterlippe, um nicht über seinen Meinungswechsel zu lachen.

»Rod, ich möchte, dass du Coles Schaft leckst, während ich zuschaue. Wenn ich dann aufgegeilt bin, werde ich mitmachen.« Sie musste unbedingt sehen, wie Cole eine volle Erektion bekam. Es war wichtig. Dann gab es für ihn kein Zurück mehr, und sie und Rod konnten den Kitzel genießen.

Cole wirkte noch immer unschlüssig, aber sein Schwanz war größer denn je. Angie starrte ihn an. Sie konnte verstehen, dass Frauen davor erschraken, aber sie fürchtete sich nicht. Für sie zählte jetzt nur die Ekstase der Jagd.

»Denk daran, es ist alles meine Schuld«, sagte sie zu Cole, verheißungsvoll und hypnotisch. »Ich werde dich glücklich machen.«

Sie wandte sich an Rod. »Zieh dich aus. Es ist nicht fair, dass wir beide nackt sind und du nicht.«

Angie sah zu, wie Rod sich eilig entkleidete. Er stand dabei neben Cole, und sein Schwanz wirkte fast so klein wie der künstliche Kitzler am Vibrator. Aber sie machte sich keine Sorge wegen seiner mangelnden Größe, denn zusammen würden die beiden ein wunderbarer Ersatz für ihren Vibrator sein.

»Geh auf die Knie«, befahl sie und nickte Rod zu. »Leck Coles Schaft.«

Cole schaute zu Rod und nickte. »Tu, was sie sagt, Rod. Ich möchte kein Haifutter sein.«

»Sieh mir in die Augen, wenn er dich leckt«, befahl Angie Cole. »Stell dir vor, es ist meine Zunge, die dir diese Lust bereitet.«

Cole stöhnte leicht auf, als Rod begierig mit dem Mund seine Eichel aufnahm, seinen Schwanz umfasste und mit beiden Händen zu wichsen begann. Cole schloss die Augen, und sein Gesicht war ein Bild des Entzückens.

Gierig saugte Rod die dicke Eichel tiefer in seinen Mund.

»Sieh mir in die Augen«, sagte Angie, »mach die Augen auf. Er bereitet dich für mich vor. Ich will sehen, was du empfindest, wenn Rod dich bläst.«

Cole gehorchte und stöhnte leise, während er sich bemühte, ihrem faszinierten Blick standzuhalten. Er umfasste seine großen Hoden und schaute zu, wie Angie ihre Pussy rieb. Rod saugte ihn mit der Begeisterung eines Verhungerten in seinen Mund und wichste Cole mit beiden Händen, bis er hart war und stand.

Als Cole sich auf den Füßen wiegte, fragte sich Angie, ob das Blut vollkommen aus seinem Gehirn gewichen war. Sie starrte auf Coles Schwanz. Er war nicht länger als ihr Unterarm und so dick wie ihr Oberarm bis zum Ellbogen. Sie rieb sich selbst fieberhaft, und als die ersten Wellen der Lust ihren Körper erfassten, wusste sie, dass sie nicht länger warten konnte.

»Ich will dich«, sagte Angie aufgeregt. »Ich will, dass du deinen Riesen in mich schiebst.«

Rod ließ von Coles Schwanz ab. Als Cole auf sie zuging, sah sie, dass er voll erigiert war. Sie nahm seinen Penis in die Hand. Er war feucht und heiß von Rods Mund. Sie führte ihn zu ihrer Pussy und glaubte, dass er sie gleich weit dehnen würde.

»Heb mich auf dich«, befahl sie.

Cole hob sie an, als wäre sie ein Spielzeug. Er hielt sie über seinen steil aufragenden Riesen. Langsam ließ er sie sinken. Heiß vor Verlangen nahm sie die große Eichel in sich auf und ließ sich dehnen, bis sie glaubte, sein Schwanz ginge nicht weiter hinein. Doch sie war feucht, und er rutschte weiter in sie hinein, und als sie hinabblickte, konnte sie sehen, wie sich ihre Schamlippen um ihn schlossen. »Ja, ja«, schrie Angie vor Lust.

Sie nahm nur vage wahr, dass die Hände um ihren Hintern rau waren. Ihre Fingernägel gruben sich in Coles Schultern. »Fick mich«, befahl sie. »Ich will so viel von dir abkriegen, wie reingeht.«

Entflammt vor Lust, legte sie die Beine um seine Hüften, schwang ihr Becken und genoss seine Bewegungen. Er war behutsam, und sie war unglaublich feucht. Mit jeder Bewegung ihrer Hüften nahm sie ein bisschen mehr von ihm in sich auf.

Berauscht von den ersten Lustwellen, die ihr den Orgasmus ankündigten, öffnete sie Augen und sah an sich hinab. Nur der Kopf seines Penis und ein Drittel seines Schafts konnten passen, mehr schafften ihre Scheidenmuskeln nicht. Sie ließ sich immer wieder bei Coles sanften Stößen auf ihn sinken und glich sich seinem Rhythmus an. Sie war nicht die Einzige, die diesen außergewöhnlichen Sex genoss. Rod kniete unter ihr und leckte Coles Eier.

Angies Gesicht spiegelte ihre Wonne wider. Das Wissen, dass Rod an Coles großem Sack knabberte, während sie auf ihm ritt, trieb sie immer weiter zum Höhepunkt.

»Tue ich dir weh?«, fragte Cole besorgt.

»Nein.« Sie schüttelte den Kopf. »Dies ist fantastisch. Ich werde diesen sensationellen Fick nie vergessen.«

»Gut«, keuchte er. Er packte sie an den Pobacken fester und stieß sie schneller. »Das ist so gut. Rod, du und ich.«

Tränen der Lust rannen über Angies Wangen. Sie konnte noch nicht glauben, dass sie den Himmel auf Erden gefunden hatte. »Lass dich auch von Rod ficken«, keuchte sie. »Balanciere mich gegen die Reling. Ich will, dass er dich nimmt, während ich dich in mir spüre.«

Cole nickte, zu erregt, um ihr zu widersprechen. Er setzte sie auf die Reling, schlang den Arm um ihre Hüfte und hielt sie fest. Er steigerte seinen Rhythmus und trieb seinen Schwanz immer tiefer in sie. Rod richtete sich aus seiner knienden Haltung auf und stand hinter Cole.

Coles Augen weiteten sich, und er hörte mit dem Stoßen auf. Angie sah, wie Rod Cole an den Hüften packte und den Hünen an sich zog. Coles Hüften ruckten vor, als Rod in ihn eindrang. »Das fühlt sich geil an.« Cole seufzte. Seine blauen Augen quollen hervor, und er atmete tief durch. »Ich hatte keine Ahnung, dass es so gut ist.« Er begann wieder Angie zu stoßen.

»Es gefällt dir, nicht wahr?«, sagte Angie keuchend. »Du findest es gut, Rods Schwanz im Arsch zu haben.«

»Ja, ja«, stöhnte er und zog sie fester an sich, um sie immer schneller zu stoßen. Cole schloss die Augen, und sein heißer Atem ging keuchend. Die Lust tobte in Angie, und sie wand sich in Ekstase. Cole neigte sich zu ihr und küsste sie. Seine Zunge füllte ihren Mund, und Angie hatte das Gefühl, überall ausgefüllt zu sein. Die Explosion war kaum noch aufzuhalten. Sie fieberte ihr entgegen.

Sie hörte Rod aufschreien und sah, wie er gegen Cole sank. Es ist ihm gekommen, dachte Angie erregt.

»Komm zu mir, Rod«, befahl sie, und als er bei ihr war, packte sie ihn am Ohr und zog ihn zu ihren Titten, damit er ihre Nippel saugte. Seine Zunge war wie eine Schlange an den empfindsamen Brustspitzen. Die Lust breitete sich in Angie aus, als spülten Hitzewellen durch ihren Körper.

»Benutz deine Finger«, befahl sie.

Langsam schob Rod ihr einen Finger in den Anus, dann zwei, drei, bis sie glaubte, er würde sie auseinanderreißen. Sie konnte nicht glauben, dass Platz in ihr war zwischen Coles dickem Riesen und Rods Fingern in ihrem Hintern. Die Anusmuskeln spannten sich wie die Scheidenmuskeln. Sie kam, schrie ihre Lust heraus, überzeugt, in tausend Stücke zu zerspringen. Ihre Stimme hallte über die See und vereinigte sich mit der Coles, der sich nicht mehr zurückhalten konnte und mit Urgewalt kam.

Angie hielt sich an seinen Schultern fest, während er sich langsam aus ihr zurückzog. Cole half ihr von der Reling herunter. »Alles in Ordnung?«

»Ja«, krächzte sie, kaum fähig zu sprechen.

Zärtlich stellte er sie auf das warme Deck. »Ich habe dir wirklich nicht wehgetan?«

»Nein«, sagte Angie, doch in Wahrheit hatte sie das Gefühl, einen wilden Hengst geritten zu haben, und ihre Beine versagten ihr den Dienst, als könnten sie sich nicht schließen.

»Nun, dann sollte ich wieder an die Arbeit gehen«, meinte Cole und machte sich auf den Weg, um den Motor anzulassen. »Komm, Partner.« Er klopfte Rod auf die Schulter. »Zeit, den Anker zu lichten.«

Rod kam zu ihr und reichte ihr den Sarong. »Danke«, sagte sie, als sie ihn entgegennahm.

»Nein, Ich sollte dir danken. Du warst heute nicht die Einzige, die bekommen hat, was sie wollte.«

Angie nickte. »Ich weiß. Ich glaube, dass du mit Cole eine großartige Beziehung auf See haben wirst.«

Rod lachte. »Ihr Praktikanten habt viel Arbeitserfahrung.«

Um Angies Mund zuckte es, als sie an Jacob und ihren früheren Schwur dachte. »Ja«, sagte sie. »Ich bin abenteuerlustig. Und Jacob ist das auch«, fügte sie hinzu. Sie ließ seinen Namen in der Luft zwischen ihnen hängen. »Wirst du Jacob heute Abend eine Lektion im Tauchen geben?«

»Klar. Die Sonne geht erst um 20 Uhr unter. Wir werden ein paar Stunden Zeit für uns haben.«

»Das ist nett. Jacob sagte mir, dass du ihm gefällst.«

Rod runzelte die Stirn, und seine Augen verengten sich. »Das ist lustig. Ich hätte schwören können, dass Jacob nur auf Frauen steht.«

»Oh nein«, sagte Angie. »Er ist bisexuell. Er sagt, das verdoppelt seine Chancen auf Partys. Obwohl es ihm ein bisschen schwerfällt, überall ranzukommen. Die Jungs machen es ein bisschen hart. Jacob gefällt das.«

Rods Augen glänzten, und Angie sah ihm an, dass Jacob eine sehr interessante, heiße Tauchlektion bekommen würde.

»Nun«, sagte Rod. »Ich sollte die Taue bereit machen, um das Boot zu vertäuen.«

»Ja«, stimmte Angie zu. »Wir sind gleich da.«

Sie band sich ihren Sarong. Sie war Jacob dankbar, weil er auf den Gedanken gekommen war, ihr einen solch heißen Morgen zu verschaffen, und sie war froh, dass sie jemanden gefunden hatte, der Jacobs einsamen Abend ausfüllen konnte.

Es ist ein Jammer, dass ich Küchendienst habe, dachte sie. Sie hätte liebend gern zugesehen, wie Rod Jacob verführte. Angie konnte sich Jacobs Reaktion vorstellen, wenn Rod versuchte ihn zu küssen, und der Gedanke war extrem erregend, Sie hatte Rods geile Finger in sich genossen. Vielleicht würde Jacob ihr diese Lust ebenfalls verschaffen. Angies schmutziges Grinsen wurde zu einem breiten Lächeln. Rache gibt es in vielen Formen, dachte sie. »Das, Mr Jacob Jungfrau, wird dich lehren, mir niemals wieder den Vibrator wegzunehmen.«

Als das Boot anlegte, kletterte Rod auf die Anlegestelle hinab und streckte Angie die Hand hin, um ihr von Bord zu helfen. Sie stieg ans Ufer, drehte sich um und winkte Cole zu. Ich bin jetzt ein stolzes Mitglied des Zwölf-Zoll-Clubs, dachte sie zufrieden. Sie hatte immer noch das Gefühl, die Beine nicht richtig schließen zu können. So schritt sie statt in ihrem sexy Gang ein wenig wankend von der Anlegestelle und dann die Treppe zum Hotel hinauf, doch die Antenne ihres Jagdinstinkts war den Rest des Tages gut ausgerichtet.

Achtes Kapitel

»Wach auf«, kommandierte eine männliche Stimme.

»Hey!«, brüllte Angie, plötzlich aus ihrem wundervollen erotischen Traum gerissen. Es war zu dunkel, um etwas zu erkennen, doch der Mann packte sie hart an den Schultern. Instinktiv grub sie die Fingernägel in die Arme des Mannes und trat nach ihm.

»Verdammt!«, rief er und ließ sie los.

Angie hatte keine Ahnung, wer der Angreifer war, doch sie kämpfte heftig, entschlossen, mit dem Fremden fertig zu werden. Sie empfand keine Furcht, sie wusste gar nicht, was das ist. Der Mann, der es wagte, sie aus ihrem erotischen Traum zu wecken, sollte sie kennen lernen!

»Du lässt dich nicht unterwerfen, wie?«, grollte der Mann und stieß sie auf die Matratze zurück, nagelte sie mit seinem harten Körper darauf fest. Seine Hände tasteten nach ihren, und Angie wehrte sich, doch er packte ihre Handgelenke und hielt sie eisern fest. »Diesmal bist du zu weit gegangen!« Sein heißer Atem schlug ihr ins Gesicht.

»Jacob? Bist du das?«, fragte Angie, jetzt genügend wach, um seine Stimme zu erkennen. Dieses Verhalten passte so wenig zu Jacob, dass ihr nie in den Sinn gekommen wäre, dass er es sein könnte.

»Du hast bei Rod behauptet, ich wäre schwul. Gib es zu!«

Seine Stimme klang so hart, wie Angie sie noch nie gehört hatte. Mister Jungfrau kochte vor Zorn, und Angie musste ein Kichern unterdrücken. Nicht nur die Stimme war hart, sie konnte auch seine Härte auf ihrem Oberkörper spüren. Ihre

Nippel spannten sich mit dem vertrauten Prickeln, als sie sich an ihm rieb.

»Natürlich habe ich das nicht behauptet.« Sie wand sich weiter unter ihm und bäumte sich auf, als wolle sie ihn abwerfen, indem sie die Hüften hob. Sie genoss es, wie Jacob kämpfte, um sie festzunageln. Sie wusste, dass er ihr nicht glaubte, doch sein Ärger erregte sie. Wer hätte gedacht, dass Mister Jungfrau sie im Schlaf bespringen würde?

»Verdammt, Angie, lüg mich nicht an!« Sein Griff um ihre Handgelenke verstärkte sich. Ihre Augen gewöhnten sich an die Dunkelheit, und sie konnte ausmachen, dass sein Gesicht dicht vor ihrem war.

So hatte sie ihn endlich bei seiner geheimen Furcht erwischt. Junge Männer, das wusste sie, zweifelten oft an ihrer Sexualität, ob sie schwul waren oder nicht. Sie konnte sich vorstellen, dass Jacob seinen harten Schwanz in sie stieß, um ihr zu beweisen, dass er es nicht war. Der Gedanke war enorm befriedigend, denn Jacob war von all ihren Opfern am schwierigsten zu erlegen. Sie kämpfte gegen ihn an, rotierte mit den Hüften und genoss es, seine wachsende Erektion zu spüren. Das heiße Prickeln breitete sich in ihr aus. Es war definitiv Jagdzeit.

»Ich will einige Antworten«, beharrte Jacob. »Hast du bei Rod gesagt, ich sei schwul?«

»Nein«, sagte sie. Nun, dachte sie, bisexuell ist nicht dasselbe wie schwul. Sie hatte endlich seinen Widerstand durchbrochen, und das erfüllte sie mit Freude. Bald würde er ihr gehören.

Er hielt ihre beiden Hände mit einer Hand umklammert und schaltete die Nachttischlampe an. Dann starrte er auf sie hinab. »Du lügst mich an. Das kann ich in deinen Augen sehen.«

Sie erwiderte seinen wütenden Blick und leckte sich unbewusst über die Lippen. Seit wann konnte Mister Jungfrau ihre Gedanken lesen? »Warum sagst du das?«

»Er hat sich an mich herangemacht.« Seine Stimme klang wütend.

»Hat es dir gefallen?«, fragte Angie mit belegter Stimme. Sie erinnerte sich an Rods gut gebauten Körper, und sein schönes, jedoch feminines Gesicht, das seine Lust widergespiegelt hatte, als er seinen Schwanz in Cole hineingetrieben hatte.

»Nein!«, schrie Jacob. »Ich habe es gehasst!«

»Was hast du gehasst?« Sie wollte jede Einzelheit wissen. »Hat er dich geleckt? Du weißt, dass schwule Jungs überall lecken. Auch im Po.« Sie spürte, wie es in ihr prickelte.

Sie konnte spüren, wie sich Jacobs Körper über ihr anspannte. Da war etwas an seinem Geruch, das sie erregte.

»Ich möchte dich gerne sehen, wie du mit gespreizten Beinen daliegst und dich von Rod lecken lässt. So werden Jungs geil und bereit. Das würde dir gefallen, nicht wahr?«

Der Gedanke machte sie an; sie wollte, das er es mit ihr tat. Sie wusste, dass schwule Männer mit der Zunge ihre empfindsamen, geheimen Stellen verwöhnten.

»Das würde nie passieren, du ... du ...«

»Na los«, höhnte Angie, erfreut, dass Mister unberührbare Jungfrau die Fassung verlor, »warum beschimpfst du mich nicht?« Sie rieb ihre Brüste an ihm. »Warum sagst du nicht, was du wirklich denkst? Nenn mich eine Hurensau. Sag mir all die verkommenen Dinge, die du gern mit mir machen würdest.« Sie hob erwartungsvoll die Augenbrauen. »Ich warte.«

Sie wollte, dass er sie weiter auf das Bett drückte und sie sich gegen ihn pressen konnte. Sie war erregt und geschwollen. Sie wollte Jacob. Es würde ein sensationeller Fick sein, wenn sie seine Wut in Leidenschaft verwandeln konnte. »Ich stelle mir vor, wie Rod deine Eier leckt, sie in den Mund nimmt und daran saugt. Er hat die geilste und roteste Zunge, die ich je gesehen habe. Wollte er sie in dich reinschieben?«

»Rede nicht so widerlich mit mir«, sagte Jacob wütend. »Ich bin kein Sexspielzeug für dich, das du für deine perversen Spielchen manipulieren kannst. Und ich bin *nicht* an Männern interessiert.«

Angie rieb langsam ihr Becken an ihm und spürte seine Härte.

»Ich mag Frauen, du manipulatives Luder. Ich war nie in Männern.«

Jacob, dachte sie belustigt, ahnte nichts davon, dass es ihr gleich kommen würde.

»Weißt du, wie schwer es ist, dir zu widerstehen? Ich sehe dauernd vor mir, wie du nackt herumläufst und mich geil machst. Ich bekomme dich nicht aus dem Kopf. Du bist in meinen Träumen, Tag und Nacht.«

»Warum beweist du mir das nicht? Warum holst du nicht den Schwanz aus deinem Pyjama und zeigst mir, was du damit tun kannst? Los, zeig mir, dass du nicht auf Männer stehst.«

»Ich benutze keine Leute für Sex. Ich muss die Person lieben, mit der ich es mache.«

Angie verdrehte die Augen. Der Junge war romantisch. Als Nächstes würde er mit Rosen und Violinen zum Rendezvous bitten. Es war an der Zeit, ihn in die reale Welt zu holen.

»Wohin bringt dich dein braves Verhalten? Bis du die wahre Liebe gefunden hast, wirst du einen Samenkoller bekommen und platzen. Alles wird in einer Sekunde vorbei sein.« Sie griff unter sich und rieb seinen Schwanz. »Du bist hart vor Frustration«, sagte sie.

»Ich bin nicht frustriert.« Jakob schob ihre Hand weg und verließ das Bett.

Sie folgte ihm. »Weißt du, Jacob, Jungs wie Rod können deine Frustration meilenweit riechen.«

»Sei nicht albern«, sagte Jacob und fuhr zu ihr herum. »Weißt du, was es für ein Gefühl ist, benutzt zu werden?«, zischte er wütend. »Wenn du Sex willst, weil du das brauchst, und ihn dir nimmst, obwohl der andere dich nicht liebt?«

Ja, dachte Angie. »Das ist es genau, was ich will. Harter, schneller, unkomplizierter Sex. Sofort!«

»Weißt du, wie schwer es ist, dir zu widerstehen? Du bist wunderschön. Aber du willst nur Sex, wenn du ihn brauchst. Du willst deine Befriedigung und die Kontrolle behalten. Der Mann, der dich befriedigt, ist dir im Grunde gleichgültig, Hauptsache, er fickt dich gut. Ich werde mich von dir nicht manipulieren lassen wie all die anderen.«

Das ist also sein Problem, dachte Angie. Jacob braucht Romantik. Er wollte geliebt werden, verlangte eine feste Bindung, würde sie vielleicht fragen, ob sie seine Freundin sein wollte, und sie dann zum Grillabend bei seiner Familie vorstellen. Sie seufzte und versuchte, die spießigen Bilder zu vertreiben. Nun, ein Mädchen musste tun, was nötig war. Es gab nichts Schlimmeres, als einem Mädchen den Orgasmus zu verweigern, wenn es ihr unbedingt kommen wollte.

Angie legte die Arme um ihn und zog ihn an sich heran. »Du weißt, dass es in unserem Fall nicht so ist«, log sie. »Du bist was ganz Besonderes für mich. Wir sind doch Freunde, oder nicht?«

Jacob musterte sie. »Ich habe dich immer gemocht, das weißt du.«

Angie lächelte, dann legte sie die Arme um seinen Hals und küsste ihn. Seine Lippen waren weich, doch er öffnete nicht den Mund, um sie willkommen zu heißen. Sie zog sich sanft ein wenig zurück und sah ihm in die Augen. »Du weißt, dass ich dich auch immer gemocht habe.« Gemocht, dich zu quälen und aufzugeilen, um dich als meinen Lustsklaven zu bekommen, dachte sie. Nun, selbst Sklaven brauchen manchmal Aufmunterung.

»O Gott, Angie«, sagte Jacob und zog sie fest an sich. »Ich kann einfach nicht ertragen, wie du mich so aufreizt. Das macht mich verrückt.«

»Wir sollten mit dem Denken aufhören«, wisperte sie. Sanft zog sie sein Gesicht an ihres, küsste ihn zärtlich und schob ihre Zunge in seinen Mund. Er reagierte. Sie spürte seine Härte zwischen ihren Schenkeln. Selbst wenn er ärgerlich ist, will er dich, dachte sie zufrieden.

Als sie ihn leidenschaftlich küsste, reagierte er ebenso leidenschaftlich. Ihre Zungen schmiegten sich aneinander und begannen dann ihren heißen Tanz. Bemüht, den Kuss nicht zu unterbrechen, zog Angie seine Pyjamashorts auf und nahm seine Erektion in die Hand. Dann ließ sie sich an ihm hinab und kniete zu seinen Füßen. Sie blickte zu ihm und ließ die Zungenspitze über seine Eichel gleiten. Jacobs Schwanz zuckte hoch. »Magst du das?«

Er erwiderte ihren Blick, doch seine Augen schienen im Nirwana zu sein. »Niemand außer dir hat das jemals mit mir getan«, sagte er andächtig. Seine Begeisterung war ansteckend. Sie war die Erste, die ihn zum Spritzen blies! Sie leckte die Vorboten des nahenden Ergusses und genoss den köstlichen Geschmack.

Seine Hände strichen über ihre Brüste und streichelten ihre Nippel im Rhythmus ihres Blasens. Angie sog ihn tief ein, und Jacobs Blick verriet sein Entzücken.

Ein tiefes Stöhnen kam über seine Lippen. Er krallte seine Hände in ihre Haare und stieß rhythmisch in ihren Mund, doch sie grub ihre Fingernägel in seine Pobacken. Sie würde ihn nicht schon kommen lassen, das wäre eine Verschwendung. Sie brauchte ihn, damit er sie ausfüllte. Ihn hinzuhalten steigerte den Kitzel für sie. Sie wollte spüren, wie er sie öffnete und in sie stieß. Das Gefühl, wenn ein Mann sie öffnete und eindrang, war sensationelle Lust für sie.

Angie hielt mit einer Hand seinen Hodensack und reizte seinen Anus mit dem Finger. Absichtlich leckte sie seinen Schwanz langsamer. Jacob pumpte immer schneller in sie hinein. Sie spürte, dass er jeden Augenblick explodieren musste.

Plötzlich packte er ihr Haar und riss seinen Schwanz aus ihrem Mund. Er hielt ihr Haar so fest, dass sie den Kopf nicht mehr bewegen konnte, und starrte sie an. Mit einer Hand wichste er schnell, bis er kam, und er ließ sie erst los, als die Flut versiegt war.

Angie blickte ihn betroffen an. »Warum hast du das getan?«, fragte sie betroffen.

»Ich bin nicht blöde genug, zu denken, du würdest dich in mich verlieben. Ich weiß, dass ich dir gleichgültig bin. Ich bin nur irgendein Mann, den du benutzt.« Er zog sie auf die Füße und hielt sie an den Schultern fest, sodass sie nicht fortlaufen konnte. »Ich wollte, dass du weißt, was es für ein Gefühl ist, wenn man benutzt wird. Hat es dir gefallen, Angie?«

»Du weißt verdammt genau, dass dies nicht der Fall war.«

»Mach mich nie wieder eifersüchtig mit einem anderen Mann. Du bist diesmal zu weit gegangen.« Er zog seine Pyjamahose hoch und ging an ihr vorbei, als existiere sie nicht länger. Er zog seine Reisetasche unter dem Bett hervor und öffnete sie .

»Was machst du da?«

»Ich packe.«

»Das sehe ich.«

Er blickte über die Schulter. »Ein Zimmer ist frei geworden. Ich ziehe aus. Es ist nicht die Politik des Hotels, Männer mit Frauen das Zimmer teilen zu lassen, wenn sie nicht eine feste Beziehung haben.« Er ging an ihr vorbei, nahm seine Sachen aus dem Schrank und verstaute sie in der Reisetasche.

»Nun, das sind wir nicht, in einer festen Beziehung, meine ich«, stellte sie streng fest. Einen Freund, der sie mit Ring und Vorschriften an sich zu binden versuchte, war das Letzte, was sie wollte. Das war nie ihr Wunsch gewesen.

»Du hast stets missverstanden, was ich von dir wollte. Ich wollte zuerst eine Freundschaft mit dir«, sagte Jacob. »Du bist nicht gemacht für eine Liebesbeziehung, das habe ich gelernt.« Er schloss seine Reisetasche und ging zur Tür.

»Gut. Ich bin froh, das du gehst«, log Angie. »Du bist der langweiligste Zimmergenosse gewesen, den ich je hatte.«

»Nun, dann wirst du wohl den neuen Zimmergenossen, der soeben eingetroffen ist, interessanter finden.«

»Wovon redest du? Keiner hat mir etwas von einem neuen Zimmergenossen erzählt.«

»Zimmergenossin, um genauer zu sein. Die schöne Isabella di Bellini ist hier. Ich sah sie im Foyer«, berichtete Jacob.

»Dieses Flittchen! Ich teile nicht das Zimmer mit dieser hochgestochenen, blöden, James in den Arsch kriechenden ...«

»Genieß es«, sagte Jacob. »Gute Nacht, Angie.«

Unruhig lief Angie im Zimmer auf und ab. Was sollte sie tun? Sie hatte immer noch Jacobs Geschmack auf den Lippen. Sie konnte seinen Kuss heute wegschlafen. Allein bei dem Gedanken, ein Zimmer mit der eingebildeten Isabella zu teilen, wurde ihr schlecht. Jacob fand sie also schön. Der Gedanke machte sie ärgerlich, wenn nicht ein wenig eifersüchtig. Männer mochten Angie wegen der Art, wie sie sie bis zum Höhepunkt leckte.

Ihr musste etwas einfallen, wie sie Isabella loswerden konnte, aber im Moment fiel ihr nichts ein. Sie brauchte Entspannung und Jacob, aber das war ja nicht möglich.

Angie suchte in ihrem Schrank nach dem Bikini und entschloss sich, zur Grotte zu gehen. Obwohl der Bereich für das Personal tabu war, bezweifelte sie, dass Tahillia Ash ihre Angestellten zu so später Stunde überprüfte.

Der Pool wirkte verlassen, und in der Grotte war es totenstill. Alle potentiellen Opfer schliefen jetzt. Angie war enttäuscht und sagte sich frustriert, dass die Männerjagd bis morgen warten musste.

Ihre Augen gewöhnten sich an die schwache Beleuchtung, und dann erkannte sie, dass nicht alles verloren war. Ihr kam eine Idee. Sie zog den Bikini aus, trat ins warme Wasser und watete zur Seite der Grotte, wo sich die silbernen Knöpfe der Whirlpool-Apparatur befanden. Sie drückte auf den Knopf, um den Whirlpool anzulassen, und das Wasser begann zu sprudeln.

Sie würde eine ganz besondere Privatparty feiern!

Ihre Nippel spannten sich, als das sprudelnde Wasser um ihre Brüste tanzte. Es gab nichts Schlimmeres, als einen beginnenden Orgasmus verweigert zu bekommen. Jacob war unglaublich egoistisch gewesen, als er ihr den Vibrator weggenommen und sie dann unbefriedigt verlassen hatte. Sie vermisste den Vibrator, aber es hatte Angie nie an Ideen gemangelt, wenn es um sexuelles Vergnügen ging, besonders um ihr eigenes.

Sie setzte sich nahe an eine der Düsen an der Seite des Whirlpools. Angie konnte bereits die erotischen Vibrationen des Wassers spüren, die an ihrer Vulva pulsierten. Sie wiegte ihr Becken und fand eine Position, in der das Wasser genau auf ihre Klitoris sprudelte. Es war selten, dieses wundervolle Gefühl im Stehen zu genießen. Sie stellte sich vor, ein Mann zu sein. Der Strahl von der Düse erinnerte sie an den Erguss eines langen Penis.

Es war immer eine von Angies geheimen Fantasien gewesen, einen Penis zu haben. Nicht, dass sie ein Mann sein wollte, denn sie wusste, dass Frauen einen gewissen Vorteil in puncto Sex hatten. Doch der Gedanke war faszinierend. Sie fantasierte, dass der Wasserstrahl der Düse ihr Penis war und direkt dort begann, wo ihre Klitoris lag. Ihre empfindsame Perle ragte vor, und ihre äußeren Schamlippen öffneten sich unter der Strömung des Wassers.

Sie stand dort und glaubte, zu wichsen wie ein Mann, als sie das sprudelnde Wasser genoss, als reize sie sich mit warmem Sekt auf der Haut. Das Wasser prickelte auf ihren Nippeln, und das Prickeln breitete sich in ihrem Körper aus. Es war ein köstliches Gefühl. Angie vermisste nur, dass sie zuvor keinen Schwanz geblasen hatte, der sie dann ausfüllte und spritzte, während sie kam. Ihr Orgasmus erfasste sie so plötzlich und intensiv, dass er sie überwältigte. Die Grotte schien sich um sie zu drehen, und ihr Aufstöhnen hallte von den Wänden wider.

Gerade als das wundervolle Gefühl nachließ, schien ein anderes in ihr zu explodieren, und sie schrie vor Lust auf und atmete stoßweise.

»Du hast mich immer mit einer guten Show heißgemacht, Angie. Ich konnte vom Pool aus hören, wie es dir kam.«

Sie wandte nicht den Kopf, denn sie kannte die tiefe Stimme. Sie erinnerte sie an dunkle Schokolade. Es war lange her, seit es sie erregt hatte, diese Stimme zu hören.

»Fick mich«, keuchte sie. »Besorg es mir jetzt!«

Der Mann stieg ins Wasser und watete von hinten auf sie

zu. Es war wie ein Kitzel für sie, sich nicht zu ihm umzudrehen. Er legte seine Hände auf ihre Hüften, um sie in Positition zu bringen. Sie spürte, wie seine Schwanzspitze gegen sie stieß. Ein Schauer der Erregung erfasste sie, denn sie wusste nicht, wie groß er war. Sie lächelte zufrieden, denn das würde sie bald erfahren.

Sie war feucht und wusste, dass er ohne Schwierigkeiten in sie eindringen konnte, doch ihr stockte der Atem, als er in einer einzigen Bewegung in sie stieß und sie sofort völlig ausfüllte.

»Ah, du kleines Luder. Auf diesen Tag habe ich gewartet. Hast du wirklich gemeint, du könntest mit deiner kleinen Privatshow davonkommen? Du bist rücksichtslos, um zu bekommen, was du willst, aber ich werde dich den Preis bezahlen lassen.«

Angie fragte sich, was er meinte. Sie wusste, dass er nicht von Geld sprach. Nein, dieser Mann war pervers und in seiner Abartigkeit schwierig. Er würde etwas Ungewöhnliches verlangen. Ein gewisses Prickeln erfasste sie.

Er begann sie rhythmisch zu stoßen und schob ihre Vulva näher an den Strahl der Düse. Seine Finger streichelten ihre Brüste und reizten die Nippel. All ihre Sorgen verschwanden. Der Mann war rätselhaft. Er wusste genau, was er tat. Wenn es einen Preis gab, würde sie bereit sein, ihn zu zahlen.

Angie schrie vor Lust auf, warf den Kopf zurück und bäumte sich zu der Düse des Whirlpools hin auf. Der Mann kniff sie in die steif gewordenen Nippel, hart genug, dass es fast schmerzte, doch das Gefühl steigerte nur ihre wilde Lust. Zugleich stieß er tief in sie hinein. Das war genau das, was sie brauchte. Angie fühlte sich in himmlischer Ekstase.

»Dies ist das, was du die ganze Zeit wolltest«, grollte er in ihr Ohr.

»Ja, ja«, keuchte sie, kaum in der Lage zu sprechen. Ihr Stöhnen erfüllte die Grotte. Sie wollte nur, dass er weitermachte und sie auf dem Höhepunkt dieses sensationellen Gefühls hielt.

»Dies ist es, was du brauchst, nicht wahr?«

»Ja, ja.« Dieser Mann passte perfekt. Die Art, wie er sie ausfüllte, wie er sie mit seinen harten Stößen zur Ekstase trieb – es war wie ein unbeschreiblicher Rausch. Er packte sie fester, wollte, dass sie ihm zuhörte. »Von dem Moment an, in dem ich dich sah, wusste ich, was du bist. Ein Hedonist. Ein Genussmensch. Du wirst mir gehören. Bald wirst du mir hörig sein.«

Seine Stimme war hypnotisch. Angie versuchte, nicht an seine herrischen Worte zu denken. Jeder seiner Stöße trieb sie in unglaubliche Höhen. »Du bist mein, und ich mache mit dir, was ich will.«

»Sei still«, sagte sie, doch eine weitere Woge der Lust erfasste sie, und es war fast zu viel für sie. Ihr Verstand warnte sie, sich von den Worten des Mannes dominieren zu lassen, doch sie gierte nach der Lust, die er ihr verschaffte. Sie grub ihre Fingernägel in seine Arme und versuchte, ihn zum Schweigen zu bringen.

»Versuch nicht, mich aufzuhalten. Du bist maßlos in deiner Gier, und ich werde dich zähmen.« Er biss leicht in die zarte Haut ihres Nackens und saugte daran, sodass sich der Schmerz mit Entzücken mischte. Er streichelte ihre Nippel, und Angies Gedanken, sich ihm zu widersetzen, verschwanden.

Es war unmöglich, ihm zu widerstehen. Er schien die Fähigkeit zu besitzen, jeden Teil ihres Körpers zu stimulieren. Angies Haut prickelte, bis ihr Nacken, die Brüste und jede erogene Zone ihres Körpers sich nach seiner Berührung sehnte.

Er griff über sie hinweg und schaltete den Whirlpool aus. Plötzlich war das Wasser still. Angie konnte sich kaum bewegen. Obwohl ihre Glieder schwer waren, blieb ihr Körper erregt und wartete auf seine Berührungen.

Immer noch in ihr, setzte der Mann sich unter Wasser mit ihr auf die Treppe im Whirlpool und hielt sie auf den Knien. Er streichelte über die Brüste und langsam hinab zwischen ihre Schenkel, schob ihre Beine auseinander und ertastete ihre Perle. Als er sie mit der Fingerspitze rieb, drängte sich Angie noch näher an den Finger und genoss diese unsagbare Wonne. »Du gehörst mir«, flüsterte er an ihrem Ohr. »Kein Mann wird dich jemals so befriedigen wie ich.«

Angie schmiegte ihren Kopf an ihn. Schwach von ihren Orgasmen und der Hitze in der Grotte, konnte sie ihm nicht widerstehen. Mit dem Rest ihrer klaren Gedanken wünschte sie, dass er kommen würde und sie von seiner hypnotisierenden Stimme befreit war.

»Du gehörst mir«, murmelte er und knabberte an ihrem Ohrläppchen.

»Nein.« Sie schüttelte heftig den Kopf, wollte seine Worte nicht hören, sondern sich auf die wundervollen Gefühle konzentrieren, die er ihr schenkte. Der leichte Druck seiner Finger an ihrer Klitoris waren eine süße Qual für sie. Sie wollte wieder kommen. Ihr ganzer Körper fieberte der Erlösung entgegen.

»Widersprich mir nicht. Du willst, was ich dir geben kann.« Er schlang einen Arm um ihre Hüften, hielt sie fest, und dann stieß er in sie hinein. Er hatte eine Ausdauer, die Angie noch nie erlebt hatte. Die Erfahrung hat ihn gelehrt, es einer Frau perfekt zu besorgen, dachte sie.

»Du willst kommen, nicht wahr?«

»Ja, ja«, stöhnte sie.

»Dann bitte mich darum.«

»Nein!« Zum Teufel mit seiner Stimme, ich will sie nicht mehr hören!, dachte sie. Konzentriere dich auf die Wonne, die er dir schenkt.

»Du kannst nicht gegen mich ankämpfen. Du wirst süchtig nach meinen Berührungen sein. Du wirst dich nach mir sehnen.«

Er setzte sein Streicheln fort, bis sie glaubte, den Verstand zu verlieren. Sie versuchte, sich auf das wunderbare Gefühl zu konzentrieren, das sein Schwanz in ihr auslöste. Versuchte, ihre Position zu verändern, damit es ihr schneller kam. Doch der Mann schien ihre Gedanken zu erraten, denn er hielt sie weiter am Rand des Höhepunkts, versagte ihr den Orgasmus.

»Bitte mich«, grollte seine Stimme. Mit einer Hand streichelte er sie wieder, während die andere zu den Schamlippen glitt und sie teilte, um Zugang zu ihrer Klitoris zu bekommen. Er reizte die empfindsame Knospe und zog sanft an dem Piercing.

»Ich sehe, du hast deinen Schmuck verändert. Ich habe es immer gemocht, wenn eine Frau Juwelen trägt.« Dann rieb er die kleine Perle, bis er sie zur Ekstase trieb.

»Bitte mich. Ich will es hören.«

Sie musste ihn befriedigen. Sie stieß ihm schneller entgegen, doch er verlangsamte das Tempo, wollte nicht, dass sie ihr Ziel erreichte. »Bitte«, flüsterte sie.

»Das ist es, Angie. Ich will dich flehen hören.«

Er spielte weiter mit ihr, bis jede Faser ihres Körpers nach Erlösung schrie.

Sie biss in ihre Unterlippe und fieberte dem Höhepunkt entgegen.

»Bitte mich, verdammt! Ich will, dass du es sagst.«

Sie wollte seine Stimme nicht hören. Sie wollte nur endlich kommen. »Bitte. Bitte. Ich flehe dich an. Ich muss kommen.«

»Ah, Angie«, sagte er. »Ich wusste, dass ich dich brechen würde.«

Er stieß schneller und tiefer in sie. Seine Finger rieben hastiger, nicht spielerisch, nicht länger zurückhaltend, wenn sie sich ihm entgegenbäumte, und verstärkten den Druck. Er berührte sie an der Stelle, wo sein Schwanz in ihr auf und ab glitt, und fuhr leicht über das Piercing, bis Angie es nicht länger aushalten konnte. Sie erreichte den Höhepunkt. Ihr Körper erzitterte.

Ein Stöhnen begann tief in ihr und steigerte sich zum Crescendo. Die tintige Dunkelheit der Grotte füllte sich mit Sternen. Die Zeit schien stillzustehen. Sie schrie auf, und ihre Stimme hallte von den Grottenwänden wider, füllte den Abgrund, in den sie gestürzt war. Sie hatte dass Gefühl, als sei in ihrer Ekstase geschmolzene Lava in einer gewaltigen Eruption herausgeschleudert worden und habe sie von der exquisiten Peinigung des Mannes befreit.

Schließlich sank sie gegen ihn, kaum in der Lage, den Kopf zu heben. Sie glaubte zu hören, dass jemand sie aus der Ferne rief, doch sie war zu schwach, um zu antworten. James' Stimme übertönte die andere und hallte durch die Grotte. »Jetzt bist du mein Geschöpf und tust, was mir beliebt.«

Angie schloss die Augen, versuchte, nicht auf seine Worte zu hören, die wie Gift in ihre Seele sickerten. Doch irgendwo, tief in ihr, keimte Widerstand auf. »Niemals!« Ihre Stimme, befreit und schwach, klang kaum wie ihre eigene.

Sie erschauerte, wollte nur fort von ihm. Sie wollte nicht mehr, dass er sie berührte, doch sie hatte anscheinend keine Kraft mehr in den Gliedern. Der Mann strich mit einer Hand über ihre Pussy. Ihr Körper erbebte und bäumte sich ihm entgegen. Er lachte. »Wir beide wissen, dass es nicht stimmt. Du gehörst mir jetzt für immer.«

Er hob sie von sich und setzte sie auf die Treppe des Whirlpools. Im nächsten Augenblick war James, der Mann, den sie begehrte und in gleichem Maß verabscheute, wie ein Spuk verschwunden.

Neuntes Kapitel

»Angie! Angie, wach auf.« Jacob berührte sie an der Schulter. Einen Moment konnte sie sich nicht entsinnen, wo sie war. Sie glaubte sich zu erinnern, dass Jacob sie zuvor schon einmal gerufen hatte. Sie öffnete die Augen; sie war nicht in ihrem Zimmer. Sie war feucht und heiß. Zu heiß. Sie bewegte die Hände und nahm Wasser wahr. Es dauerte einen Augenblick, bis ihr klar wurde, dass sie im Wasser des Whirlpools lag und ihr Kopf sich am Rand der Grotte befand.

»Jacob.« Ihre Kehle war rau und trocken. »Hilf mir hier raus. Ich brauche frische Luft.« Chlorgeruch erfüllte die stickige Hitze in der Grotte. Angie schnüffelte und glaubte James' starken und dominierenden Geruch wahrzunehmen.

Jacob neigte sich über sie, fasste sie unter den Armen und zog sie aus dem Wasser. Ihre Beine gaben nach, und sie sank gegen ihn.

»Was fällt dir ein, im Pool der Grotte einzuschlafen? Du weißt, dass das gefährlich ist. Davor wird sogar draußen auf einem Schild gewarnt.«

Der gute »Verstoß-nie-gegen-eine-Regel-Jacob war zurück und sagte ihr, was zu tun war und was nicht. Und diesmal war sie froh darüber.

»Ich habe nicht geschlafen.« Es war mehr ein postorgasmusbedingtes Koma, dachte sie. Nicht, dass Jacob das verstehen würde. »Ich war zu müde, um mich zu bewegen. Lass mich sitzen. Ich fühle mich benommen.« Angie setzte sich an den Rand der Grotte und freute sich über die frische Brise, die vom Eingang hereinblies.

Jacob hielt die Hand ins Wasser. »Dieses Wasser ist zu warm. Kein Wunder, dass du dich schlapp fühlst. Wie lange bist du hier gewesen?«

»Ich weiß es nicht. Wie spät ist es denn?«

»Früher Morgen. Ich habe dich überall gesucht. Du kannst nicht hierbleiben. Ich muss dich abkühlen.«

Er nahm sie in die Arme und trug sie zum Pool. »Warte hier. Ich hole Handtücher.« Er legte Angie in einen Liegestuhl, ging zur Umkleidekabine und holte Handtücher. Er tauchte sie ins kühle Wasser des Swimmingpools, dann zog er einen anderen Liegestuhl heran und rubbelte Angie mit angefeuchteten kühlen Handtüchern ab.

Sie seufzte. Trotz ihres Mangels an Energie war sie immer noch interessiert an Jacob. James und seine Machtbesessenheit beunruhigten sie. Das Abkühlen war genau das Richtige, um ihr Gefühlschaos in den Griff zu bekommen.

Sie hatte von Beginn an gewusst, dass James gefährlich war. Jetzt wusste sie, warum. Er war entschlossen, sie sowohl geistig als auch körperlich zu dominieren. Sex war kein Spiel oder Vergnügen für ihn. Er benutzte Sex als Machtmittel, um sein unwissendes Opfer in die Falle zu locken wie eine Spinne die Fliege. Sie würde sich nie mehr von ihm manipulieren lassen, das nahm sie sich vor.

»Fühlst du dich besser?«, fragte Jacob.

»Hmmm«, antwortete sie, »mach einfach damit weiter.« Angie streckte sich wohlig aus und schaute zu, wie er das Handtuch ausdrückte und kühles Wasser über ihre Brüste tropfte.

Jacob drückte eine Hand auf ihre Stirn und die Wangen. »Du fühlst dich nicht mehr so heiß an.«

Nach der kühlen Luft und Jacobs sanfter Fürsorge fühlte sie sich wie neugeboren und spürte, dass ihre Kräfte zurückkehrten. Sie nahm seine Hand und drückte sie auf ihre

Brust. Er schob die Hand nicht fort. »Von hier an bin ich noch heiß«, sagte sie und blickte ihn unter halb gesenkten Lidern an.

Er lächelte. »Du gibst wohl nie auf«, meinte er kopfschüttelnd. Er umkreiste ihre Brustspitzen mit der Fingerspitze. Angie genoss es. Nach James' gespenstischer Gehirnwäsche wollte sie sicher sein, dass sich zwischen ihr und Jacob nichts geändert hatte. Und so war es. Sie wollte Jacob immer noch verführen.

»Hörst du denn nie auf, an Sex zu denken?«, fragte er.

»Nein. Nun, vielleicht manchmal. Zum Beispiel, wenn ich völlig befriedigt bin. Das ist aber nicht oft.« Sie dachte an Cole und seinen riesigen Schwanz. Dieses Abenteuer hatte sie für ein Paar Stunden befriedigt. Angie sah Jacob an, und ihr Blick war zu keinem Kompromiss bereit. »Ich werde nicht so tun, als möchte ich keinen Sex, nur weil ich eine Frau bin. Ich will auch nicht auf einem Rücksitz warten, bis mich ein Mann anmacht. Ich gehe auf den Mann zu, den ich will.« Sie spitzte die Lippen, und ihr Blick zog ihn näher. »Wenn ich an einem Mann interessiert bin«, sagte sie mit rauer Stimme, »dann sage ich ihm, was ich von ihm möchte.«

»Das habe ich bemerkt.« Jacob runzelte nachdenklich die Stirn. Seine Finger streichelten ihre Brüste und fingen die Wassertropfen ein, die an ihren Nippeln hafteten. »Was möchtest du am liebsten?«

Angie horchte auf. Mister Jungfrau änderte seinen Tonfall und spielte eine andere Melodie. Er interessierte sich dafür, was sie anmachte. »Ich liebe streicheln, lecken und küssen. Die Reihenfolge ist mir egal.« Solange du mein Lustsklave wirst und alles mit mir machst, dachte sie.

»Ich mag es, wenn ein Mann sich nicht davor fürchtet, zu experimentieren.« Angie erwärmte sich für das Thema. »Quickies machen Spaß, wenn ich richtig scharf bin, oder Sex an verschiedenen Örtlichkeiten. Zum Beispiel …« Sie neigte sich zu Jacob, sodass sich ihre Schultern berührten. »… stelle ich mir vor, dass uns jetzt jemand beobachtet. Ich denke, jemand steht versteckt und beobachtet, wie du über meine Brüste spritzt. Weißt du, es macht mich an, dass wir entdeckt werden könnten.«

»Mir jagt es Angst ein«, sagte Jacob und sah sich besorgt um. Er stand auf und trug die Handtücher zur Umkleidekabine. Angie bemerkte, wie er die Shorts von seinem Schritt wegzog. Oh, er war hart. Er hatte ihr lange genug widerstanden. »Ich glaube nicht, dass ein Voyeur in der Nähe ist«, rief er. »Ich kann keinen sehen.«

»Nein«, sagte sie ruhig. »Ich kann auch niemanden sehen, aber ich spüre, dass wir nicht allein sind.« Die Härchen auf ihren Armen richteten sich auf. Ihr Blick schweifte rings um den Pool. Nichts. Keine Bewegung im Gestrüpp. Dennoch blieb das Gefühl, dass sie mit jeder Minute, in der sie mit Jacob am Pool war, die Entdeckung riskierte.

»Warum hast du nach mir gesucht, Jacob?«

»Ich habe mich schuldig gefühlt.« Jacob setzte sich neben sie. »Was ich dir im Zimmer angetan habe, tut mir leid. Ich hatte kein Recht, dich so zu behandeln. Ich bin so erzogen worden, Frauen respektvoll zu behandeln.« Er fuhr sich mit der Hand durchs Haar. »Was ich getan habe, war nicht sehr respektvoll.«

Angie zwang sich, nicht zu lachen. Das Gewissen hatte ihn geplagt! Nun, jetzt konnte sie die Gelegenheit beim Schopf packen und die Märtyrerin spielen. »Du hast mich gekränkt. Ich dachte, du wärst anders als die anderen Männer.«

»Es tut mir leid. Ich wollte dich nicht kränken. Ich war nur so sauer auf dich.« Sie sah ihm das schlechte Gewissen an. »Ich bin zurückgekehrt, um mich zu entschuldigen, aber du warst nicht mehr im Zimmer. Ich versuchte mich schlafen zu legen, kam jedoch nicht zur Ruhe. Du bist manchmal so ein wildes Mädchen, und ich wusste nicht, was du tun würdest. Ich konnte nicht schlafen, und so entschloss ich mich, dich zu suchen, erst im Hotel, dann auf einem Spaziergang. Als ich dein Stöhnen in der Grotte hörte, dachte ich, du bist verletzt.«

Jacob kannte die Laute einer Frau beim Orgasmus nicht! »Nein, ich bin nicht verletzt. Du hast mich in einer solchen Verfassung verlassen, dass ich in die Grotte ging und mit den Wasserdüsen experimentierte.«

Er starrte sie überrascht und verwirrt an. »Was hast du gemacht ... äh ... nein, sags mir nicht.«

Angie lachte, tief und kehlig. Sie entschied sich, ihm nichts von James zu erzählen. Kein Mann liebt es, von den Taten der Konkurrenz zu hören. Und es würde sie nicht überraschen, wenn Jacob James für einen Konkurrenten hielt. »Ich bin froh, dass du mich gesucht hast.« Sie ergriff seine Hand. »Ich liebe es, wie du dich um mich kümmerst. Es ist süß.«

In den Büschen bewegte sich etwas. Diesmal konnte sie dort jemanden halb verdeckt sehen. Ihre Nippel prickelten. Sie hatte Pläne mit Jacob, die nicht nur sein schlechtes Gewissen beruhigen, sondern ihr intensive Wonne bereiten würden.

»Jemand muss auf dich aufpassen. Sonst könntest du in allerhand Schwierigkeiten geraten.«

»Ich bin immer noch so heiß«, sagte sie und wischte sich über die Stirn.

»Warum gehst du nicht schwimmen? Das Wasser im Schwimmbecken ist kühl. Dann sollten wir aufbrechen. Die Gärtner fangen bald mit ihrer Arbeit an.«

Umso mehr Grund zu bleiben, dachte Angie. Es war an der Zeit, dass Mister Rühr-mich-nicht-an nachholte, was er bei ihr versäumt hatte.

»Du sagtest, du fühlst dich schuldig und hast mich deshalb gesucht.«

»Das stimmt. Es tut mir leid, das habe ich gesagt.«

»Das musst du mir beweisen.« Angie griff zwischen ihre Schenkel und streichelte sich. Ich brauche deine Zunge, dachte sie.

»Angie, hör auf. Ich bitte dich. Zieh einen Bademantel an. Ich werde alles tun, was du sagst. Lass uns auf dein Zimmer gehen.«

»Nein, danach ist mir nicht«, sagte sie und genoss es, wie sein Blick von ihren Brüsten zwischen ihre Beine glitt. Sie spürte, dass ihm ebenfalls heiß war. »Warum leckst du mich nicht? So bereitest du mich für deinen Schwanz vor.«

Jacob stöhnte auf. »Oh, hör auf, mich noch mehr aufzugeilen.« Er atmete schwer, und sie wusste, dass sie bald ihr Ziel erreicht hatte. »Gefällt dir mein neuer Schmuck?« Sie spreizte die Beine, um ihm einen Einblick zu gewähren. »An den Ring kann man kleine Nippsachen anbringen.«

»Mein Gott, Angie. Du brauchst keinen Schmuck, um schön zu sein.« Seine Stimme klang heiser. Sie öffnete die Beine noch weiter und fixierte Jacob. Sein Mund war halb geöffnet, und sein Blick konnte sich nicht von ihrem rasierten Schamhügel mit dem dekorativen Intimschmuck lösen.

»Ich finde, es ist ein schönes Gefühl, wenn du deine Zungenspitze durch den Ring schiebst und sanft daran ziehst. Ich möchte, dass du das tust.«

Zögernd versuchte er es. »Du bist so weich. So seidig.«

»Du hast noch nie eine rasierte Frau gesehen, oder?«

Er schüttelte den Kopf. »Nein. Keine außer dir.«

»Ich liebe es, wenn mich ein Mann leckt und ich kahl bin. Deshalb rasiere ich mich. Es verstärkt das Gefühl.« Angie griff hinab und schob einen Finger in die Pussy. Ihre Schamlippen teilten sich bei ihrer Berührung. Sie nahm Jacobs Hand und legte sie auf ihre.

»Oh, Angie. Mach das nicht mit mir. Es ist zu gefährlich.« Seine Stirn glänzte schweißnass.

»Nimm deine Hand nicht fort. Berühre mich. Ich bin innen ganz seidig.«

Er erkundete sie sanft mit zwei Fingern. Seine Berührungen erregten sie, sie wollte mehr.

»Weißt du, Jacob, das gefällt mir. Deine Finger sind herrlich.«

»Ich habe noch nie eine Frau wie dich erlebt. Du bist so kühn. Dir macht es nichts aus, wenn uns jemand dabei sehen könnte.«

Angie lachte, doch es klang wie ein wonnevolles Schnurren, wie bei einer Katze, die gestreichelt wird. Die Vorstellung, dass Jacob sie leckte, während der Mann, halb versteckt zwischen den Büschen, heimlich zuschaute, erregte ihre Fantasie. Es war ein Kitzel, zu wissen, dass der Mann darauf lauerte, Jacob abzulösen, wenn dieser sie nicht befriedigen konnte. Jedenfalls hoffte sie das.

»Lass mich nicht warten, Jacob. Ich will deine Zunge in mir spüren.« Jacob schaute sich um und kniete sich dann zu ihren Füßen hin. Angie rutschte auf dem Liegestuhl hinab und brachte sich unter ihm in Position. »Stoß mich mit der Zunge, als wäre es ein kleiner Schwanz«, befahl sie.

Langsam drang er mit der Zunge in sie ein. Ihre heftige Reaktion überraschte sie. Seine Zunge war warm und glitschig, und sie bäumte sich ihr entgegen.

»Habe ich dir wehgetan?« Jacob blickte sie verwirrt an.

»Nein, ich bin nur überreizt. Ich hatte nicht erwartet, dass es so wunderbar ist.«

Jacobs Miene hellte sich auf. Er war stolz, weil Angie ihn lobte. Begierig stieß er wieder die Zunge in sie. Angie stöhnte leise auf und schloss die Augen. »Oh, das ist es, rein und raus, rein und raus ...« Sie wiegte sich mit dem Becken, passte sich Jacobs Zungenschlag an.

Erhitzt von ihrem Stöhnen, verlor Jacob seine Hemmungen, saugte und leckte ihre Pussy schneller und tiefer. Angie gab sich ganz dem Genuss seiner stoßenden Zunge hin.

»Oh, Jacob, leck mich weiter so. Oh, ja, jaaa.« Sie öffnete die Augen, und ein Schauer erfasste sie. Ein dunkler Mann, sein Gesicht teilweise verdeckt vom Blätterwerk, stand nur ein paar Schritte entfernt und beobachtete sie. Würde er bei ihnen mitmachen? Oder würde er der heimliche Beobachter bleiben?

Angie schloss wieder die Augen und überließ sich ihrer Fantasie. Sie stellte sich den Mann vor, wie er sich dort zwischen den Büschen erregt wichste. Zuerst würde er sich Jacob vornehmen. Wenn sein Schwanz so beeindruckend war wie Jacobs Zunge, würde er sensationell sein. Doch der Gedanke an Jacob, der sie nahm, verhinderte nicht, dass sie den heimlichen Beobachter ebenfalls haben wollte. Einer war nie genug für sie.

Angie stellte sich vor, wie der Fremde stumm auf sie zuschritt und gerade außer Sicht von Jacob stehen blieb. Sie wollte, dass er wartete, bis er dran war. Sie kannte weder seinen Namen, noch wollte sie ihn hören. Sie brauchte den Mann nur zu ihrem Vergnügen, bis sie völlig befriedigt war und nicht mehr ertragen konnte.

Jacob umfasste ihr Gesäß. Sie spürte seine Zunge am Ring über ihrer Klitoris, und er zog sanft daran.

Angie schrie auf und schnappte nach Luft vor Erregung. Sie war dem Höhepunkt so nahe, dass sie nicht mehr klar denken konnte. Zu wissen, dass sie beobachtet wurde, während Jacob sie mit den Lippen und der Zunge verwöhnte, war fast zu viel für sie.

Durch ihren Lustschrei in Leidenschaft versetzt, leckte er sie wild, bis sie sich wand und seinen Namen schrie. Jeder Muskel, jedes Nervenende schien sich anzuspannen, bis sie den Gipfel der Ekstase erreichte. Die Zeit schien stillzustehen. Sie nahm nichts wahr außer dem Orgasmus, den Jacobs Zunge in ihr hervorrief. Das Hochgefühl ließ langsam nach, und die Wellen der Lust klangen ab.

Atemlos schob sie ihn von sich, konnte seine beharrliche Zunge nicht länger ertragen. Sie brauchte ihn, um sie mit seinem Schwanz auszufüllen, doch sie hatte noch ein anderes Spiel im Sinn. Obwohl ihre Beine wacklig waren, stieg sie vom Liegestuhl. »Zieh dich aus«, befahl Angie.

Jacob hatte keinen Einwand. Hastig riss er sich das T-Shirt und die Shorts vom Leib.

»Ich will, dass du mir den Hintern versohlst, wie zuvor am Strand, das war geil.«

Seine Erektion zuckte, und die Spitze glänzte. »Angie, ich kann nicht mehr warten. Ich muss dich unbedingt ficken.«

»Das kannst du, aber ich möchte zuerst von dir auf den Hintern geschlagen werden. Ich mag ein bisschen Schmerz dabei.«

»Angie«, stöhnte Jacob auf. »Ich kann nicht mehr warten …«

»Wen juckt das?«, unterbrach sie ihn. »Schlag mich!« Sie wusste, dass ihre Stimme durch die morgendliche Stille bis zum heimlichen Beobachter drang. Es war an der Zeit, dem Voyeur den zweiten Akt ihrer Show zu zeigen, nur um ihn aufzuheizen, damit er gezwungen war, beim Finale mitzumachen.

Das Geräusch von Jacobs erstem Schlag auf ihren nackten Hintern war nur ein schlaffes Klatschen. Sie starrte ihn finster an. »Härter. Ich will es spüren.« Angie sah ihm den Widerwillen am Gesicht an. »Stell dir vor, wie dein Schwanz in mich stößt. Wenn du das geile Gefühl erleben willst, dann tu, was ich sage.«

Er schlug sie fester, und es klang laut. Sie war jedoch zu erregt, um Schmerzen zu verspüren. »Härter«, befahl sie und suchte verstohlen die Büsche nach dem heimlichen Beobachter ab.

Jacob schlug sie wieder, diesmal fester. Sie wand sich. Er strich mit der Hand über ihre Pobacken, die sich röteten, und streichelte dann ihre Spalte, bis seine Finger über ihre Klit glitten. »Oh, das ist gut.« Sie war bereit für ihn. Wenn Jacob in ihr und zu erregt war, um aufzuhören, würde sie den heimlichen Beobachter rufen und auffordern, mitzumachen.

»Mensch, Angie, du bist so feucht, dass ich nicht warten kann.«

»Erst musst du mich schlagen.« Jacob war ein guter Sklave, auch wenn er gelegentlich protestierte. Das machte ihr ohnehin nichts aus, denn sie liebte es, die Männer herumzukommandieren. Klatsch. Klatsch. Er schlug sie hart und voller Frustration, weil sie ihn noch warten ließ. Er rieb ihren Po mit der Handfläche, dann glitt seine Hand wieder zu ihrer Pussy, streichelte ihre seidigen Lippen, und sein Zeigefinger reizte ihre geschwollene Perle.

Angie stellte sich vor, wie er seinen Schwanz in sie hineintrieb. Ihre Beine zitterten. Sie schloss die Augen. Sie wand ihren Unterleib. Klatsch. Klatsch. Das reichte, und fast kam es ihr. Sie schrie auf.

Jacob umfasste ihre Hüfte, und sein Schwanz glitt an ihrem Schlitz auf und ab, und Angie reagierte darauf, indem sie die Beine spreizte, um ihn aufzunehmen.

Erwartungsvoll hielt sie den Atem an und hielt Ausschau nach dem heimlichen Beobachter. Was würde er tun, wenn er sah, dass Jacob sie nahm?

Offenbar bewegte er sich. Sie starrte in die Richtung der

Brücke, versuchte ihn zu erkennen, doch es gelang ihr nicht. »Stoß mich«, rief sie. Warum ließ sich Jacob so viel Zeit?

Vögel flatterten von den Bäumen über dem Beobachter auf, offensichtlich von ihm aufgescheucht. Angie spürte, dass Jacob zögerte, und wandte sich zu ihm um. Er spähte zu den Büschen, die den Poolbereich umgrenzten.

»Verdammt. Da ist jemand!«

Angie erhob sich, sah ihm in die Augen und nahm sein Gesicht in ihre Hände. »Willst du mich? Willst du deinen Harten in mich schieben?«

»Du weißt, dass ich das will.«

»Dann soll der Voyeur zuschauen. Ich will es so.«

»Nein, Angie. Nein!«

Sie sah kurze Unsicherheit auf seinem Gesicht, doch sie lehnte sich schnell vor und küsste ihn. Sie griff hinab, nahm seinen Schwanz in die Hand und rieb ihn. »Magst du das?«, flüsterte sie an seinem Mund.

Seine Antwort war ein leises Stöhnen. Jacob schloss die Augen, während Angie ihn weiter wichste. »Stell dir vor, mich damit zu ficken. Ich bin bereit für dich. Lass den Mann zwischen den Büschen dabei zuschauen.« Sie nahm ihn in die Arme. Sein harter Schwanz stieß gegen ihren Unterleib. Sie spürte, dass er pulsierte.

»Aufhören! Sofort«, rief eine autoritäre Frauenstimme. Angies Kopf ruckte von Jacob fort und blickte in die Richtung, aus der die Stimme erklungen war. Tahillia Ash kam von der Grotte auf sie zu und blieb bei ihnen stehen, die Arme verschränkt, höhnisch und triumphierend lächelnd.

»Ich wusste, dass ich nicht lange warten muss, bis ich dich bei einem Verstoß gegen die Vorschriften des Hotels erwische«, sagte sie. »Der Poolbereich ist für das Hotelpersonal tabu. Und ihr beiden treibt es in voller Sicht für jeden!«

Oh, nein!, stöhnte Angie innerlich auf. Wo kommt die denn her? Sie hatte sich auf ihren heimlichen Beobachter konzentriert und nicht mitbekommen, dass Tahillia nur ein paar Schritte in der anderen Richtung gestanden hatte.

Bevor Angie etwas sagen konnte, hörte sie, dass am Zugang zum Pool die Tür geöffnet wurde. Sie drehte den Kopf und sah James in den Poolbereich kommen.

»Ich habe dir gesagt, dass sie eine unterhaltsame Show abzieht, Tahillia.« Er ging auf Angie zu. »Ich habe sie enorm genossen, besonders, wie ihr der nackte Hintern versohlt wurde.« Er streckte die Hand aus und tätschelte ihr leicht gerötetes Hinterteil.

»Fass mich nicht an!« Sie schob ihn fort.

»Lass sie in Frieden!« Jacob schob sich zwischen Angie und James. Sie bemerkte, wie sich Jacobs Muskeln anspannten. Eine Ader pulsierte an seiner Schläfe. Er war bereit, sie zu verteidigen, doch Angie konnte sich nicht darüber freuen. Ihretwegen würde Jacob, der sanfte, freundliche Junge, einen der besten Ausbildungsplätze im Gastronomiegewerbe verlieren.

James lachte nur. »Dein Spielzeug wird besitzergreifend.«

»Er ist nicht mein Spielzeug. Er ist mein Freund«, entgegnete sie, und es wurde ihr klar: Es stimmt. Sie mochte Jacob und würde ihn vermissen, wenn sie ihn nicht quälen und aufgeilen konnte.

»Angie, du kleines Luder«, sagte James, »du kannst einfach nicht genug kriegen. Hast du deinem Freund erzählt, wie sehr du es genossen hast, mit mir in der Grotte zu ficken? Hast du ihm gesagt, dass mein Schwanz schon da war, wo er dich geleckt hat?«

»Das ist eine Lüge. Sie würde sich nicht mit einem alten Sack wie dir einlassen«, stieß Jacob hervor. »Angie ist kein Luder.«

James verschränkte die Arme und lachte. »Oh doch. Das mag ich an ihr.« Er blickte an Jacob auf und ab, und sein Blick verharrte an Jacobs Penis, der jetzt erschlafft war. »Ich weiß zufällig, dass Angie ältere Männer mag. Ich bin immer steif, nicht wahr, Angie? Ich habe einen Dauerständer und Ausdauer.« Er grinste Jacob an. »Glaub nicht, dass du es ihr jemals richtig besorgt hast.«

»Hör auf, James!« Angie sah ihn böse an, wütend darüber, dass er Jacob so heruntermachte, doch das schien ihn nur anzuspornen. »Ich kann mit der nimmersatten Nutte mithalten, junger Hüpfer. Ich bestimme, wo's langgeht. Angie weiß, dass ich völligen Gehorsam verlange.«

»Du Bastard.« Jacob machte einen Schritt auf James zu, die Hände zu Fäusten geballt, zum Zuschlagen bereit.

Tahillia Ash lachte schrill.

»Das reicht!«, sagte Angie zu James. »Lass bei deinen Gehässigkeiten Jacob heraus.«

Aus James' Miene schloss sie, dass dieser Auftritt noch hässlicher werden würde, doch sie wollte Jacob nicht hineinziehen lassen.

»Und du hörst auch auf, Jacob«, fügte Angie hinzu. Sie wollte nicht, dass er sich schadete, um sie zu schützen. »Ich kann für mich selbst sorgen.«

»Stimmt es, Angie?«, fragte Jacob. »Warst du mit ihm zusammen?«

Sie sah Jacob an. Das Leben hatte mit 20 noch keinen Schmerz in seinen Zügen hinterlassen. Gewiss musste er ahnen, dass James Sex mit ihr gehabt hatte. Und er wusste, dass sie ein wildes Mädchen war. Das hatte er selbst gesagt. Doch wenn sie in seine Augen sah, konnte sie spüren, dass es ihn kränken würde, wenn sie die Wahrheit sagte. Deshalb antwortete sich nicht auf James' Worte.

»Sag es ihm, Angie«, befahl James. »Er will hören, wie du

bei mir gezittert hast. Beschreib ihm, was ich mit dir gemacht habe. Warum erzählst du ihm nicht, wie sehr du meinen Schwanz genossen hast? Vielleicht kann er davon etwas lernen.«

Angie zwang sich, ruhig zu bleiben. Sie wollte James anschreien, doch wenn er merkte, wie aufgeregt sie war, würde ihn das nur anspornen, Weiteres über sie auszuplaudern. Sie schluckte und zwang sich, Jacob in die Augen zu sehen. »Ich bin mit James in der Grotte gewesen.«

»Nein!« Jacob schaute sie ungläubig an. »Er hat dich ...« Er konnte es nicht aussprechen. »Angie, wie konntest du nur? Dieser Kerl ist widerlich!«

James lachte. »Sie hat jeden Augenblick genossen, du junger Narr. Du hast geliebt, was ich mit dir gemacht habe, nicht wahr, Angie?«

»Nein«, antwortete sie. Sie würde nicht zulassen, dass er über Jacob triumphierte. James hatte bereits genug Schaden angerichtet. »Ich habe es nicht genossen. Sex ist nur Macht für ihn. James hat nichts für mich getan. Ich habe ihn nur benutzt, praktisch als Notstopfen, weil du nicht da warst.«

»Lüge! Du hast mich angebettelt, es dir zu besorgen. Gib es zu«, zischte James.

Angie sah, dass sein Gesicht dunkelrot vor Zorn war, und freute sich darüber. Das geschah dem manipulierenden Bastard nur recht. Er hatte Jacob gekränkt, und das hatte der sympathische Junge nicht verdient.

Sie hielt James' Starren stand, entschlossen, sich und Jacob nicht weiter heruntermachen zu lassen. »Sei nicht lächerlich. Du warst nichts als ein billiger Notstopfen, der gerade zur Verfügung war. Ein billiger Ersatz, nichts mehr.« Sie blickte zu Jacob und hoffte, dass ihre Worte seinen Kummer milderten. Warum muss er sich auch mit Schuldgefühlen plagen?, dachte sie ärgerlich. Sie hatte nie welche empfunden.

Doch die Antwort war dort, starrte ihr ins Gesicht. Sie war ein Opfer ihrer eigenen Nachlässigkeit geworden. Eine Jägerin musste immer wachsam bleiben. Die Gefahr der Entdeckung hatte ihr einen Kitzel der Lust bereitet. Ihr war nicht klar gewesen, dass James der heimliche Beobachter war. Jacob war ein unschuldiges Opfer gewesen. Durch ihre Entschlossenheit, ihn zu verführen, hatte sie James praktisch in die Hände gespielt. Zweifellos hatte er Tahillia Ash informiert, damit sie Zeugin ihres Verstoßes gegen die Hotelvorschriften wurde. Sie, Angie, würde den Preis für ihre Blödheit bezahlen müssen, aber sie wollte nicht, dass Jacob da mit hineingezogen wurde. Er war der netteste Mann, den sie je kennen gelernt hatte.

Angie spürte, wie Tahillia die Hand schwer auf ihre Schulter legte. Sie wandte sich ihr zu.

»Du wirst von meiner Insel verschwinden«, sagte Tahillia. »Ich habe dich genommen, weil James dich sehr empfohlen hat. Aber sofort bei deinem Eintreffen habe ich gewusst, dass du eine nutzlose Schlampe bist, die zu nichts taugt außer zum Spülen. Ich werde dafür sorgen, dass du niemals mehr einen Job in der Gastronomie bekommst.«

»Na, na, ich finde, dass du ein bisschen zu hart bist, Tahillia«, sagte James, »Angie hat den ersten Preis als Praktikantin gewonnen. Ohne einen guten Leistungsbericht ist er nichts wert. Ich möchte, dass du Angie eine zweite Chance gibst. Ich bin sicher, dass sie sich mit ein bisschen Führung sehr verbessern wird.«

Angie sah James an, überrascht, dass er sich für sie einsetzte. Seine dunklen Augen glühten im Sonnenschein des frühen Morgens. In Angie machte sich ein unbehagliches Gefühl breit. Die Dinge waren niemals einfach, wenn James daran beteiligt war. Was auch immer er mit ihr im Sinn hatte, es würde kaum zu ihrer Rettung führen.

»Oh, ich soll diesem Flittchen eine zweite Chance geben? Sie hat von Anfang an nur Probleme gemacht.«

»Das liegt daran, dass sie jung ist. Du hast viele meiner Schüler ausgebildet. Du weißt, dass einige feste Führung brauchen.« James schob sich an Jacob vorbei und blieb dicht vor Angie stehen. »Pass auf, meine liebe Tahillia. Ich will dir zeigen, was ich meine.« James umfasste Angies Kinn. Es sah fast zärtlich aus. »Du willst dein Praktikum behalten, nicht wahr?«

»Du weißt, dass es so ist.« Angie drehte den Kopf, um sich aus James' Griff zu befreien. Sie mochte es, wenn er sie berührte, doch sie wusste, dass jede Liebkosung von ihm einen emotionalen Preis kostete.

Er war nicht ärgerlich über ihre Ablehnung, sondern fuhr mit einer Hand über ihre Brüste hinab bis zwischen ihre Schenkel.

Angie erschauerte vor Erregung. Ob sie das mochte oder nicht, da war etwas an ihm, dass dieses Prickeln in ihr hervorrief. Sie grub ihre Finger in seine Handfläche, und ihre Muskeln spannten sich. Sie wollte nicht auf ihn reagieren. Sie liebte James nicht und bezweifelte, dass seine Machtspielchen in der Grotte sie beeinflussten.

James' Finger glitten zwischen ihre Beine und streichelten ihre Schamlippen. Angie spannte ihre Muskeln an, doch sie konnte nicht verhindern, dass ihre Beine zu zittern begannen. Sie starrte ihn böse an, hasste ihn und war zugleich wütend auf sich, weil sie ihn trotzdem begehrte. Sie wusste, dass Jacob sie beobachtete und ihm ihre Reaktion auf James nicht gefiel.

James ertastete ihr Piercing und schob seinen kleinen Finger in den Ring. »Man benutzt Ringe, um Bullen zu zähmen«, sagte James zu Tahillia, »dann kann man sie so herumführen.« James zog an Angies Ring, und sie trat einen Schritt vor. Sie biss sich auf die Unterlippe und versuchte, ihren Zorn unter Kontrolle zu bringen. Er tat ihr weh, dass er seine Macht über sie demonstrierte. Wenn es jemand anders gewesen wäre, hätte Angie es ihm heimgezahlt, doch James war ein Meister der Manipulation. Sie brauchte das Stipendium. Kurse waren schrecklich teuer; die konnte sie sich niemals leisten.

»Lass sie los!«, grollte Jacob.

»Halt einfach den Mund«, fuhr Angie ihn an. »Halte dich da raus.«

»Ich habe nicht vor, ihr wehzutun.« James ließ Angie los. »Ich wollte nur Tahillia zeigen, wie gehorsam Angie mit der richtigen Führung sein kann.«

Tahillia lachte. »James, du amüsierst mich immer wieder. Ich weiß nicht, wie du immer auf deine Einfälle kommst.«

»Dann solltest du vielleicht Angie ihr Praktikum fortsetzen lassen, weil ich sie bestrafen werde. Ich mag es nicht, wenn Schüler von mir durchfallen. Dann kommt meine Schule in einen schlechten Ruf.«

»Ich will sie nicht hierhaben, ich werde mich freuen, wenn sie weg ist.« Tahillia sah Angie böse an.

James lächelte sie an. »Ich denke an etwas, was dich erfreuen und amüsieren wird. Vielleicht wirst du es dir anders überlegen, wenn du weißt, was ich mir ausgedacht habe.« Seine Stimme klang geheimnisvoll.

Tahillias Gesicht hellte sich auf und spiegelte Interesse wider. Sie hob fragend die Augenbrauen und schien über seinen Vorschlag nachzudenken. »Das könnte interessant sein.« Ihr Blick glitt zu Jacob, über seine gespannte, muskulöse Gestalt, und verweilte auf seinem Penis.

Angie stöhnte innerlich auf. Sie glaubte, dass sie mit allem, was die beiden an perversen Sexspielen aushecken mochten, zurechtkommen würde, aber sie wollte nicht, dass Tahillia sich in ihrer Sexgier über den unschuldigen Jacob hermachte.

»Ich finde, die beiden sollten lernen, was mit denjenigen geschieht, die gegen die Vorschriften für das Personal vom Hotel Desire verstoßen«, sagte Tahillia und blickte von Angie zu Jacob.

James nickte zustimmend. »Das ist eine gute Entscheidung.« Er sah Jacob an. »Ich nehme an, ihr hattet noch nicht das Vergnügen, den Raum der Züchtigung kennen zu lernen.«

Angie horchte auf, und ihre Stimmung besserte sich schlagartig. Raum der Züchtigung. Wenn James das sagte, klang das aufregender als Tahillias Bestrafung mit Küchendienst.

»Keiner unserer gegenwärtigen Gäste hat anscheinend im Moment Interesse daran«, meinte Tahillia. »Leider sind auch die Rockstars nicht mehr das, was sie mal waren. Nick Holt und seine Band sind mitleiderregend. Zeig Ihnen eine Peitsche, und sie rennen um ihr Leben.«

Zeig mir eine Peitsche, und ich würde meine Beine spreizen, dachte Angie. Sie hatte bereits James' Vorstellung von Bestrafung in seinem Büro in Sydney kennen gelernt und sie enorm genossen. Doch sie war entschlossen, sich diesmal nicht wieder von James manipulieren zu lassen. Angie liebte es, das Sagen zu haben, doch ihre Karriere war ihr wichtig. Im Augenblick würde sie tun, was James ihr befahl.

»Der Raum der Züchtigung!« James blickte von Jacob zu Tahillia und grinste zufrieden.

Angie hätte gelacht, wenn Jacobs Miene nicht ernst gewesen wäre. Er hatte kam ein Wort gesagt, seit er das mit ihr und James herausgefunden hatte.

»Vergesst es, ihr Verrückten. Wir werden nicht an euren kranken Perversitäten teilnehmen. Komm, Angie. Lass uns unsere Sachen packen!«, sagte Jacob entschieden, doch Angie rührte sich nicht von der Stelle. Dies wollte sie auf keinen Fall versäumen.

Jacob ging in die Umkleidekabine, holte einen Bademantel und legte ihn Angie um die Schultern. Dann sammelte er seine verstreute Kleidung auf und zog sie an.

»Wenn du jetzt gehst, kannst du deinen Kurs als beendet betrachten«, sagte James, die Hände auf den Hüften.

»Nein, Jacob, warte«, sagte Angie. »Ich will nicht, dass du meinetwegen beim Kurs durchfällst.«

»Das macht nichts.« Jacob fasste sie drängend am Ellbogen. »Hör nicht auf die beiden. Wir können trotzdem gute Jobs in der Gastronomie finden. Ich habe gute Beziehungen. Wir brauchen keine Diplome, um einen prima Job zu bekommen.«

Wir brauchen ein Diplom, um in einem hervorragenden Sterne-Hotel zu arbeiten, dachte Angie. James' Hilfe und eine erstklassige Referenz machen den Unterschied. Wenn sie nicht gewesen wäre, hätte Jacob eine ausgezeichnete Referenz bekommen. Sie zog sich von Jacob zurück und ging auf James zu. »Ich werde mit euch kooperieren, wenn ihr Jacob in Ruhe lasst«, sagte sie zu James und Tahillia.

»Was?« Jacob sah sie erstaunt an. »Angie, sei nicht blöde. Du brauchst nicht zu tun, was James sagt. Es kann nicht viel mit ihm los sein, wenn er seine Position nutzen muss, um Schülerinnen zu verführen. Ich finde ihn jämmerlich.«

»Halt den Mund, Jacob. Du machst alles viel schlimmer«, fuhr Angie ihn an.

»Na, du bist aber selbstlos geworden«, sagte James. »Ich bin enttäuscht von dir. Das passt gar nicht zu dir.« Seine Stimme troff vor Sarkasmus. »Ihr beide habt gegen die Regeln verstoßen. Ich habe nicht vor, Jacob ungestraft davonkommen zu lassen. Ich will Tahillia nicht enttäuschen. Sie hat eine besondere Vorliebe für junge Männer.«

Angies Mut sank. Sie wusste, dass James es Jacob für dessen Bemerkungen heimzahlen wollte. Tahillia würde es ebenfalls genießen, sich an Jacob zu rächen, obwohl er keine Form der Bestrafung verdiente.

»Vergiss es. Ich lasse diese alte Schlampe nicht an mich heran«, sagte Jacob mit fester Stimme.

Angie stöhnte auf und verdrehte die Augen. »Oh, Gott, Jacob, du musst die Klappe halten! Lass mich das regeln.« Jacob tat alles, um dafür zu sorgen, dass er ausgepeitscht wurde. Während sie es genießen würde, würde Jacob entsetzt sein, doch das würde ihm nicht helfen. Tahillia näherte sich dem Alter von 40. Und nachdem er sie als alte Schlampe beleidigt hatte, würde es ihr Spaß machen, ihn dafür zu quälen. Angie konnte sich vorstellen, dass Tahillia ihn ankettete, sodass er sich nicht bewegen konnte, ihn dann reizte, bis er hart wurde, und ihm dann mit der Peitsche auf den Schwanz schlug.

Sie runzelte die Stirn. Es musste eine Lösung geben, die Jacob nicht mit einbezog. Sie wollte ihn nicht verlassen oder ihn Tahillia ausgeliefert lassen. Sie sah zu James und Tahillia. Beide waren die personifizierte Verdorbenheit. Dann fiel Angie eine aufregende Lösung des Problems ein. Wenn sie Glück hatte, würden die beiden vielleicht zustimmen. »Ich werde alles tun, was ihr wollt, aber nur unter einer Bedingung. Ich will, dass ihr alles mit mir tut und Jacob nur zuzuschauen braucht. Keiner von euch soll ihn anrühren.«

»Nein«, sagte Jacob entschieden. »Entweder gehen wir beide, oder wir nehmen zusammen hin, was auch immer sie mit uns vorhaben.«

Angie stöhnte auf. Sie wollte keinen Helden. Sie wollte eine Jungfrau verführen, und nach dem lüsternen Blick, mit dem Tahillia ihn ansah, hatte die »alte Schlampe« Ähnliches mit ihm vor. Angela ging zu Jacob und nahm seine Hand.

»Du wirst damit nicht zurechtkommen, du Idiot. Lassen wir es auf meine Weise tun.«

Jacob sah ihr in die Augen und drückte ihre Hand. »Ich lasse dich die Sache nicht allein ausbaden. Das wäre nicht fair.«

»Ein berührender Auftritt«, höhnte Tahillia, und in ihren Augen glühte die Bosheit. »Es ist richtig romantisch, zu erleben, wie sich die beiden zu retten versuchen.«

»Ich werde euch beide bestrafen. Entscheidet euch. Geht, oder bleibt und zieht die Konsequenzen«, sagte James zu Angie und Jacob.

»Wir bleiben«, erwiderte Jacob.

Verdammt, dachte Angie. Jacob musste es mit Tahillia aufnehmen, die ihn fertigmachen würde.

Sie hingegen hätte James als ihren Herrn zu akzeptieren. Es prickelte Angie am ganzen Körper. Obwohl sie mehr die Gejagte als die Jägerin war, freute sie sich auf das Kommende. Sie hatte gelogen, als sie James als Notlösung bezeichnet hatte. James konnte sie erregen wie kein anderer Mann. Im Raum der Züchtigung würde er in Höchstform sein. Angie konnte es kaum erwarten.

Zehntes Kapitel

Erregt und fasziniert betrat Angie den Raum der Züchtigung. Sie war noch nie in einem Sadomasoraum für Fesselspiele gewesen. Die Wände hatten die Farbe eines gut gereiften Rotweins. Obwohl es in dem Raum dunkel war, blies eine leichte Brise kühle Luft durch die Fenster herein. Sie konnte das blaue Meer sehen, doch im Moment war das Leben draußen wie eine ferne Abstraktion.

Solide Messingringe, einige mit Ledermanschetten, waren in die Wände und den Boden eingelassen. Eine Kette hing von der Decke herab. Ein Ledergeschirr, das an der Kette angebracht war, schwang leicht in der Brise. Angie war aufgeregt. Sie hatte noch nie Gelegenheit gehabt, ein Ledergeschirr auszuprobieren.

Während sie sich darauf freute, war das bei Jacob bestimmt nicht der Fall. Sie bemerkte, dass sein Körper mit Schweiß bedeckt war, und nahm an, dass für ihn das Betreten des Raums der Züchtigung dem Besuch eines fremden Planeten gleichkam. Sein Gesicht war bleich, und sein Blick zuckte über die Wände und die Decke, als ob er versuche, diese fremde Umgebung zu verstehen. Als Jacob endlich ruhiger wurde, fiel ihr auf, dass er auf ein Sortiment von Peitschen, Riemen und Schnallen plus einigen Nippelklammern starrte.

Er hätte nicht den Helden spielen sollen, dachte Angie. Jetzt verliert er den Boden unter den Füßen.

»Zieh sie aus, und steck sie ins Geschirr«, befahl Tahillia. James zog Angie den Bademantel aus und hob sie ins Geschirr. Er schnallte ihre Arme und Beine an, sodass sie sich nicht bewegen konnte, dann trat er zurück und bewunderte sein Werk.

Hilflos und entblößt sah sie, wie der Blick seiner dunklen Augen über ihren Körper glitt.

Sie bäumte sich im Geschirr auf, testete ihre Fesseln. Sie versuchte, die Beine zu spreizen, doch das Geschirr war für volle Penetration entwickelt. Schließlich verkrampften sich ihre Muskeln, und die Knie gingen auseinander. Verletzlichkeit und Erregung ließen ihr Herz hämmern.

Jacob schaute zu, als James sie sicherte. Seine Hände waren zu Fäusten geballt. Sie konnte sehen, dass sein Körper angespannt war. Er wirkte wie zum Angriff bereit, doch die Regeln dieses Spiels waren anders.

»James, bring mir einen Gurt. Ich werde Jacob an die Ringe im Boden neben der Sklavin anbinden.« Tahillia wies auf Angie. »Es ist an der Zeit, dass er sieht, was wir mit ungehorsamen Schülern machen.«

»Alles, was dich glücklich macht.« James lächelte, und seine Zähne wirkten wie die eines Wolfs in seinem blassen Gesicht. Er holte ein paar kurze Stricke, die als Schnallen dienten. Es war für Angie klar, dass er seinen Spaß hatte, aber sie sah keine verräterische Wölbung in seiner Hose.

James reichte Tahillia die Stricke. »Ich überlasse dir die Bestrafung deiner Sklaven.« Er neigte sich zu Tahillia und flüsterte ihr etwas ins Ohr. Sie lachte. Das schrille, bösartige Lachen ließ Angie die Zähne zusammenbeißen. Wohin ging James? Warum verließ er jetzt den Raum? Sie sah ihm verwirrt nach, als James sich noch einmal umwandte. Aus zusammengekniffenen Augen starrte er sie an, dann ging er hinaus und schloss leise die Tür hinter sich.

Jacob stand wie gelähmt da und blickte Angie hilflos an. Er sieht gut aus, dachte sie und hätte ihn gerne in die

Arme geschlossen. Er erinnerte sie an eine griechische Skulptur.

»Zieh dich aus, und leg dich auf den Rücken.« Tahillia wählte eine Reitpeitsche aus dem Sortiment und ging damit zu ihm. »Hast du mich nicht gehört?« Sie strich mit der Reitpeitsche über seinen Körper und reizte mit dem Stiel die Beule in seinen Shorts. Jacob wand ihr den Stiel aus der Hand und hielt ihn fest.

Angie beobachtete fasziniert, wie Mister Jungfrau seine Kronjuwelen schützte. Sie hätte nicht gedacht, dass er den Mumm haben würde, sich zu wehren.

»Gib mir die Gerte.« Tahillia streckte die Hand aus. »Für jeden Moment, in dem du dich sträubst, wird deine Partnerin bezahlen müssen.«

Bei der Erwähnung von Angie sah Jacob sie an und gab ihr dann widerwillig die Reitpeitsche. Sein Gesicht lief rot an, und Angie erkannte, dass es ihn Überwindung gekostet hatte, Tahillia zu gehorchen.

»Zieh alles aus, ich will deinen Schwanz sehen«, befahl Tahillia.

Jacob starrte sie finster an und reagierte nicht.

Tahillia hob die Reitpeitsche und schlug ihn damit.

»Autsch!«, schrie Jacob auf und sprang zur Seite.

Angie sah, wie er vor Zorn bebte. »Um Himmels willen, Jacob, du hast zugestimmt. Nimm es hin«, rief sie. Sie konnte die Spannung nicht mehr ertragen. Sie hätte nicht gedacht, dass Jacob so schwer zum Sklaven werden konnte. Bei ihr am Pool hatte er sich ganz gut verhalten.

»Ich mag es nicht, zu warten«, sagte Tahillia.

Jacob zog sein T-Shirt aus und warf es zu Boden. Tahillia strich ihr langes schwarzes Haar zurück. Ihre Zunge glitt erwartungsvoll über ihre Lippen. Sie stand einen Schritt vor ihm und beobachtete jede seiner Bewegungen mit der Intensität einer Kobra und klatschte mit der Reitgerte ungeduldig auf ihren Oberschenkel.

Verlangen erfasste Angie. Sie hatte Jacob schon mehrmals nackt gesehen, doch der Anblick machte sie immer noch an. Wenn Tahillia ihm doch befehlen würde, zu beenden, was sie am Pool begonnen hatten. Sie erinnerte sich an die Wärme seiner nackten Haut an ihrer und die Hitze seiner Lippen und Zunge.

Angie hielt den Atem an, als Jacob seine Shorts abstreifte. Seine Bewegungen waren langsam und widerwillig. Doch sein Publikum beobachtete ihn wie einen Tänzer bei einem sinnlichen Striptease. Jacob war köstlich. Er blieb nackt stehen und verdeckte mit den Händen seine Genitalien.

Tahillia nickte zufrieden. »Jetzt will ich sehen, was du verbirgst. Nimm deine Hände fort. Ich will überprüfen, ob du groß genug bist, um mich zu befriedigen.«

»Vergiss es. Ich bin nicht interessiert.« Seine Stimme klang tief und kehlig. Er ließ die Hände sinken, und Tahillia umkreiste ihn wie ein Hai. Sein Penis war dick, aber nicht erigiert. Jacob blickte zu Angie, und seine Augen signalisierten ihr, dass er sich unbehaglich fühlte.

»Mach dir keine Sorgen. Sie kann dich nicht haben, wenn du nicht hart wirst.«

»Das werden wir ja sehen«, sagte Tahillia. Sie hob die Reitgerte und kitzelte ihn mit der Quaste am Hoden. Obwohl seine Hände geballt waren, versuchte er nicht, sie zu stoppen. Stattdessen schaute er an sich hinab und sah bestürzt, wie sein Schwanz anschwoll.

Angie neigte sich vor, doch die Fesseln hielten sie zurück. Sie war feucht und begehrte Jacob. »Nein«, keuchte sie. »Überlass ihn nicht ihr.« Jacob hatte Willenskraft. Sie hoffte, dass sein Schwanz nicht sein Gehirn dominieren würde wie bei den meisten Männern.

»Leg dich auf den Boden, und breite die Arme und Beine aus. Los, beweg dich«, befahl Tahillia.

Er legte sich hin und sah sie trotzig an. »Bilde dir nicht ein, dass du mich ficken kannst«, sagte er. »Ich habe mehr Kontrolle über mich, als du denken kannst.«

»Das werden wir ja sehen. Es gab noch keinen Mann, den ich nicht brechen konnte.«

Mit einigen Stricken in der Hand stand Tahillia über Jacob. Sie trug ein schwarzes Ledermieder, kombiniert mit superkurzem schwarzem Rock, und bis zu den Knien reichende Lederstiefel mit hohen Hacken. Sie hockte sich mit gespreizten Beinen vor ihn.

Angie sah, dass Jacob den Kopf hob und unter Tahillias Rock schaute. Sie wusste nicht, ob Tahillia Unterwäsche anhatte und ob das, was er sah, ihm gefiel oder nicht, doch der Anblick hatte Wirkung auf ihn. Angie bemerkte, wie sein Schwanz zuckte. »Schließ die Augen, und sieh ihr nicht zwischen die Beine. Denk an etwas, das du hasst.«

»Halt die Klappe, oder ich verpasse dir einen Knebel!«, rief Tahillia und bedachte sie mit einem giftigen Blick. Sie band Jacobs Handgelenke an die Ringe. Dann griff sie nach seinem Schwanz und wichste ihn vor Angies Augen. Jacobs Penis wurde dicker und richtete sich auf.

»Alte Schlampe, haha! Anscheinend ist dein Schwanz da anderer Meinung.« Sie lachte lauthals, und Angie presste die Lippen aufeinander. Tahillia fesselte Jacob an den Knöcheln, trat zurück und betrachtete ihr Werk.

Die Tür wurde geöffnet, und James betrat den Raum. »Ich sehe, du hast die Sklaven für unsere Unterhaltung bereit gemacht«, stellte er fest.

»Sie sind ein schönes Paar«, bemerkte Tahillia. »Ich genieße es, ihn zu brechen.« Sie wies mit der Reitpeitsche auf Jacob.

»Wenn du meinst, ich lasse dich mit mir Sex haben, dann kannst du das vergessen«, sagte Jacob zu Tahillia. »Ich will dich nicht.«

Wird er jemals lernen, den Mund zu halten?, fragte sich Angie. Angebunden an den Boden muss ihm doch klar sein, dass sein Widerspruch nichts nutzt, ihm nur schadet.

James schlenderte zu ihm und schaute auf ihn hinab. »Ich schlage dir einen Deal vor. Du hältst deinen Schwanz schlapp, und ich sorge dafür, dass Tahillia dich nicht anrührt.«

»James, das ist unfair. Ich habe bei dir und Angie keine Bedingungen gestellt«, protestierte Tahillia, sichtlich enttäuscht.

Angie konnte ein Lächeln nicht unterdrücken. Das geschah der blöden Schlampe ganz recht. Die Sache begann, interessant zu werden.

»Geduld, Tahillia. Ich habe dir Vergnügen versprochen. Habe ich dich jemals im Stich gelassen?«

»Nein«, sagte Tahillia, doch es klang widerwillig.

»Bist du einverstanden?«, fragte James Jacob. »Wenn du einen Steifen bekommst, dann stimmst du zu, dass Tahillia mit dir tun kann, was sie will.«

»Klar. Sie wird mich nicht hart bekommen«, sagte Jacob. Er wirkte erleichtert und entspannte sich, als hätte er schon oft einen Fesselraum besucht. Er hob den Kopf und spähte zu seinem Penis, offenbar um zu überprüfen, ob der gleicher Meinung war. Obwohl leicht geschwollen, war er nicht wieder steif geworden. »Lass mich nicht im Stich, denn sonst wird dich diese Irre bekommen«, sagte er.

Angie schloss die Augen und stöhnte. Jacob war so höflich gewesen, als sie ihn kennen gelernt hatte. Während es ihr nichts ausmachte, dass sie zumindest einen schlechten Einfluss auf ihn hatte, brauchte er es nicht so offen zu zeigen.

James' Augen glitzerten, als er Jacob beobachtete. Er hat

etwas geplant, dachte Angie. Ein unbehagliches Gefühl stieg in ihr auf. Weshalb sonst würde er Jacob einen Deal vorschlagen?

James ging zu der Konsole und betrachtete das Sortiment der Sexspielzeuge. »Wir werden sehen, was dir gefällt. Ich will Tahillia nicht enttäuschen.«

»Du kannst dieses bizarre Zeug vergessen«, rief Jacob. »Daraus mache ich mir nichts.«

James wählte eine Goldkette mit Nippelklemmen an jedem Ende. Er drehte sie auf seiner Handfläche und ging zu Jacob. Er nahm eine Klemme und ließ die andere vor Jacobs Augen an der Kette hin und her baumeln.

»Hör zu, du widerlicher Blödmann«, zischte Jacob. »Warum kannst du nicht begreifen, dass ich bei dir und deinen lächerlichen Hilfsmitteln keinen hochkriege?«

»Eigentlich wollte ich diese bei Angie benutzen. Du kannst gerne zuschauen.«

»Oh, nein. Sorry, Angie«, sagte Jacob.

»Idiot«, erwiderte sie und schüttelte den Kopf.

Als James jede Nippelklemme an Angies Brüsten befestigte, spannten sich ihre Höfe. Aber obwohl die Klemmen fest angelegt waren, empfand sie keine Schmerzen. Er zerrte an der leichten Goldkette. Angies Brüste schwangen hin und her. James trat zur Seite, damit er Jacob beobachten konnte. Er spielte mit der Kette und streichelte Angies Brüste. Die verschiedenen Gefühle schickten erregende Botschaften über ihre zarte Haut. Ihre Lippen öffneten sich, und sie stöhnte leise auf.

Jacob bekam Stielaugen, als er auf seinen Schwanz hinabblickte. »Oh, nein«, stöhnte er und schloss schnell die Augen. »Sieh nicht hin, sieh nicht hin, sieh nicht hin«, wiederholte er wie ein Mantra.

Tahillia ging mit einem Dildo zu Angie und ließ ihn über

ihre Pussy gleiten. Angie wusste, dass sie schlüpfrig und offen nach ihrer Nacht voller Ekstase war. Der Dildo fühlte sich wie ein harter Schwanz an, als er in sie eindrang. Sie umfasste ihn und schob ihn weiter in sich. James reizte sie weiter mit der Goldkette, bis sie sich wand und einen Aufschrei nicht mehr unterdrücken konnte. Angie schrie ihre Lust heraus. Sie warf den Kopf hin und her, und ihre Augenlider flatterten, während Tahillia und James ihr die süße Qual bereiteten.

»Ja, schrei es raus, wie du es beim Pool getan hast«, sagte Tahillia. »Mach die Augen auf, Jacob. Schau zu, wie dieses blonde Flittchen es genießt, mit dem Dildo gewichst zu werden. Sieh nur, wie sie reagiert. Sieh, wie ihre Titten tanzen, wenn James sie berührt. Sie liebt, was wir mit ihr machen.«

Jacob hielt die Augen fest geschlossen. »Nein, nein. Schrei nicht so geil, Angie. Bitte schrei nicht«, murmelte er fast flehend.

»Du köstliche Nutte«, sagte James. »Ich weiß genau, was du brauchst. Ich schiebe meine Finger über deine Pussy und öffne sie. Ich reize deine kleine Perle. Wie geschwollen du dich fühlst. Du willst einen richtigen Schwanz in dir. Sieh, wie Jacob hart wird. Du hättest jetzt gern seinen Schwanz, nicht wahr? Stell dir vor, es wäre seiner, der dich jetzt stößt.«

»Angie, bitte!«, schrie Jacob. »Hör auf. Bitte, hör auf.«

Sie blickte zu Jacob und sah, wie er mit geschlossenen Augen den Kopf hin und her warf, aber sein Penis schien auf ihre Seufzer der Lust zu reagieren.

Sie wand sich, versuchte James' Fingern zu entgehen, doch wie er ihr in der Grotte bewiesen hatte, wusste sie, dass sie sein raffiniertes Spiel genoss und sich schließlich nach dem erlösenden Höhepunkt sehnte.

Tahillia wichste schneller mit ihrem Dildo, und James besorgte es ihr mit den Fingern. Der Versuch, ihren Orgasmus zurückzuhalten, machte es nur noch unmöglicher. Eine Woge der Ekstase erfasste Angie. Sie stöhnte, wand sich, bäumte sich auf. Ein Schrei tief in ihrer Kehle steigerte sich zum Crescendo.

Sie warf den Kopf zurück und erzitterte, bis sie vorwärtssank und ihr blondes Haar das Gesicht bedeckte.

»Was für eine wundervolle Schau«, sagte Tahillia zu Jacob. »Du konntest dir einfach nicht verkneifen, zuzuschauen, wie es diesem blonden Flittchen kommt.«

Sie zog den Dildo aus Angie und schritt zu Jacob. »Schmeck, was du versäumt hast.« Tahillia hielt den Dildo an Jacobs Lippen. Angies Säfte hinterließen eine glänzende Spur darauf. Jacob leckte seine Lippen ab und stöhnte. Er blickte an sich hinab. »Oh, nein!« Ihm stockte der Atem. Sein Schwanz war geschwollen und stand.

Tahillia ergriff ihn und rieb daran. »Er ist noch nicht hart genug, um ihn zu besteigen«, erklärte sie James. »Aber er ist nahe dran.«

Sie zog ihre Unterwäsche aus. »Dich hat aufgegeilt, was wir mit ihr getan haben, nicht wahr? Du wärst gerne anstatt dieses Dildos in ihr gewesen.« Sie hockte sich über ihn, legte den Dildo zur Seite und umfasste seinen Hodensack und den Schwanz. »Ich will dich haben.« Tahillia rieb seine Eichel zwischen ihren Beinen auf und ab. Ihre Augen waren zu Schlitzen zusammengekniffen. »Ich werde mich von dir ausfüllen lassen.«

Jacob sah sie entsetzt an, dann schloss er fest die Augen. »Nein, nein.« Er sprach beschwörend mit seinem Penis: »Bleib unten. Nicht steif werden, bitte.«

»Geduld, Tahillia.« James grinste. »Die besondere Überraschung, die ich dir versprochen habe, kommt noch. Er wird nicht widerstehen können bei dem, was ich geplant habe.«

Tahillia stieß Jacobs prallen Hodensack mit den hohen

Hacken ihrer schwarzen Stiefel an. »Ich mag es nicht, wenn mich Sklaven warten lassen. Ich brauche einen Schwanz in mir.«

Angie hob den Kopf, alarmiert von Tahillias drängendem Tonfall. Sie sah, wie sich Jacobs Kopf unter heftigen Atemzügen hob und senkte. Schweiß tröpfelte von ihm herab.

»Denk an etwas, das du hasst«, sagte sie hastig. »Dann wird er nicht steif, und sie bekommt dich nicht.«

»Ich versuche es ja. Mein Gott, und wie ich's versuche. Aber sie wichst mich ja an ihrer Spalte. Das ist so geil.« Jacob stieß ein langgezogenes Stöhnen aus. »Wenn ich die Augen aufmache, sehe ich dich, rosafarben und geschwollen. Und wenn ich sie zumache, sehe ich, wie der Dildo dich fickt. Ich kann dich immer noch schmecken. Oh nein!« Bestürzt starrte er auf seinen aufgerichteten Penis.

»Dann sieh mich nicht an, verdammt! Mach die Augen zu. Versuch, an etwas zu denken, das du nicht magst. Stell dir vor, Rod macht sich an dich heran. Du weißt, wie dich Schwule anwidern.«

James' Augen glänzten bei Angies Worten. »Er steht also nicht auf Männer.« Er blickte Jacob an. »Ich könnte es dir also selbst besorgen.«

»Du!«, schrie Jacob, als würde ihm schlecht bei der Vorstellung.

»Aber du hast gehört, dass ich Tahillia versprochen habe, sie zu unterhalten«, sagte James. »Ihr Spaß zu machen kommt also an erster Stelle, was bedeutet ...« Er blickte zu Angie, »dass du zuschauen musst, wie andere sich mit Jacob vergnügen.«

»Andere?« widerholte Angie, die nicht verstand, was er meinte.

»Komm rein«, rief James und blickte zur Tür.

Die Tür wurde geöffnet, und Isabella di Bellini trat ein.

Angies Augen weiteten sich alarmiert. »Oh nein!«, stöhnte sie auf. James hatte also etwas mit Isabella geplant. Sie wusste nicht, was es war, aber wenn jemand Jacobs tiefe Aversion gegen Sex mit Tahillia Ash brechen konnte, dann war es Isabella.

Angie musterte Isabella, versuchte einen Makel an ihrem Aussehen zu finden, doch es gelang ihr nicht. Klein, mit großen Brüsten und schlanker Taille, war Isabella der personifizierte Sex. Jacob mochte sie. Nein. Was waren seine Worte gewesen? Angie erinnerte sich, was er über Isabella gesagt hatte. Exquisit, so hatte er sie bezeichnet.

Isabella schritt zu James, und ihre Hüften wiegten sich verlockend. Sie strich sich das schwarze lockige Haar zurück und blickte James fragend an. »Was soll ich diesmal tun, Meister, damit du zufrieden bist?«

Diesmal? Wie oft zuvor hatte sie James schon erfreut? Neid stieg in Angie auf. Isabella war also schon James' Gespielin gewesen. Das überraschte Angie nicht. Es gab nichts, was Isabella nicht tun würde, um die begehrte Praktikantenstelle im Hotel Desire zu bekommen.

Angie begutachtete Isabellas Kleidung. Sie trug einen superkurzen goldenen Rock. Das Top, passend dazu, war so dünn, dass es fast durchsichtig an ihren prallen Brüsten haftete. Ein goldenes Täschchen hing an ihrer Schulter. Sie kniete sich hin und küsste James die Füße.

Angie stöhnte auf, als sie erkannte, dass Jacob Isabella gebannt anstarrte. Seine Erektion wurde noch größer, ein Zeichen, dass ihm Isabellas Anblick gefiel. Tahillia würde ihn zum Frühstück vernaschen.

»Komm und sieh dir an, wie wir ungehorsame Schüler behandeln«, sagte James und führte Isabella zu Jacob und Angie. Isabella blieb vor Angie stehen, und ihre Lippen verzogen sich zu einem zufriedenen Lächeln.

»Sie hat dir also missfallen, Meister. Ich dachte mir schon, dass sie ohnehin nicht für das Desire-Praktikum geeignet ist. Hättest du mich nur früher hergerufen. Ich wäre niemals zu dir oder Ms Ash ungehorsam gewesen.« Isabella blickte zu Tahillia und lächelte unterwürfig.

Angie hätte Isabella am liebsten an den Haaren gepackt und geschüttelt. »Wenn du noch tiefer kriechst, dann bist du eine Schlange.«

»Aber, aber, hat die ein Temperament.« Isabella verdrehte die Augen. James legte den Arm um ihre Hüfte und strich an ihrem flachen Bauch hinab.

»Vielleicht möchtest du sie knebeln«, sagte Tahillia und brachte ihr einen Lederknebel.

Isabella kicherte. »Auf diesen Moment habe ich gewartet, seit ich sie kenne.« Sie ging zu Angie und trat zwischen deren gefesselte Beine.

»Isabella, tu's nicht«, rief Jacob. »Lass dich nicht von James und Tahillia manipulieren.«

»Aber ich mag es, sie zu erfreuen«, sagte Isabella. Sie versuchte, Angie den Knebel in den Mund zu drücken, doch Angie wehrte sich und warf den Kopf hin und her.

Angie war erschöpft, und ihre Arme und Beine schmerzten, doch sie schloss sie um Isabellas Hüften, sodass ihre Gesichter dicht beieinander waren. »Lass mich in Frieden, du Flittchen.« Sie bäumte sich in ihren Fesseln auf, schaffte es, eine Strähne von Isabellas glänzendem schwarzem Haar zu fassen, und zerrte daran.

»Lass mich los!«, zeterte Isabella und grub ihre Fingernägel in Angies Hand. James umkreiste die beiden Frauen und hatte Spaß an ihrem Kampf.

Isabella biss in Angies Handgelenk und zwang sie, sie loszulassen. »Komm mir nur nicht noch einmal zu nahe!«

Isabella schlug Angie ins Gesicht. »Wie kannst du es wagen! Nimm deine dreckigen Beine von mir!« Sie krallte die Fingernägel in Angies Oberschenkel und zwang Angie, die Beine von ihr wegzuziehen.

»Aber, aber, du bist nicht hier, um zu kämpfen«, ermahnte James Isabella. »Obwohl ich das geil finde.« Er neigte sich zu ihr und flüsterte ihr ins Ohr: »Du weißt, was du tun sollst.«

»Ja. Meister«, sagte Isabella und rieb ihren Kopf, wo Angie ihr Haare ausgerissen hatte. Sie strich sich das Haar aus dem Gesicht zurück und band es zu einem Knoten im Nacken. »Ich werde alles tun, was du willst.« Sie tanzte aufreizend um Angie herum. »Gefällt dir das?«, fragte sie James. »Ist es das, was ich für dich tun soll?«

Er nickte lächelnd. »Ja, aber mach sie so scharf, dass Jacob alles sehen kann, was du ihr bietest. Tahillia ist ziemlich enttäuscht. Sie will ihn ficken, aber er will noch nicht. Ich möchte, dass du ihn so heißmachst, dass er darum fleht.«

»Ah, ich verstehe.« Isabella grinste anzüglich. »Danke, Meister. Ich freue mich über die Gelegenheit, euch beiden dienen zu können. Sieh her, Jacob. Sieh, wie ich meinen Körper an Angie reibe.« Sie kreiste mit den Hüften vor Angie und fasste sich zwischen die Schenkel, als mache sie es sich selbst.

Jacob stöhnte bei dem Anblick auf und atmete schneller.

»Du blöde Kuh. Wie kannst du dich von ihnen so benutzen lassen?« Angie mühte sich ab, Isabella zu packen. Doch diesmal war Isabella wachsam und blieb außer ihrer Reichweite.

»Gib mir den Knebel«, sagte Tahillia. »Halte ihren Kopf fest, damit ich ihn anbringen kann. Ich will kein Wort mehr von ihr hören.«

Obwohl sich Angie wütend wehrte, konnte sie in dem Geschirr nichts gegen die beiden Weiber ausrichten. Ihrer Stimme beraubt, konnte sie Jacob auch nicht mehr mit Worten unterstützen.

Isabella entfernte die Nippelklammern. »Die müssen unbequem sein. Sieh nur, wie deine Nippel stehen. Ich habe etwas, wodurch sie sich besser fühlen werden.« Sie griff zu ihrer goldenen Tasche. »Hier habe ich Erdbeer-Lippenstift. Der ist cremig und schmeckt prima.« Sie bemalte damit Angies Nippel, und der feuchte, warme Lippenstift färbte sie rot.

»Lass mich deine Titten lecken, damit du dich besser fühlst.« Wenn sie Angie hasste, weil die ihr Haare ausgerissen hatte, so zeigte sie es nicht mehr. Stattdessen saugte und leckte sie an Angies Brüsten und schleckte den Erdbeergeschmack von den Nippeln. Angies Lider flatterten. Sie wollte nicht zeigen, dass es sie anmachte, doch das Gefühl von Isabellas Zunge war so anders als das von Männern. Ihre Lippen waren weicher, ihre Zunge klein und spitz, jedoch genauso erregend. Unbewusst drängte sie ihre Brüste Isabella entgegen und genoss ihr heißes Zungenspiel.

Tahillia zog ihren schwarzen Rock aus, sodass sie nur noch das Lederkorsett und lange schwarze Stiefel trug. Sie schritt zu Jacob und kniete sich neben ihn. »Du kannst nicht wegschauen, nicht wahr? Es geilt dich auf, diese sexy Frauen zu sehen, wie sie es miteinander tun. Sieh nur, wie Isabella Angie saugt, wie ihre Finger Angies Pussy streicheln. Sie ist superfeucht. Sie mag Isabella nicht, aber sie reagiert auf ihre Berührungen.«

Tahillia nahm Jacobs Schwanz in die Hände und rieb ihn. »Stell dir vor, beide Frauen wären wild auf deinen Schwanz.« Ihre Finger strichen die Feuchtigkeit von Jacobs Eichel. »Du möchtest sie beide ficken, nicht wahr?«

»Nein«, stöhnte Jacob, doch er starrte gebannt auf Angie und Isabella, und sein Schwanz zuckte, als er sah, wie Angie sich wand und Isabella ihre Perle rieb.

»Lüg mich nicht an.« Tahillia schlug ihm ins Gesicht, Jacob

sah sie schockiert an. Er ballte die Hände zu Fäusten und bäumte sich in seinen Fesseln auf.

»Spar dir die Energie für mich auf«, sagte Tahillia. Dann befahl sie: »Isabella, komm her. Strip für Jacob. Er ist genau so, wie ich ihn haben will. Hart.« Sie wog seinen Penis in der Hand. »Vielleicht wird er dich ebenso erfreuen.«

»Hmmmm. Hmmmm.« Angie zerrte an ihren Fesseln und warf wild den Kopf hin und her. Sie starrte zu Jacob, doch als sich Tahillia zwischen seine Beine kniete und ihr Mund seinen Stab tief in sich aufnahm, schien er ihre Proteste gar nicht mehr wahrzunehmen.

Isabella eilte zu Jacob und zog ihr Top aus.

Jacob starrte auf Isabellas nackte Brüste mit den dunklen Nippeln.

»Ich habe Angies Nippel mit meinem Lippenstift bemalt. Soll ich meine auch anmalen?«, fragte sie.

Jacob nickte, und sein Blick glitt über Tahillias Kopf hinweg, der an seinem Penis auf und ab glitt.

Isabella trug den Erdbeer-Lippenstift auf ihre Nippel auf, dann zog sie langsam und lasziv ihren goldenen Rock hoch, um ihr sorgsam gestutztes schwarzes Dreieck zwischen den Schenkeln zu enthüllen. »Gefällt dir, was du siehst?«, fragte sie heiser.

»Ja«, krächzte Jacob. Sein Gesicht, der Hals und der Nacken waren rot wie die Erdbeerfarbe, und die Adern an seinen Schläfen traten hervor.

»Komm noch nicht, Süßer«, gurrte Isabella. »Du sollst erst bei mir spritzen.« Sie spreizte die Beine und schob einen Finger in das schwarze Dreieck. »Oh, bin ich feucht für dich!«

»Ich habe nicht vor, ihn schon kommen zu lassen.« Tahillia ging zur Konsole und wählte ein kleines Lederteil aus. Sie kehrte damit zu Jacob zurück und streifte es über seinen

Hoden, sodass seine prallen Eier mit Leder umhüllt waren. »Der Biker-Look steht ihm, findest du nicht auch, Isabella?«

»Sehr sexy.« Isabella seufzte, als sie mit verführerischem Hüftschwung um Jacob herumging. Sie verharrte dicht vor seinem Gesicht und kniete sich hin. »Willst du mir den Lippenstift ablecken? Das würde mir gefallen«, gurrte sie.

»Ja«, keuchte Jacob. »Ja, ja.«

Angie stieß unter dem Knebel unartikulierte Laute aus und warf den Kopf hin und her. Wie konnte Jacob es wagen, sich ihren Feinden zu ergeben? Nach all der Zeit, die sie damit verbracht hatte, ihn zu jagen, hätte sie gedacht, dass er ein besserer Kämpfer war. So viel zu ihm und seinen Gefühlen für die Frau, mit der er zuerst keinen Sex hatte haben wollen. Mister Jungfrau war ein leicht zu besiegender Gegner! Weshalb hatte sie sich all die Mühe mit ihm gegeben?

Frustriert beobachtete sie, wie Isabella ihm ihre Brüste entgegenstieß, die Nippel ins Gesicht drängte. Jacob leckte so begierig, bis sie sich versteiften, und seine Lippen zeigten Spuren von erdbeerfarbenem Lippenstift. Sie stöhnte auf, als sie Tahillias Zunge seine Eichel umspielen sah. Angie begehrte ihn trotzdem, doch Jacob schien völlig vergessen zu haben, dass es sie überhaupt gab.

James ging zu Angie. »Du bist neidisch, weil sie es ihm besorgen, wie?« Er lachte, als sie ihn finster anstarrte. »Leider hast du keine andere Wahl, als zuzuschauen. Weißt du, Angie, dass ist die Strafe für deinen Ungehorsam. Du gehörst mir. Ich Zukunft wirst du nur Sex haben, wenn ich es dir sage, und nur mit dem, den ich für dich auswähle. Ich werde dich so gefügig machen wie Isabella.«

Angie kochte vor Zorn. Sie verwünschte James, bäumte sich auf und sehnte sich nach nichts mehr, als frei zu sein. Sie war nie frustrierter gewesen. Doch James ignorierte sie. Die sensationelle Show, die sich vor ihren Augen abspielte, schien ihm nur einfach Spaß zu machen. Er hatte keine Erektion und nicht den Wunsch, sie zu nehmen oder es mit Isabella und Tahillia zu treiben. Stattdessen trat er zu Jacob.

»Jacob. Erinnere dich an unseren Deal. Tahillia will dich, und ich habe ihr versprochen, sie nicht zu enttäuschen.«

Jacobs Blick glitt von Isabellas großen Brüsten zu Angie, die in dem Ledergeschirr hing.

»Hmmm, hmmmm.« Angie schüttelte wild den Kopf. »Hmmm, hmmm.«

»Es tut mir leid, Angie«, stöhnte Jacob. »Ich sterbe hier. Ich muss spritzen, sonst explodiere ich.« Er nickte James und Tahillia zu. »Ich bin einverstanden. Ich finde Tahillia gemein, aber ich will sie.« Er blickte zu Angie und keuchte. »Ich will sie beide.«

Isabella kicherte, stand auf und spreizte die Beine über seinem Gesicht, damit er es ihr mit der Zunge machte. »Oh, ist das diesmal gut«, seufzte sie. »Danke dafür, dass ihr mich ausgebildet habt«, sagte sie mit einem spöttischen Blick zu Angie.

Angie tobte in ihren Fesseln. Tränen der Frustration rannen über ihre Wangen. James, Tahillia und Isabella. Sie hasste sie alle, und sie begehrte Jacob so sehr, dass es fast schmerzte.

Tahillia lächelte. Sie wandte sich triumphierend zu Angie. »Schau zu, Flittchen, und lerne von deinen Meistern.« Dann senkte sie sich auf Jacob, und seine Jungfräulichkeit war Vergangenheit.

Angie würde niemals vergessen, wie Jacob von Tahillia genommen wurde. Beide Frauen bestanden darauf, sich abzuwechseln, während Angie gezwungen war, gefesselt und geknebelt zuzusehen. Jacob hatte all seine jungfräuliche Zurückhaltung verloren und konnte sein albernes, erfülltes Grinsen nicht verbergen.

Wut tobte in ihr. Sie konnte nicht verstehen, wie er es geschafft hatte, bei ihr so lange zurückhaltend zu bleiben, nur um seine sexuelle Zurückhaltung bei zwei Frauen aufzugeben, die sie am meisten verabscheute. Das einzig Gute daran war, dass ihr schließlich der Küchendienst erspart blieb und sie an der Rezeption arbeiten durfte. Tahillia, die bemerkenswert gut gelaunt war, vergab Angie all ihr bisheriges Fehlverhalten. Es hatte für Angie den Anschein, dass Jacobs albernes Grinsen ansteckend auf jeden außer ihr wirkte.

Um die Sache zu verschlimmern, arbeitete Isabella, mit der sie ein Zimmer teilte, ebenfalls an der Rezeption. Wohin Angie ging, trottete Isabella stets mit, als wolle sie sich über jeden ihrer Schritte auf dem Laufenden halten.

Tahillia hatte Angies Schicht so eingeteilt, dass sie keine Zeit zur Männerjagd hatte, und nach einigen Tagen empfand sie die Hitze der Frustration. Wenn James dachte, er werde sie dominieren und ihr sagen, mit wem sie Sex haben durfte, konnte er das vergessen. Sie war nicht so unterwürfig wie Isabella.

James schlich an der Rezeption herum und beobachtete Angie und Isabella bei der Arbeit. Angie zwang sich zur Konzentration. Bekleidet mit der Hoteluniform – geblümte Bluse mit Namensschild und Khakirock –, war Angie damit beschäftigt, Gäste beim Auschecken zu betreuen und Neuankömmlinge zu begrüßen. Sie wusste, dass sie eingeschätzt wurde, und wollte alles für die Beurteilung gut machen. Ganz gleich, wie frustiert sie war, die Jagd musste warten.

Eines Morgens kam eine Frau mit Zebra-Jacke und ebenso gestreiftem Rock an das Empfangspult. Großwild, dachte Angie, als die Frau auf sie zuschritt. Angie schüttelte den Kopf, um ihre Gedanken zu klären. Sie hatte nie Frauen gejagt. Sie interessierten sie nicht als Siegestrophäe. Doch diese

Frau wirkte wie ein erfolgreicher Filmstar. Es prickelte Angie von Kopf bis Fuß.

Ein Halstuch und eine dunkel getönte Sonnenbrille bei der Frau fielen auf. Die Frau streifte das Halstuch ab und steckte es in ihre Handtasche. Ihre Frisur war sehr gepflegt und hochgesteckt, und ihre Haut war gerötet, offenbar schwitzte sie. »Guten Morgen«, sagte sie und überreichte Angie ihren Reservierungsschein.

»Willkommen im Hotel Desire«, erwiderte Angie. Sie sah auf den Schein. Miss Carolyn Wolf. Der Name sagte ihr etwas. Wolf Publishing, erinnerte sie sich. Sie kannte das Gesicht der Frau aus den Gesellschaftsseiten. Australien hatte einige mächtige Multimillionäre, doch die meisten davon waren Männer. Miss Wolf war eine der wenigen Ausnahmen.

»Ich muss meine Reservierung ändern. Meine Partnerin hat sich entschlossen, mich zu begleiten. Sie fliegt morgen ein. Ich möchte ein Doppelzimmer mit Blick auf die Lagune. Etwas Privatsphäre.« Miss Wolf nahm die Sonnenbrille ab, und Angie blickte in die grünsten Augen, die sie jemals gesehen hatte. »Ich möchte nicht gestört werden«, fügte die Frau heiser hinzu.

»Ich frage den Computer«, sagte Angie und schaute auf dem Bildschirm nach, was verfügbar war. Dass Carolyn Wolf sich so offen zu einer »Partnerin« bekannt hatte, faszinierte sie. Sie fragte sich, wie es sein würde, Sex mit einer Frau zu haben, während kein Mann anwesend war. Sie war sich nicht sicher, ob das allein sie befriedigen würde. Angie liebte Schwänze.

»Hallo, Carolyn.« James kam an die Rezeption und lehnte sich auf das Anmeldepult.

Angie bemerkte, dass die Frau sich versteifte. »James. Lange nicht gesehen.«

Er lächelte und nickte. »Wie geht es deiner Schwester?«

»Jetzt besser, nachdem sie dich völlig vergessen kann.« Carolyns Miene verhärtete sich, als sie James anschaute.

James lachte. »Ich habe sie gewarnt, dass sie sich nicht in mich verlieben soll, doch sie konnte nicht anders.«

»Du bist doch zu keiner Beziehung fähig. Du liebst nur dich selbst. Hoffentlich fällt sie das nächste Mal nicht auf einen solch miesen Charakter rein.«

James wirkte unbeeindruckt von Carolyns Beleidigung. »Heitere sie auf – vielleicht werden einige eurer Freunde sie umpolen.«

»Das bezweifle ich. Leider beharrt sie darauf, problematische Männer zu jagen, die sie dann verlassen.« Carolyn presste die Lippen aufeinander. Sie wandte sich von James ab und sah Angie an, die tat, als hätte sie die Unterhaltung nicht gehört.

»Miss Wolf«, sagte Angie, die auf den richtigen Moment gewartet hatte. »Ich habe ein Doppelzimmer für Sie frei. Hier ist die Schlüsselkarte. Wenden Sie sich am Speiseraum vorbei nach rechts. Ihr Zimmer liegt am Ende des Korridors. Ihr Gepäck wird Ihnen dorthin gebracht werden.«

»Danke.«

James lächelte leicht, als Carolyn davonging. »Ein Jammer, eine so schöne Frau an andere Frauen zu vergeuden.«

»Hat sie dich verschmäht?«, fragte Angie.

»Ja. Sie ist wütend auf mich, weil ich ihre Schwester verführt habe. Ich wollte sie beide. Beide gleichzeitig wäre geil gewesen. Aber Carolyn hat kein Interesse an Männern, was ich ziemlich schade finde.«

»Anscheinend teilt sie nicht deine Ansichten.« Angie lächelte frech.

Isabella markierte Carolyns Gepäck mit einem Anhänger, auf den sie die Zimmernummer geschrieben hatte, und gesellte sich zu Angie. »Carolyn weiß nicht, was ihr entgeht. Sie ist verrückt, dich abzulehnen.« Sie stützte sich mit den Ellenbogen auf das Empfangspult, sodass ihre großen Brüste zusammengepresst wurden und fast ihre Uniformbluse sprengten.

»Hör bitte auf, James aufzugeilen. Du hast dein Hotel-Desire-Praktikum. Was willst du noch mehr?«

James fasste sie ins Auge. »Angie«, bellte er, »Denk daran, dass du das Hotel Desire repräsentierst. Spar dir deine Zickigkeiten für die Freizeit auf, wenn du sie genießen kannst. Ich will keinen bösen Blick von dir sehen. Du bist am Empfang. Die Gäste wollen ein freundliches Gesicht sehen, kein miesepetriges.« Er ging davon, ohne auf eine Antwort zu warten.

Verdammt, dachte Angie und biss sich auf die Unterlippe. Das würde negativ für ihre Beurteilung sein. James hat Recht, dachte sie. Gäste wollen kein Gezänk unter dem Personal haben. Wenn sie nur von Isabella fortkommen konnte, um etwas Dampf abzulassen. Die Frau ärgerte sie mit ihrem Getue.

»Du bist nur eifersüchtig, weil James mich dir vorzieht«, zischte Isabella, als James außer Hörweite war.

»Er benutzt dich. James manipuliert jeden. Er will uns gegeneinander für sein eigenes Vergnügen ausspielen. Kapierst du das nicht?«

»Wen juckt es.« Isabelle zuckte die Achseln. »James hat mir versprochen, dass ich nach dem Kurs stellvertretende Managerin im Hotel Desire werde.«

Angie verspürte Neid. »Und was ist mit Tahillia?«, fragte sie. »Was machst du, wenn sie dich nicht für die Stelle haben will?«

»James ist Großaktionär am Hotel Desire. Er hat mir erzählt, dass er seit Jahren ins Hotelgewerbe investiert. Was meinst du, warum er seine Schüler ausgerechnet hierhin schickt? Außerdem komme ich mit Tahillia prima aus. Du solltest lernen, wen du gut leckst, wenn du weiterkommen willst.«

Angie dachte daran, wie Isabella die Managerin mit ihren erdbeerfarbenen Lippen verwöhnt hatte, als sie sich bei Jacob befriedigt hatte. »Du würdest wohl alles tun, die rechte Hand von Tahillia zu werden, wie?«

»Eigentlich stehe ich auf Sex mit einer Frau. Ich mag es, wie sich ihre Körper anfühlen. Frauen wissen, was andere Frauen lieben. Ich finde Sex mit einer Frau aufregend. Es ist alles nicht so schnell vorbei. Männer sind so sehr darauf besessen, ihren Schwanz hineinzustecken und zu spritzen, dass sie ganz vergessen, wie sinnlich ein weiblicher Körper sein kann. Hast du jemals neben einer Frau gelegen, ihr in die Augen gesehen und ihren Körper mit der Zunge und den Händen erkundet?«

Isabellas Blick war verklärt, und Angie sah, wie ihre Nippel den dünnen Stoff der Bluse spannten.

»Aber all dein Geflirte …« Angie sah sie überrascht an. »Du stehst überhaupt nicht auf Männer.«

»Ich flirte mit denen, die mir nützlich sind, aber wenn du es wissen musst, ich bevorzuge Frauen.«

»Vermisst du keinen Schwanz?«, fragte Angie. Für sie war Sex ohne einen Mann mit steifem Glied nichts als Zeitverschwendung.

Isabella zuckte mit den Schultern und strich ihre Locken aus der Stirn. »Es gibt andere Dinge, die wir Mädchen benutzen.«

Angie wollte gerade nach Einzelheiten fragen, als das Telefon auf der Rezeption klingelte. »Rezeption«, meldete sich Angie. »Warten Sie bitte einen Moment, ich sehe nach.« Sie ging um das Anmeldepult herum und nahm dann wieder den Hörer. »Ja, Miss Wolf, Sie haben Ihre Handtasche auf dem Boden vor der Rezeption zurückgelassen. Soll ich sie auf Ihr

Zimmer bringen?« Angie legte den Hörer auf und wandte sich an Isabella. »Ich bringe Miss Wolf die Handtasche.«

»Bleib nicht zu lange weg. James hat mir gesagt, ich soll dich im Auge behalten, du kannst dich nicht aus Schwierigkeiten heraushalten.«

»Ich kann auf dein Spionieren verzichten.« Angie schnitt eine Grimasse. Sie nahm Carolyns Handtasche und ging damit zu Miss Wolfs Zimmer.

»Kommen Sie herein«, rief Carolyn nach Angies Klopfen. »Bringen Sie meine Handtasche herein, und schließen Sie die Tür hinter sich.«

Angie betrat das Zimmer und zog die Tür zu. Sie konnte das Rauschen von Wasser hören und wusste, dass Carolyn im Badezimmer war und duschte. Ihr Koffer lag offen auf dem Bett. Sie sah verstreute Kleidungsstücke daneben, doch was ihre Aufmerksamkeit erregte, war der künstliche umschnallbare Penis. Angie fragte sich, wie er bei der Zollkontrolle im Röntgenapparat aussah. Offenbar war Carolyn bei ihrem Vergnügungstrip vorbereitet.

Obwohl Isabella noch nie an anderen Frauen interessiert gewesen war, fielen ihr deren Worte ein. »Hast du jemals neben einer Frau gelegen, ihr in die Augen gesehen und ihren Körper mit der Zunge und den Händen erkundet?« Sie mochte Isabella nicht, aber sie erinnerte sich an das sinnliche Gefühl, als sich Isabellas Körper an sie gepresst hatte. Isabellas Haut war weich gewesen und hatte sich so anders als die der Männer angefühlt. Angie spürte, wie ihre Nippel hart wurden.

Carolyn kam aus dem Badezimmer, mit nichts außer einem Badetuch um den Oberkörper und die Hüften. »Es ist sehr dunstig auf der Insel, ganz anders als in Sydney.«

»Ja. Hier ist Ihre Handtasche.« Angie hielt sie ihr hin.

Carolyn nahm sie entgegen. »Moment, ich möchte Ihnen ein Trinkgeld geben.«

Angie lächelte und schüttelte den Kopf. »Das ist nicht nötig. Es gehört zu unserem Service.« Ihr Blick glitt über Carolyn. Das Badetuch verbarg nicht viel. Carolyn hatte lange schöne Beine und kleine Füße. Ihre Fußnägel waren mit Zebrastreifen bemalt. Süß. Ein Prickeln erfasste Angies Körper. Quatsch, du brauchst einen großen, harten Schwanz, dachte sie.

»Nein, ich bestehe darauf. Ich finde, jeder, der in James Steeles Nähe arbeitet, verdient eine Belohnung.« Als sie in ihrer Handtasche kramte, löste sich das nur lässig festgesteckte Badetuch und entblößte ihre Brüste. Sie waren klein mit rosigen Nippeln.

Angie zwang sich, Carolyn in die Augen zu sehen, doch ihr Blick schweifte wieder zu deren Brüsten. Hitze stieg in ihren Lenden auf. Carolyn mochte Anfang 30 sein und hatte einen durchtrainierten Körper. Sie rückte das Badetuch zurecht und zog es fester um sich. Angie leckte sich unbewusst über ihre trockenen Lippen. Vor ihrem geistigen Auge sah sie, wie Carolyn den künstlichen Penis umschnallte und in sie hineinpumpte. Angie biss sich auf die Unterlippe. Denk nicht daran, sagte sie sich, halt dich aus Schwierigkeiten heraus.

»Da bist du ja«, sagte Carolyn. Sie legte die Handtasche aufs Bett und hielt eine Zwanzig-Dollar-Note hoch. »Es wäre sehr ärgerlich gewesen, wenn ich meine Handtasche verloren hätte. Ich bin hergekommen, um mich zu entspannen und den Sonnenschein zu genießen. Man hat mir erzählt, dass hier jeder nackt am Strand ist. Ist das wahr?«

Es wäre ungehobelt gewesen, das Trinkgeld abzulehnen. Angie nahm es mit einem Lächeln an. »Ja«, antwortete sie. »Die Gäste tragen im Poolbereich immer Badeanzüge, aber nicht am Strand. Auf der Insel geht es entspannt zu. Da können Sie am Strand tun, wonach Ihnen ist. Sie können Ihre Wünsche erfüllen.«

»Bleiben Sie ein bisschen«, sagte Carolyn. »Sie haben doch etwas Zeit?«

»Ja«, log Angie und fragte sich, ob Carolyn spürte, wie angemacht sie war. Sie hätte Nein sagen und gehen können, aber Carolyn sah sie mit unglaublich grünen Augen an. Es war sonderbar, sich zu einer Frau hingezogen zu fühlen, aber dies war keine normale Frau. Sie war einzigartig.

»Gut.« Carolyn lächelte. Ihr Blick glitt an Angie auf und ab. »Sie sind schön. Hat Ihnen das jemals eine Frau gesagt?«

»Nein.« Angie spürte, dass sich ihre Wangen röteten. Das war ein fremdes Gefühl. Normalerweise hatte sie die Kontrolle, jagte und bekam von einem Mann, was sie wollte. Das jetzige Gefühl war ihr fremd. Sie kannte nicht die Regeln bei lesbischem Sex, aber wenn sie ehrlich mit sich selbst war, musste sie eingestehen, dass es ihr gefiel, Carolyns Interesse zu haben.

Carolyn wies auf das Badetuch, das sie verhüllte. »Macht es Ihnen etwas aus, wenn ich das Badetuch entferne? Ich muss meine Sachen auspacken und überlegen, was ich anziehe. Ich bringe sie doch nicht in Verlegenheit, wenn ich nackt bin?«

Angie schüttelte den Kopf. »Nein, das sind wir bei der Arbeit gewöhnt.« Sie sah zu, wie Carolyn das Badetuch abstreifte und zu Boden fallen ließ. Sie hatte brünettes Schamhaar. Angie hätte es gern gestreichelt, doch sie würde warten, bis Carolyn den ersten Schritt tat. So viel zu dem Vorsatz, keine Schwierigkeiten heraufzubeschwören.

»Erzählen Sie mir, wie James Sie behandelt?«, fragte Carolyn. Sie nahm Kleidungsstücke aus ihrem Koffer und hielt sie an ihren Körper, um sich zu entscheiden, was sie tragen würde.

»Pardon?«

»James. Wie behandelt er Sie?«

Angie zuckte die Achseln. »Okay, nehme ich an.« Sie wollte nicht über James reden. Stattdessen wollte sie ihre Bluse aufknöpfen, den Rock ausziehen und Carolyn in die Arme nehmen. Sie wollte ihre prickelnden Nippel an dieser sexy Frau reiben. James und seine Dominanz waren kein Thema, über das sie gerne sprach.

»Ich kann den Mann nicht ausstehen«, sagte Carolyn freimütig. »Sie sind Praktikantin im Hotelgewerbe«, stellte sie mit einem Blick auf Angies Namensschild fest.

»Ja«, bestätigte Angie und fragte sich, weshalb Carolyn sich dafür interessierte.

»Meine Schwester Eve war ebenfalls Praktikantin. Unser Vater starb früh. Eve brauchte nicht zu arbeiten, doch sie besuchte die Ausbildungsakademie, weil sie auf diesem Weg Karriere in der Gastronomie machen wollte.« Carolyns Stimme wurde leiser. »Dann lernte sie James kennen.« Sie presste die Lippen zusammen, und ihre Miene sah aus, als hätte sie auf etwas sehr Saures gebissen. Sie zog ein anderes Kleidungsstück aus dem Koffer, hielt es prüfend an sich und entschied sich dagegen. Ihre grünen Augen verengten sich. »James hat sie verführt. Eve war so verliebt in ihn, dass sie ihn heiraten wollte. Er brach ihr das Herz.«

»Das tut mir leid. James liebt es, Frauen zu manipulieren. So ist er.« Angie zuckte mit den Schultern. James war der Letzte, über den sie reden wollte; stattdessen fiel ihr Blick auf den künstlichen Penis in der Reisetasche.

Carolyn bemerkte, wohin Angie schaute. »Seien Sie mein Gast.« Sie reichte Angie den Dildo. »Haben Sie den schon mal ausprobiert?«

Angie ließ die Finger über das Plastik gleiten. Der Kunstpenis war hart und fühlte sich gut an. Mit einem elastischen

Band konnte man ihn um die Hüften schnallen, und er wurde von dem Band an Ort und Stelle gehalten. Angie stellte sich vor, wie Carolyn ihn an ihren durchtrainierten Körper schnallte, und es wurde ihr heiß.

»Sagen Sie mir«, fragte Carolyn, nahm ihr den künstlichen Penis ab und legte ihn aufs Bett. »Sind Sie auch in James verliebt?«

»Guter Gott, nein.« Sie dachte daran, dass James entschlossen war, jeden Moment ihres Lebens zu kontrollieren. Der Mann war machtbesessen. Sie hatte Jacob an Isabella und Tahillia verloren. Wegen James. »Ich kann den Mann nicht ausstehen. Aber ich will einen guten Job bekommen, wenn mein Kurs zu Ende ist. Er kann mir dazu verhelfen. James bringt die meisten seiner Schüler im Gastronomiegewerbe gut unter.«

Carolyn nickte. »James hat Beziehungen. Er nutzt das, um seine Schüler zu Opfern für seine perversen Spiele zu machen.« Sie streichelte Angie über die Wange. »Ich weiß, wie sehr James es liebt, Frauen unter seine Kontrolle zu bringen.« Sie neigte sich vor und küsste Angie flüchtig auf die Lippen. »Aber ich meine, Frauen sollten von anderen Frauen lernen, was sie brauchen.« Sie küsste Angie wieder, diesmal jedoch nicht flüchtig. Angie schloss die Augen und genoss es, Carolyns sinnliche Lippen zu spüren.

Carolyn zog sich zurück. »Ich finde, wir Frauen sollten zusammenhalten. Meinen Sie nicht auch?«

»Ja«, sagte Angie und legte die Arme um Carolyns Hüften. Sie konnte nicht aufhören. Sie wollte es nicht.

Carolyn knöpfte Angies Bluse auf. Dann streifte sie sie ihr von den Schultern und strich leicht über eine ihrer steifen Nippel. »Du bist eine Sexgöttin.«

Sie küsste Angie wieder, doch diesmal öffnete sie ihre Lippen, streichelte mit der Zunge über die Innenseite von

Angies Lippen. Carolyns Mund war weich, und sie küsste zärtlich. Sie umfasste Angies Gesicht mit beiden Händen.

»Eines Tages werde ich eine Möglichkeit finden, James fertigzumachen«, sagte Carolyn. »Ihm eine Lektion zu erteilen, die ihn lehrt, wie man eine Frau behandelt.«

Angie schaute in ihre grünen Augen. Sie begehrte sie. Sie wollte neben ihr liegen und jeden Teil ihres Körpers erkunden. »Zeig mir, wie du eine Frau verwöhnst, Carolyn. Ich will es wissen.«

Carolyn brauchte keine weitere Ermunterung. Sie zog Angie an sich und küsste sie, während sie zärtlich über ihre Wirbelsäule streichelte. Angie spürte, wie ihre Brüste sich an die Carolyns pressten. Sie war fasziniert, dass sich der Körper einer Frau so anders anfühlte als der eines Mannes. Angie hielt Carolyn fest. Ihre Fingerspitzen tasteten zu Carolyns Hüfte. Ihre Taille war schmal, fast zerbrechlich.

Carolyn unterbrach den Kuss, nahm Angie an der Hand und zog sie zum Bett. »Warst du schon mit einer Frau zusammen?«

Angie dachte an Kate und Isabella.«Nein, nicht so. Nicht ohne einen Mann dabei. Dies ist so anders. Ich kann es nicht erklären.«

Carolyn nickte. »Ich erinnere mich an die erste Frau, die ich liebte. Sie war älter und sehr erfahren. Sie ließ die Männer, mit denen ich zusammen war, wie Grobiane wirken. Ich war rettungslos in sie verliebt. Männer denken, Frauen brauchen sie, doch wir lesbischen Mädchen wissen, dass sie sich das nur einbilden.«

Sie legte sich auf das Bett und lud Angie ein, ihr Gesellschaft zu leisten. »Zieh deinen Rock aus, und leg dich neben mich. Lass dich von mir erkunden.«

Angie löste schnell ihr Haar und zog sich aus.

Sie bemerkte, dass Carolyn fasziniert auf ihre rasierte

Pussy blickte. Sie sagte jedoch nichts, sondern strich Angie, als sie neben ihr lag, mit den Fingerspitzen darüber. Ihre Hände waren klein und schlank. Angie liebte ihre Berührung und die Art, wie sie ihr Platz ließ, sie nicht bedrängte und betatschte wie ein Mann. Angie tastete zwischen den gekräuselten Löckchen zwischen Carolyns Beinen und fand, was sie suchte.

»Oh, ja«, seufzte Carolyn, als Angies Finger durch ihre Spalte glitten. Carolyn lag auf dem Rücken, zog Angie fester an sich und knabberte an ihrem Hals und Nacken. »Ja, ja«, sagte sie, und Angie, durch ihre Lustseufzer ermuntert, schob zwei Finger in sie. Sie war nass vor Erregung.

Angie befeuchtete Carolyns Perle mit dem Daumen und rieb ihre Klit, während sie die Finger tief in sie tauchte. Sie spürte, wie Carolyn erzitterte und ihre Scheidenmuskeln sich um ihre Finger krampften.

»Das ist wie im Himmel«, wisperte Carolyn. Sie schloss die Augen und drängte sich gegen Angies suchende Finger. Bald bäumte sie sich auf und schrie ihre Lust heraus.

Als sich schließlich ihr Atem beruhigte, sah sie Angie an, und ein leichtes Lächeln spielte um ihre Lippen. »Dabei wollte ich dir eigentlich zeigen, wie eine Frau eine andere Frau liebt.«

»Dazu haben wir noch Zeit.« Angie leckte ihre Finger ab, die eben noch in Carolyn gewesen waren, und war überrascht von dem reinen, jedoch scharfen Geschmack.

Carolyn sah sie an, die Lider halb gesenkt. Sie streichelte Angies Brüste und lehnte sich dann über sie, um an den Nippeln zu saugen. Obwohl Carolyn befriedigt war, wollte sie ihr ebenfalls Lust bereiten. Sie lag mit dem Kopf auf dem Kissen und genoss den Duft von Carolyns Haar, das auf sie fiel. Carolyn kniete sich zwischen Angies Beine und spreizte sie weit. Ihre langen Haare kitzelten die Innenseiten ihrer

Oberschenkel. Sie umkreiste Angies heißen kleinen Anus und schob den Zeigefinger hinein. Dann schob sie den Daumen zwischen die Feuchtigkeit von Angies Schamlippen und stieß sie, wie ein kleiner Schwanz. Angie ruckte ihr entgegen und zwirbelte ihre eigenen Nippel mit den Fingerspitzen. Sie schloss die Augen und spürte, wie Carolyn das Tempo steigerte und zusätzlich leckte und saugte, wo Angie es am meisten brauchte. Im Gegensatz zu einem Mann wusste Carolyn genau, was sie tun musste, um Angie in Ekstase zu versetzen. Schon bald erbebte diese und schrie auf, während ihr Körper erschlaffte. Als Angie wieder zu Atem kam und die Augen öffnete, sah sie, dass Carolyn den künstlichen Penis umschnallte.

»Ich weiß, dass du an einen Mann gewöhnt bist. Ich möchte nicht, dass du enttäuscht gehst.«

»Oh«, sagte Angie atemlos.

Carolyn stützte sich auf die Ellenbogen, als sie in Angie glitt. Angie schloss wieder die Augen und genoss es. Sie schlang die Beine um die Hüften der schlanken Frau, deren weicher Körper über sie rieb. Die ganze Zeit glitt der künstliche Penis in sie hinein und hinaus, bis Angie aufschrie. Es war ein Schrei der tiefsten Empfindungen, der ekstatischen Lust, und Angie wünschte sich, aus dem Himmel zurück zur Erde zu schweben, damit sie für immer in Carolyns zärtlicher Umarmung bleiben konnte.

Ein Klopfen an der Tür riss sie zurück in die Realität. Carolyn zog ein Tuch aus ihrer Reisetasche und ging zur Tür, öffnete sie jedoch nicht. »Ja. Wer ist da?«

»Isabella di Bellini von der Rezeption. Ich suche nach Angie, die Ihnen Ihre Handtasche bringen wollte.«

Angies Puls begann zu rasen. Isabella suchte nach ihr. Vermutlich hatte James sie geschickt. Sie sprang vom Bett und zog hastig ihre Uniform an.

»Sie war hier«, sagte Carolyn, »aber ich habe sie gebeten, mir Zigaretten zu holen. Ich werde ihr ausrichten, dass sie gesucht wird, und sie gleich zur Rezeption schicken, wenn sie zurückkehrt.«

»Oh, danke«, sagte Isabella, doch ihre Stimme klang nicht sehr erfreut.

»Danke«, wisperte Angie. »Du hast mich soeben vermutlich gerettet.« Sie blickte auf ihre Armbanduhr und stöhnte auf. »Ich muss jetzt unbedingt zurückgehen.« Sie zog ihren Rock glatt und betrachtete sich im Spiegel, um ihr Haar in Ordnung zu bringen. Ihre Augen glänzten ungewöhnlich, und ihre Finger zitterten. Sie hätte nie gedacht, dass Sex mit einer Frau so erfüllend sein konnte. Carolyn kam zu ihr und nahm sie in die Arme. »Hier, lass mich dir helfen.« Sie strich Angies Haar zurück und band es zu einem Knoten im Nacken zusammen. »Jedes Mal, wenn du mir wieder Gesellschaft leisten möchtest, bist du willkommen.« Sie ging zu ihrer Handtasche und entnahm ihr eine Visitenkarte. »Ich arbeite in der Stadt. Mein Büro ist um die Ecke bei deiner Schule. Hier ist meine Karte. Behalte sie.«

Angie nahm lächelnd die Karte entgegen und steckte sie in die Rocktasche. »Danke.«

»Meine Firma veröffentlicht etwa zehn Magazine pro Monat. Wenn du jemals einen Job im Verlagsgeschäft brauchst, lass es mich wissen.«

»Ich bin mit dem Gastronomiegeschäft sozusagen verheiratet. Fast mein ganzes Leben habe ich davon geträumt, ein Hotel wie dieses zu führen. Deshalb habe ich diesen Kurs gewählt. Aber ob ich mir den Traum erfüllen kann, hängt an James.«

Carolyn nahm Angies Hände in ihre. »Er ist ein Teufel. Lass dir von ihm nicht antun, was er meiner Schwester angetan hat.«

»Keine Sorge, das werde ich nicht. Ich bin härter, als du denkst.« Sie drückte Carolyns Hände. »Ich rufe dich an, wenn ich wieder in Sydney bin.« Sie küsste Carolyn kurz auf die Lippen. »Ich rufe ganz bestimmt an.«

Und das würde Angie tun. Doch zu einem Zeitpunkt, von dem sie noch nichts ahnte.

Elftes Kapitel

»Ich bin zu einer Orgie eingeladen worden«, sagte Isabella zu Angie und lächelte selbstgefällig.

Angie ließ den Reservierungsschein fallen. Isabella-die-Lesbierin hatte eine Einladung zu einer Orgie bekommen, während Angie-die-Sexhungrige nicht mal auf Männerfang gehen konnte! Ein paar Tage mit langen Stunden Arbeit und keinem Vergnügen, dank James und Isabella, hatten Angie aufgewühlt.

James hatte sie mit seinen sexuellen Einladungen gequält, und Angie hatte all ihre Willenskraft gebraucht, um ihn abzuweisen. Das alles, kombiniert damit, dass Isabella jede ihrer Bewegungen verfolgte, machte sie verrückt. Sie würde sich weder noch einmal von James manipulieren lassen noch mit ihm ficken.

Ihre Neugier war stärker als ihre Abneigung gegen Isabella. Sie vergewisserte sich schnell an der Rezeption, dass keine Gäste in Hörweite waren, und fragte sie: »Wann? Wo? Von wem hast du die Einladung bekommen?« Die Fragen kamen so schnell, dass Isabella lachte.

»Heute Abend. Ich wusste, dass du interessiert bist. Es ist ein so schöner Nachmittag gewesen, dass die Orgie auf der Insel in der Lagune stattfindet, du weißt, wo der Skulpturengarten ist. James und Tahillia haben alles organisiert, um meine Ernennung als stellvertretende Managerin zu feiern.«

Angie bemühte sich, ruhig zu bleiben, während sie im Geiste bis zehn zählte. Es war doch nicht zu fassen! Isabella würde bald ihre Chefin sein, und außerdem war sie zu einer

Orgie eingeladen worden! Angie konnte es nicht ertragen und sich die bissige Bemerkung nicht verkneifen: »Ich kann nicht begreifen, weshalb du die Einladung angenommen hast. Du magst doch keine Männer.«

»Das habe ich nicht gesagt. Ich sagte, dass ich Frauen bevorzuge. Es werden auch einige Frauen anwesend sein, Kate, die rothaarige Kellnerin mit den riesigen Titten, wird mit ihrem Freund Rick da sein; Cole und Rod, die Müllmänner. Plus einige Gäste, die was Geiles erleben wollen. Oh, und Tahillia hat mir erzählt, dass sie den heißen Rockstar Nick Holt eingeladen hat, der seine Frau heimgeschickt hat. Nicht, dass der mich interessiert. Ich kann es kaum erwarten, Kate in die Hände zu bekommen. Dieses Tittenweib macht mich heiß.«

Isabellas Gesicht glühte vor Vorfreude.

»Ich glaube, ich könnte bei der Feier auftauchen«, sagte Angie. Sie würde gern wieder mit Mr Sex Nick Holt zusammen sein. Dann dachte sie an Cole und seinen gigantischen Penis und wusste, dass sie sich die Orgie einfach nicht entgehen lassen konnte.

»Tut mir leid«, sagte Isabella, doch es klang gar nicht so. »Das geht nur mit Einladung. Du bist also nicht zugelassen.« Sie hob die dunklen Augenbrauen. »Es ist James' Show. Du musst von ihm eingeladen sein. Er hat dich vermutlich ausgeschlossen, weil du nicht tun kannst, was er befiehlt. Du weißt, dass er es liebt, jeden zu dominieren.«

Angie stöhnte auf, als sie James' Namen hörte. »Ich kann James nicht verstehen. Du hast doch erlebt, wie er jeden im Raum der Züchtigung dominiert hat, wir alle mussten tun, was er wollte, doch er hat nicht mitgemacht. Das ist doch total verrückt.«

Isabella rieb eine imaginäre Fussel von ihrem Rock. »Wen juckt das? Ich versuche erst gar nicht, ihn zu begreifen. Einmal, als ich das Praktikum im Desire haben wollte, wartete ich pudelnackt in seinem Büro. Ich hatte mich mit Erdbeeren und Mango dekoriert. Da lag ich auf seinem Schreibtisch wie ein reifer Fruchtsalat und verscheuchte die Fruchtfliegen. Und was hat er getan, als er mich entdeckte?«

»Was?«, fragte Angie.

»Nichts! Er sagte mir, ich solle am nächsten Tag, um die gleiche Zeit wiederkommen.«

»Das ist bizarr«, sagte Angie. »Und was ist dann passiert?«

»Ich tat, was er verlangte. Ich ging am nächsten Tag wieder hin, nackt und mit dem Fruchtsalat, und wir hatten heißen Sex. Er organisierte das Desire-Praktikum.«

Angie schüttelte den Kopf. »Mit dem Kerl stimmt etwas nicht, aber ich komme nicht drauf, was es genau ist.«

Isabella machte eine wegwerfende Handbewegung. »Wen juckt das schon? Du solltest von mir lernen. Wenn du James gehorchst, wirst du bekommen, was du willst.« Isabella klatschte in die Hände. »Ich könnte nicht glücklicher sein.«

»Ich kann nicht bei James und Tahillia blasend kriechen wie du. Das schaffe ich einfach nicht.«

Isabellas dunkle Augen sprühten. »Das macht mir nichts aus. Wenn du bei James und Tahillia gut geblasen hättest, wärst du jetzt stellvertretende Managerin. Als ich dich in der Schule kennen lernte, konnte ich dich nicht ausstehen. Aber jetzt kann ich dich ziemlich gut leiden.«

Angie seufzte und verschränkte die Arme. Auf Isabellas kriecherische Art Freundschaft konnte sie gut verzichten. »James hat kein Recht, mir vorzuschreiben, mit wem ich Sex haben kann oder nicht und wann«, sagte sie heftig.

»Er hat eben Spaß daran, dich unter Kontrolle zu haben. Nicht, dass das immer klappt.« Isabella neigte sich näher zu Angie. »Mich kannst du nicht täuschen. Ich weiß, dass du was mit Carolyn Wolf gehabt hast. Ich hörte euch vom Korridor kommen. Sie muss gut gewesen sein.«

»Sei nicht albern. Du weißt, dass ich nicht auf Frauen stehe. Außerdem kann ich nicht glauben, dass du so eine Spionin bist.«

Isabella zuckte die Achseln und lächelte durchtrieben. »Ich tue alles, um einen Job hier zu kriegen. Jetzt habe ich bekommen, was ich wollte. Isabella di Bellini, stellvertretende Managerin, Hotel Desire. Das klingt prima, findest du nicht?«

Angie verkniff sich eine Antwort. Isabella, die sich hochgeblasen hat, passte besser, dachte sie. Dennoch hatte sie Erfolg gehabt, Man hatte ihr einen gehobenen Posten angeboten, den Angie gern gehabt hätte.

»Ah, da ist ja mein Ersatz an der Rezeption. Ich bin dann weg. Muss mich für heute Abend bereit machen. Ich bin so aufgeregt. Das Motto der Orgie heißt: ›Komm als deine liebste historische Persönlichkeit‹. Ich gehe als ›Lady Godiva‹. Man tuschelt, dass einer der Kerle, die auf dem Haiboot arbeiten, einen Pimmel so groß wie ein Hengst hat. Schade, dass du nicht mitkommen kannst.« Isabella kicherte. »Du wärst auf deine Kosten gekommen.«

»Dessen bin ich sicher.« Angie, die ihre Enttäuschung nicht ganz verbergen konnte, schaute Isabella nach. Sie kannte die meisten der Teilnehmer der Orgie und wäre gern hingegangen. Würde Jacob auch dort sein, seit er in den Klub der albernen Grinser eingetreten war? Sie hatte kaum mit ihm gesprochen, seit er sie mit Tahillia und Isabella betrogen hatte. Er war den beiden Weibern so leicht verfallen, dass sie es kaum glauben konnte.

Ein paar Stunden später ging Angie auf ihr Zimmer. Sie setzte sich aufs Bett und massierte ihre schmerzenden Füße. Der Boden des Zimmers war mit goldenem Glitzerzeug bedeckt, und Isabellas Kosmetiksachen waren auf dem Frisiertisch verstreut. Sie hat vermutlich wunderbare Abenteuer, dachte Angie neidisch. Dann kam ihr eine Idee. Sie war nicht zu der Orgie eingeladen worden, aber es gab keinen Grund, warum sie nicht einfach hingehen und zuschauen konnte. Die Dunkelheit würde sie verbergen.

Angie duschte und zog ein schwarzes Top und eine schwarze Hose an und ging auf dem Weg zur Lagune über den Flur zu den Personalquartieren. Sie hatte es so eilig, dass sie fast gegen Jacob prallte, der aus seinem Zimmer trat.

»Oh, hallo«, sagte er, fing sie ab und legte die Arme um sie. »Wohin willst du so schnell?«

»Es überrascht mich, dass du das nicht weißt. Erzähl mir nicht, dass Tahillia dich nicht eingeladen hat.«

Jacob musterte sie, und seine Miene war belustigt. »Ich weiß nicht, wovon du redest.«

Sie schob sich an Jacob vorbei. »Tahillia hat eine Orgie organisiert. Ich gehe hin.«

Jacob packte sie am Arm und hielt sie fest. »Bist du verrückt? Nach dem, was uns dieses irre Weib angetan hat? Halt dich von ihr fern.«

Angie stemmte die Hände auf die Hüften. »Uns angetan? Da muss ich mich wohl verhört haben. Ich war diejenige, der sie was angetan hat, weil ich zusehen musste, wie du Tahillia und dann Isabella vernascht hast. Ich sehe noch dein albernes Grinsen, als es dir kam.«

»Deshalb hast du in den letzten Tagen nicht mit mir gesprochen! Du bist eifersüchtig!« Jacob legte den Arm um Angies Taille und zog sie an sich. »Angie, ausgerechnet du solltest wissen, dass ich nicht an Tahillia interessiert bin. Ich hatte mich auf einen Deal mit James eingelassen. Ich habe einfach mein Wort gehalten.«

»Was du ausgiebig genossen hast«, sagte Angie empört.

Jacob stöhnte auf. »Ich habe versucht, nicht geil zu werden, aber ich kam nicht dagegen an. Als Isabella den Raum betrat, hatte ich keine Chance mehr. Welcher Mann kann ihr widerstehen? Sie ist das heißeste Weib, das ich jemals gesehen habe.«

Jacobs begeisterte Worte über Isabella waren zu viel für Angie. Sie schob seine Hände von ihren Hüften. »Nur zu deiner Information, erstens bin ich nicht eifersüchtig. Und zweitens, Isabella steht nicht auf Männer.«

»Du willst mich auf den Arm nehmen.« Jacob blickte sie ungläubig an. »Sie war sensationell.«

»Ich trödele hier nicht herum, um mir das anzuhören. Ich muss den ganzen Tag mit der Frau arbeiten. Das ist schlimm genug.« Sie schritt davon und schüttelte den Kopf.

»Angie, was ist in dich gefahren? So kenne ich dich ja gar nicht. Was ist los?« Jacob eilte ihr nach und hielt sie am Arm fest.

Angie wandte sich ihm zu. »Gar nichts. Das ist ja das Problem.«

»Angie, tu nichts Unvernünftiges.« Jacob streichelte über ihr Haar. »Bleib bei mir. Wir haben Vollmond. Es ist eine schöne Nacht. Lass uns am Strand spazieren gehen.«

Sie schaute Jacob ungläubig an. Er dachte an einen romantischen Spaziergang, wenn sie harten, schnellen Sex brauchte. »Falls du das nicht begriffen hast, lass es mich dir endgültig klarmachen: Ich will nicht spazieren. Ich will einen großen, harten Schwanz. Also hör auf, mir zu folgen.« Sie schob ihn zur Seite und ging durch die Tür zum Ausgang hinaus.

Eine angenehme Brise blies ihr ins Gesicht, und sie atmete tief durch. Angie wusste, dass Jacob Recht hatte in puncto ihrer Stimmung, und sie wusste genau, wie sie ihr Stimmungstief verbessern konnte. Einige Frauen griffen zu Schokolade. Angie nicht. Sie ging auf Männerjagd. Barfuß schritt sie über den Rasen zur Brücke, die die kleine Insel mit dem Skulpturengarten und dem Strand der Lagune verband. Als sie die Brücke überquerte, konnte sie Stimmen, vermischt mit Lustseufzern hören. Sie verharrte, gebannt von dem, was sie sah. Die sanfte Beleuchtung der Skulpturen fiel auf einige Teilnehmer der Orgie.

Der erste Mann, den sie entdeckte, war James. Ob sie es mochte oder nicht, der Mann erregte sie. Er war nackt unter einem schwarzen Cape, das bei jedem anderen albern ausgesehen hätte. Er stand auf einem imposanten Altar aus Felsplatten. Isabella kniete vor ihm und hatte seinen riesigen Phallus im Mund. Ihr goldbemaltes Kostüm glänzte im schwachen Licht.

Ein heißer Schauer rann über Angies Wirbelsäule, und ihre Nippel spannten sich, als sie beobachtete, wie Isabella James blies, und sie kämpfte gegen den Drang an, mitzumachen. James' Hände waren in Isabellas Haar gekrallt, als er in deren Mund stieß. Angie atmete schneller. Ihre eigene Sexgier überraschte sie. Sie breitete sich in ihr wie ein berauschendes, aber tödliches Gift aus. Angie begehrte James, doch zugleich hasste sie ihn. Ihre gegensätzlichen Gefühle ergaben keinen Sinn. Sie hatte es geschafft, jedes seiner Angebote seit dem Intermezzo im Raum der Züchtigung abzulehnen, doch es erregte sie stark, ihn jetzt nackt zu sehen.

Sie erkannte, dass sie auffallen würde, wenn sie nahe bei der Brücke blieb, und so zog sie sich schnell hinter einige der großen Skulpturen im Park zurück. So konnte sie heimlich zusehen. Sie zwang sich, nicht zu James und Isabella zu blicken, kämpfte gegen James' hypnotische Anziehungskraft an. Stattdessen schaute sie zu Cole und Rod. Cole hatte eine Erektion, Rod hielt sie, als böte er verschiedenen Frauen an, Cole abwechselnd zu besteigen. Angies Lippen verzogen sich zu einem amüsierten Lächeln, als sie beobachtete, wie

Kate versuchte, den Riesen zu besteigen. Rick schlang die Arme um Kates Taille und hob sie auf Coles Schwanz. Binnen Minuten schüttelte Kate heftig den Kopf und trommelte auf Coles Brust, und ihr Gesicht zeigte tiefe Enttäuschung. Rod lächelte jedoch, und Angie nahm an, dass er Kates Anus nach ihrem Misserfolg zu seinem Vorteil nutzen würde.

Nahe bei ihnen hatte Tahillia, die eine Maske in Zorro-Art trug, Nick am Fuß einer der Skulpturen an den Handgelenken gefesselt. Sie kniete wie ein Jockey über Nick und wiegte sich, während er sie leckte. Sie schrie vor Lust auf und hieb ihm dann und wann mit einer kleinen Peitsche auf den Oberschenkel. Angie konnte hören, wie sie Nick aufforderte, sie schneller und härter zu lecken. Sie stellte sich vor, wie der Rockstar seine lange Zunge in ihre Pussy trieb. Der Gedanke machte sie heiß. Tahillia hat Glück, Nick als ihren Gefangenen zu haben, dachte sie neidisch.

Nicks erigierter Penis zuckte jedes Mal, wenn Tahillia ihn mit der Peitsche schlug, was Mr Sex sichtlich anmachte.

Bald schrie Tahillia und wand sich über ihm. Ihre Lustschreie erregten Interesse. Rod ging zu ihnen und wollte sich beteiligen. Tahillia, hingerissen von ihrer eigenen Ekstase, schirmte Nicks Gesicht ab, sodass er nicht sehen konnte, wer es mit ihm tat. Rod spreizte mit den Händen seinen Hintern und senkte sich auf Nicks erigierten Schaft, und seine Augen glänzten vor Entzücken.

Obwohl Angie James und Isabella nicht beobachten wollte, schien James sie anzuziehen wie der Magnet das Metall. Bald kehrte ihr Blick zu ihm zurück. James stieß heftig und schnell in Isabellas Mund. Dunkel und unheimlich in seinem schwarzen Cape, ließ er Angie erschauern; er wirkte wie der Teufel, der er war.

Isabella, die immer noch zu seinen Füßen kniete, blies ihn leidenschaftlich weiter. James grinste verzerrt, stieß einen grollenden Laut aus und bleckte die Zähne, als es ihm kam. Nachdem seine Flut versiegte, gab er Isabella frei, trat zurück, und seine Brust hob und senkte sich unter keuchenden Atemzügen. Er scheuchte Isabella mit einer herrischen Handbewegung aus ihrer knienden Position fort, blieb auf dem Altar stehen und beobachtete die Szenerie, die Hände auf den Hüften.

Angie betrachtete James fasziniert und fragte sich, wie er es schaffte, immer noch steif zu bleiben. Sie hatte Gerüchte gehört, dass ein Mann spritzen und seine Erektion behalten konnte, doch in all ihren Tagen der Männerjagd war sie solch einem ungewöhnlichen Phänomen noch nie begegnet. Dann glitt James' Blick in Richtung ihres Verstecks, und sie erstarrte. Ihr Verlangen war groß, doch sie hatte geschworen, sich nicht wieder von ihm dominieren zu lassen. Sie konnte nicht verstehen, weshalb sie sich zu ihm hingezogen fühlte. Vielleicht war es ihre eigene Unfähigkeit, ihn unter ihre Kontrolle zu bringen. Sie wusste es nicht.

James' Blick wandte sich von Angies Versteck ab, und sie atmete tief auf. Er hatte sie nicht entdeckt. Sie folgte seiner Blickrichtung und bemerkte Isabella, die Kate geholt hatte, die vor ihm stand. Isabella zog Kate in ihre Arme und küsste sie. Sie waren ein schönes Paar. Isabellas goldfarbene Haut glitzerte im Mondschein, ein Kontrast zu Kates blassen Formen. Ihre Körper pressten sich aneinander und boten ein Abbild der Sinnlichkeit.

Kate streichelte Isabella, dann sanken sie ins Gras, und Isabella spreizte die Beine.

Angie dachte daran, welch erregendes Gefühl es gewesen war, als Isabella ihren Körper an ihrem gerieben hatte. Obwohl sich ihre Abneigung gegen Isabella nicht verändert hatte, war sie jetzt auch an Sex mit Frauen interessiert. Sie wünschte, an ihrem sinnlichen Spielchen teilzuhaben. James sah mit glänzenden Augen zu, wie sich die beiden Frauen vor ihm verwöhnten.

Angie beobachtete die Frauen ebenfalls bei ihrem Liebesspiel und spielte erregt an ihren Nippeln. Kate stöhnte lustvoll und hob die Hüften, kurz vor ihrem Höhepunkt. Diese köstliche Szene erregte die Aufmerksamkeit mehrerer Männer. Sie umkreisten die beiden Frauen. Beobachteten. Warteten.

Schließlich befriedigt, verließ Tahillia Nick und überließ ihn Rod. Sie ging zu den Frauen, ihr Gesicht war nach dem Orgasmus vor Erregung gerötet.

Von Tahillia befreit, sah Nick, dass Rod ihn stieß. »Runter von mir«, brüllte Nick wütend. Rod lachte nur verzückt und machte weiter.

»Mach ihn fertig«, sagte Tahillia zu Rod. Sie lachte, und der schrille Laut war nervend wie immer.

Nick riss die Augen weit auf, als Rod sich immer schneller auf seiner Stange bewegte und jeden Zentimeter von ihm genoss. Cole und Rick umkreisten die Frauen. Cole rieb seinen riesigen Steifen, und seine Miene war sehnsüchtig.

»Gefällt es dir, James?«, fragte Tahillia. Er nickte und beobachtete, wie Kate sich vor ihm wand, während Isabella sie mit der Zunge in Ekstase versetzte. Isabella leckte Kates Klit heftig, und Kates Schreie kündigten ihren nahenden Orgasmus an.

Angie bemerkte, dass James' Erektion nichts von ihrer Kraft verloren hatte. Er trat vom Altar herab und ging zu Isabella und Kate. »Lass sie«, sagte er zu Isabella. »Ich will sie jetzt.«

Isabella sah zu ihm auf, runzelte die Stirn und tat dann, was James befohlen hatte. Angie erkannte an Isabellas verdrossener Miene, dass sie enttäuscht war. Gerade hatte sie Kate heißgemacht, und jetzt beanspruchte James sie für sich selbst.

James zog Kate auf die Füße. »Leg die Hände auf Isabellas Schultern. Sie soll zuschauen, wie ich dich nehme.«

James stellte sich hinter Kate und führte seinen Penis ein. »Oh, das gefällt mir, das ist so gut«, seufzte Kate. »Mir kommt's gleich schon wieder.« Sie griff mit einer Hand zwischen ihre Beine und rieb ihre Pussy. Angie sah, wie Isabella James finster zuschaute, offensichtlich böse, weil er ihr das Vergnügen verdorben hatte. Sie hatte Kate für sich haben wollen.

Cole schob sich hinter Isabella, wollte sich offenbar bei ihr in Position bringen. Isabella warf nur einen Blick auf seinen riesengroßen Penis. Ihre Augen weiteten sich entsetzt, und sie schlug ihn in Panik von sich.

James zeigte grinsend seine weißen Zähne, und Angie erkannte, dass er, der Isabella zur stellvertretenden Managerin gemacht hatte, immer ihr Meister bleiben würde. Isabella hatte erklärt, dass es ihr nichts ausmache, ihm zu gehorchen, doch das stimmte nicht. Ihr Gesicht war wütend, als James Kate von hinten nahm.

Angie beobachtete, wie James in Ekstase geriet, als er in Kate hineinpumpte. Sie begann zu zittern und vor Lust zu stöhnen.

James war ein Experte. Er konnte seine Erektion behalten und wusste genau, wie er eine Frau damit glücklich machte. Aber was war nach ihm? Würde Kate jemals von einem sanften Typen wie Rick befriedigt werden? Angie bezweifelte das.

Sie sah erregt zu, wie sich James versteifte und erschauerte, ein tiefes Stöhnen kam über seine Lippen, und er presste Kate an sich. Als er sie schließlich losließ, fiel sie Isabella in die Arme. Isabella wollte sie küssen, doch sie war von James befriedigt und wandte ihr Gesicht ab, um nach Luft zu schnappen.

Kate schwankte zum Fuß des Altars, setzte sich auf die Stufe und schloss die Augen. James lächelte, amüsiert darüber, dass sie Isabella abgewiesen hatte.

Er stand mit den Händen auf den Hüften da, schaute in die Runde, und sein Penis war immer noch steif. Angie konnte nicht verstehen, dass er eine Dauererektion hatte. Er musste seinen Höhepunkt nur vorgetäuscht haben. In ihrem Körper prickelte es. Das Verlangen wurde übermächtig. Obwohl sie sich nicht von James beherrschen lassen wollte, erinnerte sie sich, wie er sie in der Grotte so sensationell befriedigt hatte wie noch kein Mann zuvor. Sie konnte es nicht mehr ertragen, zu sehen, wie all die Leute ringsum Sex hatten, während sie unbefriedigt blieb. Die Nachwirkungen ihres Sex mit Carolyn waren längst abgeklungen, und sie sehnte sich nach einem Mann. Sie brauchte James.

Er blickte in ihre Richtung und breitete die Arme aus. »Komm her, Angie«, rief er. »Ich habe dich auf der Brücke gesehen. Ich weiß, dass du hier bist.« Er hob die Stimme. »Ich befehle dir, zu mir zu kommen.«

Eine innere Stimme ermahnte sie, nicht zu ihm zu gehen. Sie hasste ihn. Er missbrauchte seine Macht für die falschen Ziele. Er respektierte keine Frauen. Und doch war sie heiß auf ihn.

Sie hatte geschworen, ihm nicht mehr nachzugeben, doch sie sehnte sich nach der Lust, die nur er ihr bereiten konnte. Ihr war klar, dass sie es später bereuen würde, doch das hielt sie nicht auf. Sie war ihm hörig. Sie trat aus ihrem Versteck hinter der Skulptur und ging auf ihn zu.

»Nein, Angie. Stopp!«, rief eine Stimme, die sie kannte. Sie wandte den Kopf und sah Jacob über die Brücke rennen. »Geh nicht zu ihm. Du weißt, dass er dich nur demütigen will.«

James ging Angie entgegen und packte sie. Sein stahlharter Griff tat weh.

»Lass mich los«, schrie sie auf und riss sich von ihm los.

Jacob rannte auf sie zu. »Du hast gehört, was sie gesagt hat. Lass sie los!«

»Was wirst du machen, wenn ich das nicht tue?«, fragte James spöttisch.

Jacob, die Hände zu Fäusten geballt, schritt auf James zu. Er war einen Kopf kleiner, jedoch stark und muskulös. Er hat schon einmal riskiert, für mich alles aufs Spiel zu setzen, dachte Angie. Warum tut er das für mich?

»Du hast gehört, was ich gesagt habe. Lass sie los. Sie will dich nicht.«

»Oh, und wie sie mich will!« James zerrte Angie an sich heran und strich mit der Handfläche über ihre enge Hose, und Angie erschauerte, als sie seine Hand an ihrer Pussy spürte. Seine Berührung brannte, sogar durch den Stoff. Er rieb auf und ab und steigerte ihr Verlangen.

»Sie ist sehr feucht«, sagte James und sah Jacob triumphierend an. »Sie ist bereit für mich. Du willst zusehen, wie ich's ihr besorge, nicht wahr? Sie weiß, dass Sex mit mir besser ist als mit jedem anderen Mann. Sie will *mich.*«

Angie starrte James an. Hass stieg in ihr auf, aber er war nicht stark genug, um ihre Begierde zu dämpfen. Sie sehnte sich nach den heftigen Orgasmen, nach dem Rausch der Gefühle, die nur er ihr verschaffen konnte.

»Verdammt, Angie, steh nicht so da rum!«, rief Jacob. »Sag ihm, dass du ihn nicht willst.«

Angie blickte zu Jacob. Sein schönes Gesicht war zornrot. Er war in einer großen Familie aufgewachsen und liebte seine Schwestern, respektierte alle Frauen. Als er sich James widersetzte, spürte Angie, dass er zwar seine Unschuld, jedoch nicht seinen guten Charakter verloren hatte. Aber Angie wollte großartigen Sex, keinen hingebungsvollen Verehrer, der es gut mit ihr meinte und sich für sie aufopferte. »Ich möchte, dass du gehst, Jacob«, sagte sie.

»Was?« Jacob starrte sie ungläubig an, »Angie, das kann nicht dein Ernst sein.«

»Sie will meinen Schwanz.« James grinste anzüglich. »Ganz gleich, wie sehr ich sie demütige. Sie wird alles tun, um ihn zu bekommen, denn sie ist mir hörig. Du junger Hüpfer«, sagte er verächtlich und stieß Jacob die flache Hand hart vor die Brust, »hast ja keine Ahnung, wie man eine Frau richtig befriedigt.« James hob das Gesicht, blickte zum Himmel und lachte triumphierend und selbstbewusst. Dann schlug Jacob ihn, und er fiel um, wie ein Sack Kartoffeln

»O mein Gott!«, schrie Tahillia. »O mein Gott! Sieh nur, was du getan hast!«

Angie riss die Augen auf und blickte entsetzt von Jacob zu James. Er lag besiegt auf dem Rücken und hielt sich die Nase. Blut sickerte zwischen seinen Fingern hervor. Jacob hatte ihn voll getroffen. Plötzlich, als wäre ein Zauberbann gebrochen, erkannte Angie, was James wirklich war – ein 40-jähriger Lüstling, der sich junge Frauen als Opfer suchte, um seine Potenz zu beweisen. Den lächerlichsten Anblick von allem bot sein immer noch erigierter Penis.

Angie fröstelte. James sah abstoßend und lächerlich aus.

»Komm«, sagte Jacob und nahm sie bei der Hand. »Lass uns von hier verschwinden.«

»Du meinst also, ich kann es dir nicht richtig besorgen?«, fragte Jacob.

»Ich weiß es«, sagte Angie scherzhaft. »Ich hab gesehen, wie lang es bei dir mit Isabella und Tahillia gedauert hat. Sie mussten sich gegenseitig befriedigen.«

»Gib mir eine Chance, du anspruchsvolle Frau. Es war mein erstes Mal. Seither habe ich ständig trainiert.«

»So? Mit wem?«

Jacob blickte ziemlich beschämt drein. »Nun ... äh ... mit mir.«

Angie verdrehte die Augen. »Na prima, da kann es mir ja kommen.«

»Komm mit, dann beweise ich's dir. Aber es soll etwas ganz Besonderes sein. Du weißt schon ... du und ich zusammen. Unser erstes Mal.« Er nahm sie an der Hand und führte sie über den Strand. Der Mond beleuchtete ihren Weg.

Angie wunderte sich, dass kein Teilnehmer der Orgie versucht hatte, sie aufzuhalten, als sie gegangen waren. Im Hintergrund konnten sie Stimmen aus dem Skulpturenpark hören, doch sie verklangen, als sie ihren Weg am Strand fortsetzten, bis sie allein waren.

»Wohin gehen wir?«, fragte Angie.

»Zu einem ganz besonderen Platz, wo uns dieser Irre nicht finden kann. Es ist nicht mehr weit. Bist du schon bei den Felsenpools gewesen?«

»Nein.« Sie schüttelte den Kopf. »Ich habe Doppelschichten gearbeitet. Da hatte ich keine Zeit zum Erkunden.«

»Nun, das holen wir nach.«

Und Jacob erfüllte sein Versprechen ...

Angie versuchte ihren Namen auf dem Aushang mit den Prüfungsergebnissen zu entdecken. Die letzten paar Wochen, wieder in Sydney auf der Schule, hatte sie sich intensiv auf die Abschlussprüfung vorbereitet. Sie hatte bis in die Nacht gelernt, entschlossen, ihr Bestes zu geben. Das Praktikum hatte ihr 40 Prozent eingebracht. Ihre Benotung war gar nicht so schlecht gewesen, was Angie im Grunde nicht überraschte, denn ihr Lerneifer war größer gewesen als ihr Wunsch, auf Männerjagd zu gehen. Zumindest hatten

James und Tahillia sie nicht durchfallen lassen. Das theoretische Examen war 60 Prozent des Kurses wert, und sie hatte hart gearbeitet, um ihren Notendurchschnitt zu verbessern.

Sie hatte alles gegeben. Dennoch hatte sie ein mulmiges Gefühl, bis sie endlich in der Liste ihren Namen unter »Bestnoten« fand.

Angie machte vor Freude einen Luftsprung. Sie wusste, dass sie die Prüfung bestanden hatte! James hatte gesagt, er würde helfen, den besten Schülern einen Job in einem guten Hotel zu verschaffen. Hotel Desire kam definitiv nicht in Frage – Isabella hatte diesen Job bereits bekommen –, aber es gab einige neue Hotels in der Stadt. Angie liebte die Stadt. Anonymität bei der Jagd war nach ihrem Geschmack. Mit einem glücklichen Lächeln auf dem Gesicht begegnete sie Jacob, dessen Miene ungewöhnlich finster war. »Hallo«, begrüßte sie ihn, »was ist mit dir los?«

Jacob sah sie an, und seine blauen Augen verengten sich. »Dieser Bastard hat mich verdammt durchfallen lassen.«

»Pardon?« Angie war zu verwirrt, um einen klaren Gedanken zu fassen.

»James hat mich durchfallen lassen«, wiederholte Jacob. »Tahillia und James gaben mir ein ›Gut‹ für das Praktikum, aber dann bekam ich ein ›Mangelhaft‹ in der Prüfung. Ich weiß, dass ich besser war. Ich hätte die Prüfung bestehen müssen.«

Angies Magen krampfte sich zusammen. »Ich wusste, dass er sich rächen würde, weil du ihn geschlagen hast. Das ist seine Art, dich zu bestrafen.«

Jacob ging erregt vor Angie auf und ab. Schließlich stoppte er vor ihr und sah ihr in die Augen. »Das nehme ich nicht hin. Ich gehe zu einem der Tutoren und verlange eine Nachprüfung.« Er verschränkte die Arme vor der Brust. Sein

Gesicht war hochrot vor Zorn. »Entschuldige, Angie. Ich bin so wütend, dass ich gar nicht daran gedacht habe, dich zu fragen, wie es bei dir gelaufen ist.«

Sie lächelte. »Ich habe bestanden«, sagte sie, verzichtete aber darauf, das ›Gut‹ zu nennen.

»Gut. Ich habe es gewusst«, sagte Jacob. »Du bist schlau und schön. Eine gefährliche Kombination.« Er ging zu ihr und küsste sie leicht auf die Wange. »Meinen Glückwunsch.«

Isabella kam an ihnen vorbei. »Ich habe mit ›sehr gut‹ bestanden«, brüstete sie sich. »Ich kann es kaum erwarten, zum Desire zurückzukehren, um dem Hotel meinen Stempel aufzudrücken. James sagte, ich hätte die besten Voraussetzungen fürs Management.«

Ja, die beste Voraussetzung für ihn, dich zu managen, dachte Angie.

»Gut gemacht.« Jacob grinste. »Viel Spaß. Ich hoffe, dass du deinen neuen Job genießt.«

»Musstest du so freundlich zu ihr sein?«, fragte Angie, als Isabella außer Hörweite war. »Du weißt, dass sie mit Blasen und Kriechen diesen Kursus bestanden hat.«

Jacob hob die Augenbrauen. »Ich erinnere mich an ein Sprichwort über Leute, die im Glashaus sitzen ...«

»Vergiss es«, unterbrach Angie, »ich will nichts davon hören. Isabella war es gleichgültig, mit wem sie Sex hatte. Hauptsache, sie bekam, was sie wollte. Ich habe beim Sex wenigstens Spaß gehabt.«

»Ich habe es auch genossen«, sagte Jacob leise.

Angie blickte ihn warnend an. »Komm mir nicht wieder mit der romantischen Tour. Es war mir ernst, was ich dir auf der Insel bei unserem Fick gesagt habe. Ich bin nicht an einer romantischen Beziehung mit dir interessiert.« Ihr Herz schien einen Schlag auszusetzen, als sie seine Miene sah. Der

Mann gab ihr das Gefühl, schuldig zu sein. Was war nur mit ihr los? Seit wann empfand eine Jägerin Schuldgefühle? »Was wirst du wegen James unternehmen?«, fragte sie, um das Thema zu wechseln.

»Ich gehe jetzt zu ihm und konfrontiere ihn damit, dass ich mich nicht von ihm betrügen lasse.«

»Ich komme mit«, sagte Angie.

»Nein. Du hältst dich da raus. Dies ist mein Problem«, entschied Jacob und ergriff ihre Schultern. »Es ist mir ernst. Komm mir nicht nach. Das ist mein Problem, und ich will es von Mann zu Mann lösen.«

»Prima«, murmelte Angie, als sie ihm hinterherschaute. »Jetzt wirst du dir alles vermasseln.« Sie war überzeugt, dass James seine Macht über Jacob auskosten und es genießen würde, ihn endgültig scheitern zu lassen. Sie warf einen Blick auf ihre Armbanduhr und entschied sich, zehn Minuten zu warten. Wenn Jacob dann nicht freudestrahlend aus James' Büro zurückkehrte, dann würde sie reingehen und ihn retten.

Normalerweise ließ sie sich nicht in die Probleme anderer Leute verwickeln, doch das schuldete sie Jacob. Er war ihretwegen in diesen Schlamassel geraten. Das Gefühl, sich um einen Mann zu kümmern, war neu für sie. Jäger brachten ihre Opfer zur Strecke; sie retteten sie nicht. Gott, sie wurde weich. Sie blickte wieder auf die Uhr. Acht Minuten waren vergangen. Sie hörte ein Krachen in James' Büro, und ihr Herz begann zu rasen.

Sie rannte zu dem Büro und stoppte vor der Tür. Ihr Instinkt riet ihr, zu verharren und zu lauschen. Eine gute Jägerin prüfte erst das gefährliche Gebiet, bevor sie es betrat. Sie konnte Männerstimmen hören, eine leise, die andere aggressiv. »Du willst also bestehen?«, grollte eine Stimme. Das war die von James, wie Angie erkannte.

Sie öffnete die Tür, trat ein und schloss sie leise hinter sich.

Ihr stockte der Atem, als sie sah, was er tat. Jacob lag auf dem Bauch auf James' Schreibtisch, und James hatte ihm die Kleidung vom Körper gefetzt und lag nackt auf ihm. Er nagelte ihn mit brutaler Gewalt auf den Schreibtisch. In dem Büro sah es wüst aus. Anzeichen auf einen Kampf.

»Geh von mir runter«, keuchte Jacob mit purpurrotem Gesicht.

Aber James presste mit einem sardonischen Lächeln seine Handgelenke auf den Schreibtisch. »Ich sehe, wir haben eine Besucherin«, sagte er. »Angie ist gekommen, um zuzuschauen, wie ich dich entjungfere. Ich mag es, der Erste im Arsch eines Mannes zu sein, der enger als die Pussy einer Frau ist. Denk daran, wie du dich fühlen wirst, wenn ich meinen Schwanz in dich schiebe.«

»Stopp, James. Das kannst du nicht tun!«, rief Angie alarmiert.

»Und ob. Ich kann tun, was mir gefällt. Ich werde es genießen, diesen jungen Kerl fertigzumachen. Besonders nachdem du mich im Raum der Züchtigung informiert hast, wie sehr Jacob es hasst, einen Schwanz in sich zu spüren.«

James presste sich mit seinem gesamten Gewicht auf Jacob. »Dies wird dich lehren, mich nicht noch einmal zu schlagen. Kannst du meinen harten Schwanz spüren? Er ist bereit für dich.« Er grinste höhnisch. »Darauf habe ich lange genug gewartet.«

»Runter von mir, du verrückter Bastard«, sagte Jacob und wehrte sich heftig. Seine Handgelenke waren rot von James' eisernem Griff. Doch sein Kampf war aussichtslos, es gelang ihm nicht, sich von James loszureißen.

»Ich brauche Unterstützung, um ihn festzuhalten«, sagte James zu Angie. »Ich will ihn aufreißen. Mir Zeit dabei nehmen, damit er nie vergisst, wer die Macht hat, ihm das anzutun.«

»Vergiss es«, erwiderte Angie und ging zu ihm. »Du bist krank. Du bist zu weit gegangen. Lass Jacob los, oder ich rufe die Polizei.« Sie bemerkte, dass James bei der Anstrengung, Jacob festzuhalten, schweißbedeckt war. Er roch säuerlich.

»Nein, das wirst du nicht tun. Du wirst mir helfen, um von mir zu bekommen, was du willst«, sagte James überzeugt.

Angie schüttelte den Kopf. »Vergiss es. Ich habe den Kursus bestanden und kann einen Job ohne deine Hilfe bekommen.«

»Ich biete dir den Posten der stellvertretenden Managerin des Desire.«

»Hör nicht auf ihn«, bat Jacob. »Lass dich nicht manipulieren. Bitte, Angie, hilf ihm nicht!«

Angie runzelte die Stirn und blickte zu Jacob. Er lag unter James und sah sie flehend an.

»Was ist mit Isabella?«, fragte Angie James.

»Ich werde etwas anderes für sie finden.«

Angie nickte, erfreut bei dem Gedanken, Isabella zu ersetzen. »Das würde diesem hochnäsigen Flittchen recht geschehen. Ich würde ihr gern diesen Posten vor der Nase wegschnappen.«

James' Augen glänzten. »Wir beide sind von der gleichen Art. Du würdest jeden betrügen, um zu bekommen, was du willst. In meiner antiken koreanischen Kommode habe ich Handschellen. Die Kommode ist abgeschlossen. Der Schlüssel liegt in meiner Schreibtischschublade. Hol den Schlüssel, und schließ die Kommode auf. Bring die Handschellen rüber, und leg sie ihm an. Dann komm und sieh zu, wie ich's ihm besorge.« James lachte wie von Sinnen.

»Angie, tu's nicht«, Jacob bäumte sich verzweifelt auf. Schweiß tropfte von seiner Stirn, als er sich unter James wand, doch das schien James nur noch mehr zu erregen.

Angie ging zum Schreibtisch und holte den Schlüssel. Sie

sah Jacob an. Er war ein wunderbarer, freundlicher Mensch, aber sie wollte ihn nicht. Sie konnte es nicht vertragen, von ihm verehrt zu werden. Das war für sie genauso schlimm, als würde sie von James' kontrolliert werden. Sie hatte genug von den Schuldgefühlen, die Jacob ihr bereitete. Sie zeigte James die Schlüssel.

»Das sind sie. Hol die Handschellen«, befahl er.

»Nicht so schnell«, sagte Angie. »Ich will meinen Anteil an Jacob.« Jäger, dachte sie, arbeiten gelegentlich zusammen und teilen die Beute.

»Du kannst mit ihm machen, was du willst«, keuchte James. Es strengte ihn an, Jacob festzuhalten. »Aber beeil dich mit den Handschellen. Ich kann ihn bald nicht mehr halten.«

»Nein, Angie, nein!«, schrie Jacob. »Tu das nicht!«

Sie sah ihm in die Augen und genoss es, wieder auf der Jagd zu sein. Da war wieder dieses erregende Prickeln. »Doch, ich tue es«, sagte sie.

Angie ging zur Kommode und schloss sie auf. Der Geruch von Kräutern schlug ihr entgegen. Die Kommode roch wie ein chinesischer Kräuterladen. Verschiedene Handschellenpaare lagen in einem der Fächer. Sie nahm zwei Paare heraus und überprüfte sie. Dann fiel ihr Blick auf den anderen Inhalt der Kommode.

»Schnell, bring die Handschellen her«, drängte James.

»Stopp, Angie«, rief Jacob. »Gib ihm nicht nach. Ich liebe dich!«

»Ich habe es dir schon einmal gesagt, ich will deine Liebe nicht«, erwiderte Angie, in Gedanken bei dem, was sie in der Kommode entdeckt hatte.

»Du bist ein Naivling«, sagte James zu Jacob. »Sie macht sich nichts aus dir. Sie ist zu wild für dich. Angie ist wie ich. Deshalb kann sie mir nicht widerstehen. Du warst nicht mehr als ein Fick für sie.«

Angie schaute wieder in die Truhe. James' Imponiergehabe langweilte sie. Sie nahm die Stimmen der beiden Männer gar nicht mehr richtig war, während sie begriff, was sie entdeckt hatte. James hatte eine Sammlung von Potenzmitteln, Wässerchen und Pillen, in der Kommode versteckt. Sie kannte einen der Hersteller auf den Pillenfläschchen, von anderen hatte sie noch nie etwas gehört. Blitzartig kam ihr die Erkenntnis: So schafft er es, länger steif zu sein als andere Männer.

Es war an der Zeit, die Handschellen zu benutzen. Sie hatte schon immer eine Vorliebe für Fesselspiele gehabt. Der Kitzel, einen Mann zu fesseln, erregte sie stark. Unterwerfung hielt sie immer für sexy, sofern sie nicht die Sklavin, sondern die Dominante war.

»Beeil dich, Angie«, grollte James. »ich kann ihn nicht mehr festhalten.«

Angie schritt zu den Männern und schwang lässig die Handschellen. Ihr ganzer Körper prickelte.

»Klick eine Handschelle um ein Bein des Schreibtischs«, drängte James. »Der ist so schwer, dass er ihn nicht verrücken kann.« Er zwang Jacobs Hand näher an die Kante des Schreibtischs heran.

Angie tat es.

»Und jetzt leg die andere Schelle um Jacobs Handgelenk«, befahl James.

»Um Himmels willen, tu's nicht«, schrie Jacob. Angie sah auf seine Hand, die pupurrot war, nachdem James sie eisern festgehalten und auf den Schreibtisch gedrückt hatte. Dann schaute sie James an und erinnerte sich an das Vergnügen, das er empfand, als er sie gedemütigt hatte. In einer schnellen Bewegung ließ sie die andere Schelle um James' Handgelenk klicken.

Beide Männer starrten sie ungläubig an.

»Verdammt!«, schrie James und versuchte nach ihr zu schlagen. Jacob erkannte die Chance, ihm zu entkommen, und wand sich schnell unter James frei.

»Halt seine freie Hand fest«, drängte Angie, und ihr Puls raste. »Hilf mir, sie zu fesseln.«

James kämpfte wie ein Tier, doch die beiden schafften es, ihm die Handschelle anzulegen. »Macht mich los«, knurrte er, ein Löwe im Käfig, gefährlich, doch gezähmt.

Jacob lehnte sich gegen die Wand und rang erschöpft um Atem.

»Komm, Jacob«, sagte Angie und nahm seine Hand. »Du kannst etwas Ruhe brauchen. Ich will dir was Interessantes zeigen.« Sie führte ihn zur Kommode und zeigte auf die Potenzmittel.

Jacob kam aus dem Staunen nicht mehr heraus. Er hielt einige Fläschchen hoch. »Stierhoden! Und hier eine Potenzcreme für erektile Probleme und Wässerchen für Erektionsschwäche. Da kriegt man glatt einen Dauerhammer!«

»Lass die Pfoten davon, verdammt«, schrie James.

»Hilf mir«, sagte Angie und sammelte die Fläschchen, Cremes, Wässerchen und Pillen zusammen. »Wir bringen sie zu ihr.«

»Was soll das?«, fragte James. »Wenn er es wagt, sie anzurühren, dann werde ich ...«

»Was wirst du?«, unterbrach ihn Angie. »Du solltest aufhören, große Töne zu spucken. Du hast gemeint, ich würde dir helfen, Jacob zu vergewaltigen?« Sie schüttelte den Kopf. »Vergewaltigung widert mich an. Ich bin nicht wie du. Überhaupt nicht.«

James starrte sie an, versuchte jedoch nicht, weiter leere Drohungen auszustoßen.

Die Teile des Puzzles begannen sich zusammenzufügen. James war nicht der Hengst, für den er sich ausgab. Er bekam ohne chemische Hilfe keine Erektion. Jetzt verstand Angie, warum er in seinem Büro den Griff der Peitsche bei ihr benutzt hatte. Es erklärte auch, warum er Isabella mit ihrem Fruchtsalat ursprünglich abgewiesen und sie für den nächsten Tag zu sich bestellt hatte. Er brauchte Zeit, um sich auf den Sex vorzubereiten. Selbst als Jacob ihn auf der Insel niederschlug, hatte er dank seiner Potenzmittel immer noch eine Erektion gehabt.

Angie schritt zu James. »Du kriegst keinen mehr hoch, nicht wahr?«, sagte sie. »Deshalb putschst du dich auf, bis du mit deinem Dauerständer angeben kannst.« Sie sah James nachdenklich an, und ihre Augen verengten sich. »Ich kenne jemanden, der sich sehr für dein erbärmliches Geheimnis interessieren wird.«

»Wer?«

»Carolyn Wolf. Ich werde sie jetzt anrufen.«

James wurde blass, als ihm klar wurde, was das bedeutete.

»Sie hat dir nie verziehen, was du ihrer Schwester angetan hast. Mit Freude wird sie deinen Ruf ruinieren. Du tust mir leid, Mister Impotent.«

»Lass mich gehen«, sagte James flehend.

Angie schüttelte den Kopf. »Nein. Weißt du, James, ich bin auch nicht an dem Management des Desire interessiert. Das Hotel ist zu klein. Da fühle ich mich wie eingesperrt. Außerdem möchte ich nicht in einem Hotel arbeiten, wo ich mich an dich erinnern würde. Ich bin nämlich nicht wie du. Ich liebe Sex, und es macht mir Spaß, Männer zu jagen und zu verführen. Aber ich hasse Vergewaltigung.«

Angie ging zum Telefon und wählte.

»Wen rufst du an?«, fragte James entsetzt.

Angie ignorierte ihn. Wenn die Bestie verwundet ist, dann ist sie am gefährlichsten, dachte sie, und der Jäger sollte ihr den Gnadenschuss verpassen.

»Hallo, Carolyn. Hier ist Angie Masters. Wenn du nicht zu beschäftigst bist, solltest du sofort mit einem Fotografen zu mir kommen.« Sie nannte die Adresse. »Das ist ja gleich hier. Ich erwarte euch in James Büro. James hat dir etwas Interessantes zu zeigen.«

Epilog

»Du hast das Management im Desire für mich aufgegeben. Nicht wahr?«, fragte Jacob. »Ich dachte, du brauchst den Job.«

Angie wandte sich ihm zu. Sie verließen die Fachschule zum letzten Mal. Carolyn war erfreut, dass ihr James ausgeliefert war; Angie hatte sie zusammen zurückgelassen. James zu entlarven war ihr größter Erfolg bei der Männerjagd gewesen. Dennoch fühlte sie sich seltsam leer. Sie hatte ihre Chance auf einen großartigen Job weggeworfen.

»Du hast ebenfalls hart dafür gebüffelt. Ich glaube, ohne eine Empfehlung von James wäre das jetzt ohnehin nicht viel wert gewesen. Jetzt ist James erledigt. Wenn erst Carolyns Sensationsartikel über ihn erscheint, dann ›gute Nacht für das impotente Großmaul‹.«

Jacob lachte belustigt. »Ich denke, du bekommst auch einen großartigen Job ohne James' Hilfe.«

Angie blickte zu Jacob. Er war stets so fröhlich. Irgendwie hatte er es geschafft, dass er ihr unter die Haut ging.

»War das ernst, was du in James' Büro gesagt hast?«, fragte Jacob. Sie atmete tief durch und hoffte, er würde ihr nicht noch einmal sagen, dass er sie liebte. Dann würde sie ihm klarmachen müssen, dass seine Liebe nicht erwidert wurde.

»Dass du in einem der großen Hotels arbeiten willst, meine ich«, sagte Jacob.

Angie atmete erleichtert auf, »Ja, das war mir ernst. Aber ich erwarte nicht, dass ich diese Chance bekomme. Ich bin mir nicht sicher, was jetzt aus mir werden wird.«

»Erinnerst du dich, dass ich dir von meiner Familie erzählt habe? Dass sie im Gastgewerbe arbeitet?«

»Ja, das hast du erwähnt. Sie betreiben ein kleines Hotel. Oder?«

»›Klein‹ stimmt nicht ganz. Mein Vater besitzt das Hamilton in Double Day. Und das Hamilton in Brisbane und Melbourne. Er sucht Personal. Das heißt, wenn du interessiert bist.«

Angie starrte ihn an, die Augen groß vor Staunen. »Aber das sind die exklusivsten Hotels in Australien. Ich würde liebend gern im Hamilton in Double Bay arbeiten! Ich habe nicht gewusst, dass du zu dieser Familie gehörst! Du hast mir nie erzählt, dass du reich bist.«

Jacob fuhr ihr mit der Hand zärtlich durchs Haar. »Ich rede nicht gern darüber. Das zieht nur Schmeichler und Neider an.« Er lächelte sie an. »Ich wollte keine Erbschleicherin anlocken.«

Angie starrte in sein jetzt ernstes Gesicht. »Das ändert nichts zwischen uns. Du weißt, dass ich die Vorstellung, die feste Freundin von jemandem zu sein, nicht ertragen kann.«

»Ich weiß«, sagte Jacob ruhig. »Du hast einen Horror vor einem spießigen Familienleben und Förmlichkeiten beim Grillessen mit den Eltern, die die Zukünftige begutachten und so weiter. Aber ich möchte wissen, ob du eine geschäftliche Beziehung in Erwägung ziehen würdest. Würdest du mit meiner Familie und mir zusammenarbeiten? Wir brauchen eine Empfangsmanagerin. Diese Position würde zu dir passen.« Er hob die Augenbrauen und grinste. »Du würdest jeden sehen, der ins Hotel kommt, und hättest Zugang zu all den Schlafzimmern.«

Angie sah Jacob in die Augen. »Das würde mir gefallen. Danke.« Ein Glücksgefühl stieg in ihr auf. Jacob verstand endlich, dass sie keine konventionelle Beziehung eingehen konnte. Sie hatte noch keinen Mann kennen gelernt, der sie als das akzeptierte, was sie war – eine Frau auf der Jagd nach Männern.

Sie konnte ihr Glück nicht fassen. Gerade hatte sie noch gedacht, sie hätte ihre Karriere weggeworfen. »Empfangsmanagerin wäre super«, sagte sie aufgeregt und dachte an die Möglichkeiten, die sich der Jägerin eröffneten.

Jacob nahm ihre Hände und drückte sie. Sie lachte und küsste ihn. »Du weißt, dass ich dich vermissen würde, auch wenn ich es nicht möchte. Ich würde dich viel lieber quälen.«

Jacobs Augen glänzten. »Ich weiß. Diese Art von süßer *Qual* wird mir fehlen. Du hast mein Leben verändert, Angie.« Er wurde rot, und Angie wusste, dass er verlegen war. In manchen Dingen war Jacob voll jugendlicher Begeisterung, doch wenn es darum ging, etwas Gutes zu tun, dann war er die großzügigste und reifste Person, die sie jemals kennen gelernt hatte.

»Nun, wir sehen uns bald«, sagte Jacob. »Er zog seine Brieftasche und entnahm ihr eine Visitenkarte. »Hier ist die Telefonnummer vom Hotel. Ruf mich an. Ich möchte dich meinen Eltern vorstellen. Meine Schwestern sind auch begierig darauf, dich kennen zu lernen.«

Angie stöhnte und verdrehte die Augen. »Ich wusste, dass ich mich deiner Familie vorstellen muss. Komm nur ja nicht auf andere Ideen, okay?«

»Tschüss, Angie.« Jacob neigte sich vor und erwiderte ihren Kuss zärtlich. Sie mochte seinen frischen männlichen Duft.

»Tschüss«, sagte er abermals und drückte ihre Hand. »Ruf bald an.«

Angie nickte. Sie blickte ihm nach, als er davonging.

Als er außer Sicht war, begann sie mit ihrem Spaziergang.

Es war Morgen, und die Stadt war sehr belebt. Sie atmete tief durch. Dies war die Freiheit, die sie brauchte. Anonymität. Plötzlich spürte sie wieder das vertraute Prickeln, und ihr Blick fiel auf einen Mann, der vorüberging. Er trug Jeans und ein weißes T-Shirt. Er war groß und dunkelhaarig, wie sie es liebte.

Sie folgte ihm, begierig darauf, ihn einzuholen. Bald schritt sie neben ihm. Er drehte den Kopf zu ihr, schaute sie an und blieb stehen. Angie lächelte und sah ihr Lächeln in den Augen des Fremden widergespiegelt. Ihre Nippel prickelten. Sie war wieder auf der Jagd.

Zwei Schwestern in der Welt der Sünden

Patty Glenn
DIE WIDERWILLIGE PRINZESSIN
Erotischer Roman
Aus dem Englischen
von Rosy Caspary
304 Seiten
ISBN 978-3-404-16565-0

Zum ersten Mal steht die verhätschelte Martha ohne Geld da. Ihr Gönner Big Gus ist weg, und ihre strenggläubige Schwester hat ihr den Geldhahn zugedreht, solange Martha ihr sündiges Leben nicht aufgibt.